Ralf Strackbein

Tristan Irle

Lokalzeit

Ein Siegerländer Kriminalroman

Magolves-Verlag
Siegen

www.magolves.com

2. Auflage 2003
1.–5. Tausend
Magolves-Medienservice
Magolves-Verlag

Umschlag:
Idee – Ralf Strackbein
Grafik: Michaela Becker
Satz und Buchherstellung:
Vorländer GmbH & Co. KG, Siegen

ISBN 3-935378-07-6

Das Buch wurde auf chlorfrei gebleichtem Papier gedruckt.

Zum Buch:

Regieassistent:

»Klappe eins, die erste,
Szene eins, die erste.
Achtung Aufnahme!«

Regisseur:

»Aktion!«

Der Autor:

»Jede Ähnlichkeit mit realen Tatbeständen, lebenden oder juristischen Personen, Örtlichkeiten, Körperschaften, Unternehmen, Gesellschaften oder Organisationen, natürlichen oder übernatürlichen Hierarchien ist rein zufällig.«

Kreis Siegen-Wittgenstein

Übersichtskarte

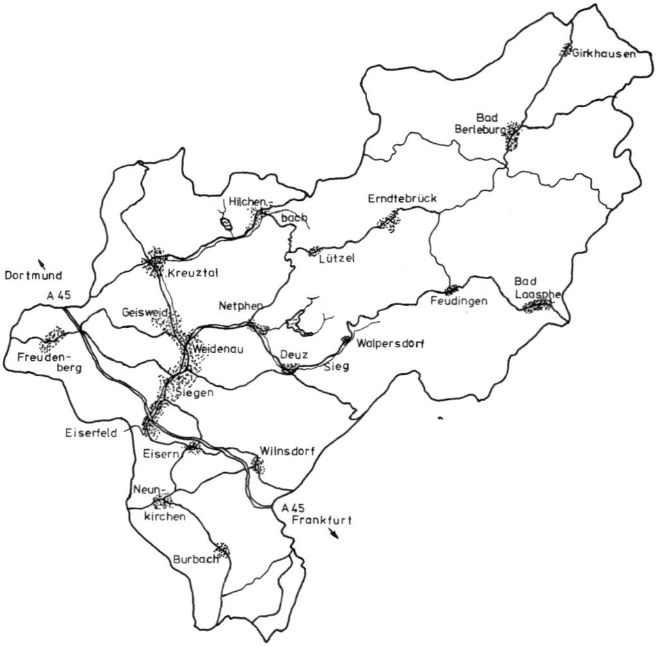

1 Nikolaikirche

2 Rathaus I und Marktplatz

3 Dicker Turm mit Glockenspiel

4 Hauptbahnhof

5 Landgericht

6 Marienkirche und Tristans Zuhause

7 Schlosspark

Personenverzeichnis:

Das Fernsehteam:

David Daub, Fernsehredakteur und das unglückliche Opfer.

Peter Papst, Senderedakteur und sehr aufgeregt.

Lara Weber, Nachrichtenredakteurin, gelassen und aufmerksam.

Gerd Rabenau, Planungsredakteur, der Mann hat Stress pur.

Yvonne Reuber, Fernsehleiterin mit Weitblick.

Elena Menn, Studioleiterin mit einem hervorragenden Team, leider kommt ihr Pfeiffer dazwischen.

Maurizius de Werve, freier Mitarbeiter und Student.

Janette Schusse, freie Mitarbeiterin und sehr ambitioniert.

Ariadne Lutter, Gerds Assistentin.

Marie Taupattel, Peters Assistentin.

Ruth Achenbach, Archivarin und immer auf dem Laufenden.

Frieder Sagenmüller, Kameramann und Davids Freund.

Thomas Zöller, Tontechniker und Davids Freund.

Xenia Zimmermann, Cutterin.

Heinz-Georg Feldmann, Technik und die Ruhe in Person.

Cordelia Jansen, Moderatorin und Anchorwoman des Senders.

Andere Personen:

Katrin Becker, Pressestelle der Stadt und Pfeiffers Freundin.

Manfred Dachdecker, Möbelhausbesitzer.

Die Polizei:

Norbert Pfeiffer, Hauptkommissar, ein Fernsehstar wird geboren.

Werner Holzbaum, Kommissar, übernimmt die Initiative.

Wilhelm Flender, Polizeidirektor, überhaupt nicht begeistert.

Friedrich Büdenbender, Staatsanwalt.

Die mehr oder weniger freiwilligen Detektive:

Tristan Irle, Privatdetektiv und Fernsehgast.

Helga Bottenberg, seine Freundin und die gute Seele.

Erich Roth, ein Zwei-Meter-Mann auf außergewöhnlichen Wegen.

Marlowe, besucht ein Fernsehstudio und wird ein Star.

1. Noch drei Stunden ...

Mittwoch

Noch drei Stunden bis zur Sendung.

»Stell scharf«, rief Peter Papst, Senderedakteur im RDW Studio Siegen Westfalen und staunte, als das Bild klar zu sehen war. »Man, dieses Kleid stanzt uns alles weg«, zischte er und schmunzelte.

»Hm«, murmelte Heinz-Georg Feldmann, der Mann für die Technik, gelassen und versuchte, das zebraähnliche Muster des Kleides bildtechnisch irgendwie in den Griff zu bekommen.

»HG«, sagte Peter aufgeregt, »zieh auf!« Dann drückte er eine Mikrofontaste und sprach: »Achtung, Cordelia, 30 Sekunden.«

Die beiden Männer saßen im Regieraum des RDW Studios in Siegen. Vor ihnen an der Wand befanden sich ein Dutzend Bildschirme, die über ein großes Steuerpult bedient wurden. Heinz-Georg, der gemeinhin nur HG gerufen wurde, betätigte einen kleinen Steuerknüppel. Vorsichtig drückte er den etwa zehn Zentimeter hohen Griff nach vorn. Plötzlich erschien auf einem der Bildschirme die Moderatorin Cordelia Jansen vor der heimischen Studiokulisse. Ihr modisches Jackett hob sich deutlich von der blauen Kulisse ab. Die Moderatorin stand, durch dicke Mauern getrennt, einige Meter entfernt vom Regieraum im Herzstück der Sendeanstalt, in einem vollautomatisch gesteuerten Studio. Sämtliche Kameras und Scheinwerfer des Studios konnte Peter mit Hilfe HGs aus dem Regieraum steuern. Über einen Ohrstöpsel in Cordelias Ohr und das Mikrofon im Regieraum konnte er der Moderatorin Informationen und Anweisungen geben. Im Studio trug Cordelia einen Funksender sowie ein Mikrofon am Revers ihres Jacketts. Damit konnte man sie im Regieraum hören.

Aus zeitlichen Gründen wurde für die am Abend geplante Sendung ein Interview aufgenommen. Das Besondere daran war, dass die Interviewpartnerin, eine Sozialpädagogin, aus dem angeschlossenen Studio in Arnsberg zugeschaltet wurde.

»Achtung, 10 Sekunden«, sagte Peter ins Mikrofon, während er aufgeregt mit einem Kugelschreiber spielte.

Cordelia nickte.

»MAZ läuft«, HG drückte einen Knopf.

Peter nickte und zählte: »5, 4, 3, 2, 1, los!«

»Guten Abend«, begrüßte Cordelia ihre Gesprächspartnerin und begann ihr Fragen zu stellen.

Nach vier Minuten war alles vorbei. Es folgten ein paar technische Mitteilungen an die Kollegen in Arnsberg, dann drückte Peter nochmals den Mikrofonknopf und sagte entspannt: »Alles im Kasten. War gut, Cordelia.«

Die Moderatorin lächelte in die Kamera und zog sich den Ohrstöpsel aus dem Ohr.

Einen Augenblick später öffnete sie die Tür zum Regieraum.

»Habt ihr das Kleid gesehen?« lächelte sie amüsiert.

»Eine echte Herausforderung«, grinste HG und drehte an einigen Knöpfen am Pult herum, »aber wir haben es hingekriegt.«

»Und wie«, schnaufte Peter, »den ersten Beitrag für heute Abend haben wir.«

Cordelia sah auf den Sendeablauf für die abendliche Sendung und fragte: »Kennt jemand von euch diesen Tristan Irle?«

2

Ihr Kopfschütteln sagte alles.

Schnaufend blies Tristan Irle, Privatdetektiv, Kohlendioxid aus seinen Nasenlöchern und betrachtete sich in einem großen Kaufhausspiegel.

»Ich weiß wirklich nicht, was du hast«, sagte er mit der Unschuld eines Mannes, der alle zwei Jahrzehnte ein Modehaus besuchte und die Meinung vertrat, dass eine Hose eben eine Hose und ein Jackett eben ein Jackett sei. Es war so ziemlich egal, welche Hose oder welches Jackett ausgewählt wurde. In jedem Fall würden die neuen Kleider die durchgewetzten und fleckigen Stücke ersetzen. So etwas wie „modischer Schnitt“ oder „Sommerkollektion“ waren Begriffe, die für ihn genauso gut in die Relativitätstheorie passten. Sie gehörten zu dem Typ Wissen, das uns sagt, dass in der Mitte unserer Galaxie ein schwarzes Loch lauert, das uns irgendwann einmal fressen wird.

Es war schlichtweg egal.

Mit einem Lächeln fügte Tristan hinzu: »Das steht mir doch ausgezeichnet.«

Helga Bottenberg, Tristans Lebensabschnittsgefährtin, hätte sich ihr störrisches Haar raufen können. Doch sie war Profi genug, ihren Wutausbruch zu kontrollieren. Die Mittvierzigerin wusste mit schwierigen Fällen umzugehen. Sie besaß eine kleine Pension auf der Ginsberger Heide nahe dem Dorf Lützel und hatte schon oft den ein oder anderen aufgebrachten Gast mit ihrer freundlichen Art besänftigt.

»Sehen Sie das auch so?« fragte sie deshalb ganz liebenswürdig den Verkäufer, der sich bis jetzt dezent im Hintergrund gehalten hatte.

»Ah«, räusperte er sich, elegant in ansprechenden Zwirn gekleidet. »Wenn Sie mich so direkt fragen ... «, er trat einen Schritt vor und zupfte an Tristans Schulter, »... dieses Jackett ist von ausgezeichneter Qualität ...«

Tristan strahlte.

»... ich würde es jedoch nicht zu der Hose tragen.«

Helga nickte und forderte ihn auf, weiter seine Meinung zu äußern. Tristan bemerkte seine zögerliche Haltung und brummte: »Sagen Sie, was Sie denken, ich werde es überleben.«

»Nun gut«, der Verkäufer fasste Mut und fügte hinzu, »dieser Schnitt ist etwas für Männer, die etwas höher gewachsen sind. Sie sind, mit Verlaub, dafür etwas zu klein.«

»Sie meinen zu kurz«, korrigierte Tristan.

»Wie Sie meinen, kurz«, wiederholte der Verkäufer.

»Ganz meine Meinung«, flüsterte Helga und wandte sich einem Kleiderständer zu.

»Also gut«, Tristan gab auf. »Eine passende Strickjacke hätte ich ohne Mühe finden können.«

»Sicher«, nickte Helga, »aber du willst dich ja wohl nicht mit einer Strickjacke im Fernsehen zeigen?«

»Darüber haben wir doch schon gesprochen«, antwortete Tristan und ließ sich beim Ausziehen des Jacketts helfen. »Ich werde einen modernen Anzug tragen, der meinem jugendlichen Alter entsprechend ausgewählt wird«, brummte er. »Deshalb sind wir ja hier bei MCL.«

»Hm«, räusperte sich wieder der Verkäufer und musterte Tristan. »Ich glaube, da sind Sie bei uns ganz richtig.«

»Das will ich hoffen«, Tristan verschwand in der Umkleidekabine. »Helga, such du was aus«, rief er hinter dem Vorhang hervor, »sonst sitzen wir hier noch bis Weihnachten.«

»Gerne«, antwortete sie, und mit strahlenden Augen griff sie zielsicher zu den interessanten Stücken.

3

»Und ihr meint, das steht mir?« Tristan Irle stand in seiner Küche und drehte sich elegant um die eigene Achse. Der Detektiv trug einen dunkelbraunen Anzug mit passender Weste über einem hellen lachsfarbenen Hemd mit Seidenkrawatte.

»Ausgezeichnet«, stimmte Erich Roth zu. »Ich wusste gar nicht«, lächelte der Diakon der Marienkirche, »dass du so ...«

»Sag nichts Falsches«, warnte ihn sein Freund.

»... so seriös und respektvoll aussehen kannst«, vollendete Erich seinen Satz.

»Soll das heißen«, Tristan sah seinen langjährigen Freund über den Rand einer goldenen Halbbrille hinweg an, »dass meine geliebten Strickjacken mich nicht seriös aussehen lassen?«

»Nun, ja«, druckste Erich, »sie verleihen dir einen gewissen Charme.«

»So?!« Tristan strich mit beiden Händen vorsichtig über das Jackett, strafte seine Haltung, was seinen kleinen Bauchansatz sichtbar machte und sagte: »Soll ich in Zukunft also in einem Anzug herumlaufen?«

»Um Gottes Willen!« rief Erich und bekreuzigte sich.

»Was hat Gott damit zu schaffen«, meinte Tristan und zog sich das Jackett so vorsichtig aus, als wäre er ein Herzchirurg, der gerade einen Schnitt in die Aortenklappe setzt.

»Überhaupt nichts«, antwortete der Diakon und hoffte, dass dieser kleine Ausbruch seinen Herrn nicht allzu sehr beleidigt hatte.

Normalerweise scherzte er nicht mit sakralen Dingen. Als Missionar war er durch Schwarzafrika gepilgert und hatte tatkräftig geholfen, wo die Not am größten war. Seine erstaunlichen zwei Meter Körperlänge sorgten in vielen Dörfern für Aufregung, und selbst bei den Massai wurde er dank seiner Freundlichkeit und auffallenden Größe mit Hochachtung empfangen.

»Nun aber genug«, mischte sich Helga ein, die bis zu diesem Zeitpunkt das Gespräch schweigend verfolgt hatte. »Du bist ausgezeichnet gekleidet für deinen Auftritt im Fernsehen. Jetzt musst du nur aufpassen, dass Marlowe den Anzug nicht ruiniert.«

»Wo steckt er denn?« fragte Erich und streckte seinen Kopf weit über den Esstisch, um aus der Küche in das angrenzende Wohnzimmer zu starren.

»Keine Ahnung«, sagte Tristan und hängte das Jackett über einen Küchenstuhl. »Eben knabberte er im Wohnzimmer an einem Keks.«

Helga stand auf und sah im Wohnzimmer nach. Dort saß auf der Lehne eines gemütlichen Lesesessels ein weißer Kakadu und fraß sichtlich zufrieden einen Keks. Als er bemerkte, dass Helga zu ihm hinsah, sträubte er seinen Kamm, nahm den Keks aus dem Schnabel und krächzte: »Ein weißes Kätzchen, voller Schliche, / Ging heimlich, weil es gerne schleckt, / Des Abends in die Nachbarküche, Wo man es leider bald entdeckt.«

»Na«, strahlte Helga, »wenn er gleich in der Sendung auch so gesprächig ist, dann kann ja nichts mehr schief gehen.«

Tristan nickte und sah seinen Freund nachdenklich an.

Der Detektiv hatte den Kakadu aufgezogen und ihm aus einer Laune heraus immer wieder Verse deutscher Dichter vorgelesen. Irgendwann fing Marlowe an, die Verse zu wiederholen und dies meist zu unpassenden Gelegenheiten. Dieses außergewöhnliche Talent hatte sich in der kleinen Großstadt Siegen allmählich herumgesprochen und schließlich zu einer Einladung des RDW geführt. Was die Fernsehleute allerdings nicht wussten, war, dass Marlowe eine unkontrollierbare Neugier an den Tag legen konnte, wenn ihn etwas interessierte. Hinzu kam seine Vorliebe, an allem herumzuknabbern, besonders an Schnüren, Kabeln und herumliegendem Papier. Tristan konnte sich gut vorstellen, wie viel Papier und Kabel in einem modernen Fernsehstudio zu finden waren. Das reinste Paradies für Marlowe und eine Hölle für Tristan, denn Marlowe konnte fliegen. Er war es zudem nicht gewohnt, in seiner Bewegungsfreiheit eingeschränkt zu sein. Einen Käfig hatte der Vogel nie von innen gesehen. Dies war auch nicht nötig, da Kakadus monogam leben, was bedeutet, dass sie sich einen Partner fürs Leben aussuchen und bei ihm bleiben. Marlowe hatte sich Tristan ausgesucht und folgte ihm, meist auf dessen Schulter, überall hin.

»Es wird Zeit«, sagte Erich. »Ihr müsst los.«

»Tristan, hast du den Videorekorder eingestellt?« fragte Helga.

»Habe ich«, bestätigte der Detektiv und schielte sicherheitshalber noch mal in Richtung Fernseher, der in einem eigens dafür angefertigten Hängeschrank direkt vom Küchentisch aus zu sehen war. Der kleine Farbfernseher stand auf einem Videorekorder, in dessen Display ein rot leuchtendes Lämpchen Aufnahmebereitschaft signalisierte.

»Seit wann hast du einen Videorekorder?« fragte Erich, während sie aufstanden.

»Seit gestern«, antwortete Tristan. »Und ich will dir nicht von letzter Nacht berichten, wo ich einen intellektuellen Kampf mit der Bedienungsanleitung ausgefochten habe.«

»Er funktioniert doch?« hakte Erich nach, der Tristans Hassliebe zu technischen Geräten kannte.

»Ich will's hoffen«, grinste der Detektiv. »Sara, meine Nichte, nimmt die Sendung zur Sicherheit ebenfalls auf.«

»Na, dann kann ja nichts mehr schief gehen«, meinte Erich und klopfte seinem Freund wohlwollend auf die Schulter.

»Gehen wir zu Fuß?« Helga sah die beiden Herren fragend an.

»Das Wetter ist schön und das Studio nicht weit«, antwortete Tristan, »lass uns zu Fuß gehen.«

4

Noch eine Stunde bis zur Sendung.

Das Hoch „Delia" sorgte schon eine ganze Weile für sonnigwarmes Wetter. Für das Siegerland, das seine Einwohner eher mit feuchten Wetterlagen verwöhnt, eine wirklich bemerkenswerte klimatische Veränderung. Spötter, sogenannte *Uswaerdije,* behaupten schon seit langem, dass die Siegerländer wohl die Einzigen seien, die von einer weltweiten Erwärmung profitieren würden. Der Siegerländer Ureinwohner, dessen Fachwerkhäuser entlang vieler kleiner Täler und Berghänge die Landschaft verzieren, betrachtet die Wetterkapriolen gelassen. Was in dieser Region bedeutet, spätestens nach dem ersten sonnigen Wochenende den Wasserstand der Obernautalsperre zu kontrollieren.

Das Studio des Senders befand sich in einem Gebäude in der City. Als architektonische Schönheit konnte man den grauen Kasten nicht bezeichnen, der sich entlang der Fürst-Johann-Moritz-Straße hinzog, dennoch war das Haus mit seinen vier Etagen und einem geräumigen Untergeschoss für die Fernsehanstalt optimal geeignet. Im Untergeschoss waren der Regieraum, das Fernsehstudio, verschiedene Garderoben, ein Raum für die Maske sowie einige Gemeinschaftsräume untergebracht. Im Erdgeschoss und in der ersten Etage hatten sich die Frauen und Männer vom Fernsehen breit gemacht. Die beiden anderen Etagen wurden von Hörfunkredakteuren und freien Mitarbeitern genutzt.

Cordelia Jansen, die *Anchorwoman* der abendlichen Sendung „Lokalzeit", lehnte sich in ihrem Bürostuhl im ersten Stock zurück und überlegte, welche Informationen das Publikum gerne über den Mann „Tristan Irle“ erfahren würde. Ihre klaren blauen Augen betrachteten derweil einige Zeitungsausschnitte, die Siegens berühmten Detektiv vorstellten. Sie hatte zudem Senderedakteur Peter Papst ausführlich zu der Person *Irle* befragt und war zu dem Schluss gekommen, dass ein sprechender Kakadu auf der Schulter eines erfolgreichen Detektivs mehr Zeit in Anspruch nehmen würde als die üblichen vier Minuten.

Nachdenklich las sie nochmals ihre Notizen und sah auf den Ablaufplan für die kommende Sendung. Plötzlich sprang sie auf, rannte aus ihrem Büro den Flur entlang und suchte Peter. Das Treppenhaus nahm sie mit wenigen großen Schritten, was ihr dank einer sportlichen Figur und ausreichend Temperament mühelos gelang, und stand schließlich vor dem Empfang, hinter dem Martha Christi, die Empfangsdame, den Eingang sicher im Auge behielt. Cordelia nickte ihr kurz zu, dann betrat sie den Redaktionsflur. Sie spürte die einsetzende Veränderung sofort. Als erstes rannte Planungsredakteur Gerd Rabenau sie fast um, dann hetzte Peter aus seinem Büro, ohne auf den Weg zu achten.

»Was ist hier los?« fragte Cordelia besorgt.

»Der SAT-Wagen ist stecken geblieben«, antwortete Peter gehetzt und blieb vor der Moderatorin stehen. »Janette hat angerufen! Wir wissen nicht, ob er bis zur Sendung am Ort ist.«

»David macht doch diese Live-Geschichte mit der Kletterwand«, sagte Cordelia nachdenklich. »Ist der Wagen für ihn?«

»Ja«, nickte Peter, als wären Wölfe hinter ihm her. »Wenn wir bis 19.25 keine Leitung stehen haben, canceln wir den Beitrag. – Ich bin gerade auf dem Weg zu Yvonne, um eine Alternative vorzubereiten.«

Peter setzte sich in Bewegung.

»Das trifft sich gut.« Cordelia folgte ihm und hatte Mühe, mit seinen großen Schritten mitzuhalten.

»Ich brauche mehr Zeit mit diesem Irle«, forderte sie entschieden.

»Was heißt das?« Peter stoppte abrupt.

»Der Mann ist eine Wucht«, schwärmte sie und sah Peter dabei begeistert in die Augen. »Der hat bestimmt einiges zu erzählen, und das mit einem zahmen Kakadu auf der Schulter – das werden die Leute lieben.«

Peter rechnete blitzschnell die möglichen Sendevarianten durch.

»An wie viel Zeit hast du gedacht?«

»So viel wie möglich«, antwortete sie.

»Genau!« mahnte Peter, dem die Zeit davon lief.

»Acht Minuten oder zehn«, sagte sie.

»Gut«, nickte der Senderedakteur, »damit wären wir aus dem Schneider, sollte der SAT-Wagen nicht pünktlich vor Ort sein.«

»Klasse«, strahlte Cordelia. »Wird Yvonne dem zustimmen?«

»Die hat gar keine andere Chance«, antwortete Peter und setzte seinen gehetzten Gang die Treppe hinauf fort. »Wie gesagt«, rief er Cordelia zu, »die Zeit hast du nur dann, wenn der SAT-Wagen bis 19.25 nicht auf Sendung ist.«

»Schon klar«, erwiderte sie und hoffte auf eine kleine Verspätung des Wagens.

Noch 20 Minuten bis zur Sendung.

Tristan Irle, Marlowe, Helga und Erich wurden von Martha Christi empfangen und gebeten, einen Moment vor dem Empfang zu warten. Die Empfangsdame hatte schon viel gesehen, doch einen Kakadu auf der Schulter eines Mannes, das war auch für sie ungewöhnlich.

Sie sahen sich den kleinen Vorraum an.

Ein Prospektständer sowie ein Garderobenständer nahmen den meisten Platz in Anspruch. An der Wand hing ein Plakat, das zur Teilnahme an einem Filmwettbewerb aufrief. Daneben hingen das Logo des Senders und die Konterfeis der Moderatoren.

»Aufgeregt?« fragte Helga.

»Ein wenig«, flüsterte Tristan und kraulte Marlowe, der die fremde Umgebung ebenfalls genau studierte. »Ich mache mir Sorgen, was Marlowe alles anstellen könnte.«

Ein junger Mann mit kurzem schwarzem, kräftigen Haar begrüßte sie. Er war größer als Tristan und etwas kleiner als Erich.

»Mein Name ist Peter Papst«, sagte er.

Der feste Händedruck verriet Tristan eine gewisse Entschlossenheit. Allerdings zuckten seine Augen hin und her, als fühlte sich der Redakteur von den Wänden bedroht.

»Ich bin der für die heutige „Lokalzeit" verantwortliche Redakteur«, erklärte er den Gästen. »Und das ist der berühmte Vogel?«

»Kakadu«, verbesserte Tristan höflich. »Er hört auf den Namen Marlowe.«

»Hallo Marlowe.« Peter wollte den Vogel streicheln.

»Das würde ich sein lassen«, mahnte Tristan ernst. »Er mag es nicht, angefasst zu werden.«

Der Senderedakteur zog langsam und sehr vorsichtig seine Hand zurück. »Nun gut, wenn Sie mir folgen würden. Die anderen können die Sendung hier nebenan in dem Besprechungszimmer verfolgen.«

Peter führte den Detektiv in das Untergeschoss zu einer Garderobe, wo bereits eine junge Visagistin auf ihn wartete.

»Ist das notwendig?« fragte Tristan und sah Peter unwirsch an. Schminke auf Tristans Haut, das war für den Detektiv nun wirklich albern.

»Ja«, nickte Peter, dessen Gedanken immer noch um den stecken gebliebenen SAT-Wagen kreisten. »Wenn wir Sie nicht schminken, dann sieht Ihre Haut aus, als sei sie ein Schweizer Käse. Ganz und gar nicht vorteilhaft. Die Kamera und das Licht verwandeln jede Hautpore in einen schwarzen Krater. Tausende davon auf Ihrem Gesicht, und Sie können bei Harry Potter einen bösen Dämon spielen.«

Tristan nickte und wandte sich der jungen Visagistin zu, die in einem bauchfreien T-Shirt, einer weiten Hose und einem Piercing in der

Augenbraue nicht gerade wie ein nettes Mädchen aussah.

»Sie wissen, was Sie tun?« fragte er besorgt.

»Keine Sorge«, lächelte sie und ihre Augen fixierten Marlowe, dem das funkelnde Schmuckstück über ihrer Augenbraue sehr interessant vorkam, »es wird nichts passieren, wenn Ihr Vogel keine Schwierigkeiten macht.«

»Kakadu«, verbesserte der Detektiv stoisch. »Er heißt Marlowe.«

»Meinetwegen«, antwortete sie lasch und bat Tristan Platz zu nehmen. »Beißt er?«

»Nur böse Menschen«, scherzte Tristan. »Soll ich ihn absetzen?«

»Ja«, nickte sie erleichtert, »das würde meine Arbeit erleichtern. Ich will Ihnen ja den Anzug nicht versauen.«

»Das wäre eine Schande«, grinste Tristan, setzte Marlowe auf die Armlehne des Schminkstuhles und fragte sich, ob dieser Fernsehauftritt zu der Art von Entscheidungen gehörte, die, einmal gefällt, dazu führten, mitten im Schlaf von zerberstenden Metallgeräuschen geweckt zu werden, wobei man anschließend feststellt, dass zu wenig Rettungsboote auf dem Schiff sind, das einen eigentlich sicher über den Nordatlantik schippern sollte. Irgendwie roch er bereits die kalte Seeluft, und ihm war gar nicht gut zumute.

Zum Glück blieb Marlowe brav und verfolgte aufmerksam, was die junge Frau mit Tristans Gesicht anstellte. Nach einigen Minuten war sie fertig.

»So, jetzt können Sie vor die Kamera treten«, sagte sie zufrieden und warf noch einen Blick auf Marlowe, als wollte sie ihn auch für die Kamera fein machen.

»Bei dir ist alles perfekt«, lächelte sie.

In diesem Moment trat Cordelia Jansen in die Garderobe.

Während sich die drei bekannt machten, kämpfte Peter Papst im Regieraum mit der Technik.

»Wie sieht es aus? Schaffen wir es noch?« Kleine Schweißperlen auf seiner Stirn erblickten das trübe Licht des Regieraumes.

HG nickte gelassen.

»Der SAT-Wagen hat es geschafft«, sagte er ruhig. »Wir fahren gerade die Schüsseln aus.«

»Das wird Cordelia ein kürzeres Interview bescheren«, meinte Peter und korrigierte mit der Hand den Sendeablauf. Dann sprang er auf und eilte in sein Büro. Dort wartete Marie Taupattel, die Redaktionsassistentin, um den neuesten und wohl auch letzten Stand des Ablaufplanes in einen Computer einzugeben und anschließend auszudrucken. Die ganze Prozedur dauerte keine zwei Minuten, dann hatte Peter den endgültigen Ablaufplan für die Sendung in der Hand.

Noch 6 Minuten bis zur Sendung.

Unterdessen waren Cordelia, Tristan und Marlowe ins Studio nach nebenan gegangen. Der Sendeablauf sah nun wie folgt aus. Als erstes würde ein Beitrag über einen Kindergarten eingespielt werden, dann würde ein kurzer Nachrichtenblock folgen und anschließend das Interview mit Tristan Irle, danach sollte live zur Eröffnung einer Kletterwand nach Netphen geschaltet werden. Von dort würde David Daub berichten, und zum Schluss sollte dann das Interview, das sie mittags aufgenommen hatten, abgespielt werden.

»Cordelia, noch 3 Minuten«, sagte Peter durchs Mikrofon. »Der SAT-Wagen steht, du hast maximal 4 Minuten für dein Interview.«

Cordelia verzog ihr Gesicht und nickte.

»Schade«, sagte sie zu Tristan. »Wir haben jetzt doch nur vier Minuten.«

»Kein Problem«, antwortete Tristan und wollte den Kakadu auf seiner Schulter zurechtrücken, doch in diesem Moment flog Marlowe los.

Hätte Marlowe seine momentane Laune artikulieren können, dann hätte er so etwas gesagt wie: Du kannst mich mal. Den ganzen Nachmittag hatte sich Tristan schon seltsam benommen. Immer wieder wurde er auf die Schulter gehoben und mal diese und mal jene Geste ausprobiert. Das nervte, und ganz bestimmt einen selbstständigen Charakter, wie ihn Marlowe besaß. Genug war genug, und zudem gefiel ihm der feine Zwirn nicht, aus dem der Anzug bestand. Er bot seinen Krallen nicht den richtigen Halt. Als Tristan ihn schließlich zum dutzendsten Mal anstupste, entschloss sich das neugierige Tier, die Umgebung zu erkunden. Zum Entsetzen des Detektivs und von Peter Papst, der unerwartete Geräusche aus dem Lautsprecher vernahm und einen Scheinwerfer verlor.

»Noch 10 Sekunden«, stammelte er ins Mikrofon, »was ist passiert?«

Doch Cordelia musste sich auf die Begrüßung konzentrieren und antwortete nicht.

Die Sendung begann.

5

Ein Stockwerk höher, im Erdgeschoss, beobachteten Helga, Erich und die Fernsehleiterin Yvonne Reuber, wie Cordelia eine weiße Feder aus ihrem Haar zupfte, professionell den Übergang von der Begrüßung zum ersten Beitrag meisterte und mit der Bemerkung schloss:

»... und wenn Sie wissen wollen, was es mit dieser weißen Feder auf sich hat«, sie hielt sie demonstrativ in die Kamera, »dann bleiben Sie dran.«

Der Kindergartenbeitrag wurde abgespielt.

»Marlowe randaliert«, sagte Erich trocken, während spielende Kinder über den Bildschirm liefen, »ganz sicher. Ihr Studio können Sie nach dem Besuch renovieren.«

»Da muss schon ein richtiger Wirbelsturm kommen«, sagte Yvonne gelassen, »bevor unser Studio das Senden aufgibt.«

Der Beitrag endete. Es folgte ein kurzer Nachrichtenblock.

»Was passiert denn jetzt?« rief Helga plötzlich und deutete auf den Fernseher.

Dort wackelte das Bild unangenehm hin und her.

»Marlowe sitzt auf der Kamera«, stöhnte Erich selbstsicher und sah zu Yvonne.

Kreidebleich sprang die Fernsehleiterin auf und hetzte zu dem Schreibtisch, der in einer Ecke des Besprechungszimmers stand. Dort griff sie hastig nach dem Telefon.

»Diese Sendung wird Geschichte schreiben«, bemerkte Erich sarkastisch.

»Das ist nicht lustig«, antwortete Yvonne und versuchte Peter im Regieraum zu erreichen.

»Jetzt hört es auf«, sagte Helga und verfolgte aufmerksam, wie aus einem verschwommenen Hintergrund langsam die Konturen der Moderatorin und Tristan Irles erschienen.

»Bitte verzeihen Sie die kleine Bildstörung«, sagte Cordelia mit einem dicken Grinsen im Gesicht, »einer unserer Studiogäste fand die Kamera und einige Scheinwerfer so interessant, dass er ins Innere der Technik schauen wollte. Das haben die Geräte leider nicht überlebt. – Unser Gast, Marlowe ... « und wie von Geisterhand geführt landete, aus der linken oberen Hälfte des Bildschirms kommend, ein weißer Kakadu auf Cordelias Schulter, »... hat zum Glück überlebt.«

»Wow«, riefen Helga und Erich gleichzeitig.

Yvonne hatte endlich eine Verbindung mit dem Regieraum. »Was ist denn bei euch los?« schimpfte sie.

Aus dem Fernseher drang die freundliche Stimme Cordelias: »Das hier auf der Schulter ist Marlowe und neben mir steht sein Besitzer, Tristan Irle.«

In diesem Moment blickte Marlowe direkt in die Kamera und krächzte: »Das Mägdlein sprach: O Röslein mein, / Bild dir nur nicht zuviel drauf ein.«

Yvonne lies den Hörer fallen und starrte auf den Bildschirm. »Hat der Vogel gerade Busch zitiert?«

»Busch?« fragte sich Erich. »Ja, das kann von Wilhelm Busch gewesen sein.«

Helga schmunzelte.

Die Fernsehleiterin legte den Hörer zurück in die Hörermulde und setzte sich.

»Macht er das öfters?« Sie sah Helga ungläubig an, als traute sie ihrer eigenen Frage nicht.

»Wenn er gut drauf ist«, antwortete sie, »dann quasselt er Ihnen ein Ohr ab.«

»So?!«

Derweil versuchte Cordelia eine Frage an Tristan zu richten.

»Herr Irle«, begann sie, wurde jedoch von Marlowe jäh unterbrochen.

Der Kakadu beugte sich vor und drehte seinen Kopf zu der Moderatorin, die nun von Marlowes Knopfaugen fixiert wurde.

»Achtung!« rief Helga, »jetzt kommt was.«

Und einen Augenblick später brabbelte es aus dem Lautsprecher: »Dass du mir Aug und Herz entzückst / Ich liebe dich, weil du mich schmückst.«

Die drei sahen, wie es Cordelia zum ersten Mal in ihrer Karriere die Sprache verschlug. Die Moderatorin schüttelte verblüfft ihren Kopf und rang sichtlich um ihre Fassung.

»So ist Marlowe«, sagte Tristan gelassen, als stünde er jeden Tag vor der Kamera. »Sie müssen ihm gefallen, Frau Jansen«, ergänzte er lächelnd. »Normalerweise lässt er Fremde nicht an sich heran. Ich war eben schon erstaunt, dass er sich auf Ihrer Schulter niederließ. – Er wird Ihnen doch nicht zu schwer?«

»Nein danke«, erwiderte die Moderatorin schnell und rief: »Was macht er denn jetzt?«

Marlowe begann an ihrem Ohr zu knabbern.

»Oh«, grinste Tristan, »das macht er nur, wenn er sich in der Gegenwart eines Menschen wirklich wohl fühlt.«

»Das kitzelt«, sagte sie und hatte Mühe, nicht mit der Hand nach Marlowe zu greifen, »tut aber gar nicht weh.«

»Na, jetzt ist es aber genug«, sagte Tristan streng und befreite Cordelia von Marlowe.

Der hatte noch einen drauf zu setzen: »Die Rose sprach zum Mägdelein: / Ich muss dir ewig dankbar sein.«

6

Im Regieraum verwandelten sich die kleinen Schweißperlen auf Peters Stirn in dicke fette Tropfen, und die dunklen, feuchten Flecken unter Peters Achseln waren nicht mehr zu übersehen.

»Noch 30 Sekunden«, sagte er mit zitternder Stimme ins Mikrofon.

»Nur gut, dass der Vogel das andere Ohr anknabbert«, meinte HG gelassen. »Sonst wäre der Ohrknopf wohl hinüber.«

Peter sah ihn scharf an und konzentrierte sich auf Cordelias Worte: »Schön, dass Sie da waren, Herr Irle und Marlowe. Kommen wir jetzt zu einem anderen Thema ...«

»10 Sekunden!« Peter sah auf einen weiteren Bildschirm im Regieraum. Dort konnte er die ersten Live-Bilder aus Netphen sehen.

»Achtung!« rief er, »umschalten!«

Ein Mann Mitte dreißig kam ins Bild.

Jetzt war David Daub live auf Sendung und berichtete aus Netphen über die Eröffnung einer Kletterwand. Der Redakteur hatte sich etwas Besonderes einfallen lassen. Als passionierter Free-Style-Kletterer hing er, nur mit Füßen und einer Hand abgestützt, selbst in der Wand und moderierte. Natürlich trug er Gurtzeug und wurde durch eine Leine gesichert. Neben ihm in ähnlicher Situation hing sein Interviewpartner. Auf einer Bühne hoch oben, kaum zwei Meter von den beiden entfernt, standen der Kameramann und der Tontechniker.

»Sieht gut aus«, meinte Peter. »Tolle Kameraeinstellung.«

»Die Sendung hat was«, antwortete HG und achtete auf das Transpondersignal des SAT-Wagens, um ein scharfes Bild zu behalten.

Unterdessen schien David Daub mit seinem Interview zu Ende gekommen zu sein.

»Und nun ein typischer Abgang«, lächelte er in die Kamera, und dann geschah es.

David stieß sich von der Wand ab, belastete die Sicherungsleine und stürzte plötzlich 15 Meter in die Tiefe.

»Oh, mein Gott«, schrie Peter und starrte auf den Bildschirm, »umschalten!!«

»Wohin?« HG deutete auf den Bildschirm, der Cordelia im Studio zeigte.

Die Moderatorin hatte gerade miterlebt, wie ihr Freund abgestürzt war. Das Entsetzen stand ihr ins Gesicht geschrieben.

»Das Interview ...«, rief Peter. »Spiel die MAZ ab.«

Hastig drückte HG einen Schalter.

»Oh, mein Gott«, rief Helga ebenfalls eine Etage höher. »Habt ihr das gesehen?«

Erich nickte sprachlos.

Yvonne hielt nichts mehr auf ihrem Stuhl. Sie rannte aus dem Büro und eine schmale Wendeltreppe hinunter, die am Ende des Ganges ins Untergeschoss führte. Mit großen Schritten eilte sie durch den Flur und riss einen Augenblick später die Tür zum Regieraum auf.

»Lebt er?« fragte sie aufgeregt.

Peter schüttelte den Kopf.

»Was machen wir nun?« fragte Yvonne und deutete auf den Bildschirm mit Cordelia, die allein im Studio stand. Im Hintergrund liefen die Nachrichten.

»Noch 30 Sekunden«, sagte der Senderedakteur sanft.

»Wird sie es durchhalten?« Yvonne sah ihn eindringlich an.

»Sie wird diese Sendung ordentlich beenden«, antwortete Peter überzeugt. »10 Sekunden.«

Mit zitternder Stimme verabschiedete sich Cordelia und versprach den Zuschauern, dass ihnen die neuesten Erkenntnisse über den Unfall gegen 22:00 Uhr im Regional-Fernsehen berichtet würden.

Tristan Irle betrat erleichtert das kleine Büro, in dem Helga und Erich die Sendung verfolgt hatten. Der Detektiv wusste noch nichts von dem schrecklichen Unfall, der sich einige Minuten zuvor ereignet hatte.

»Und« fragte er deshalb erwartungsvoll, »wie hat euch die Sendung gefallen?«

Helga sah ihren Lebensabschnittsgefährten traurig an.

»Du hast nicht mitbekommen, wie dieser Reporter abgestürzt ist?«

»Nein!« schüttelte er den Kopf. »Welcher Reporter?«

»Der live aus Netphen gesendet hat«, ergänzte Erich. »Er ist aus über 15 Meter Höhe vor laufender Kamera abgestürzt.«

»Dieser Reporter war der Freund der Moderatorin Frau Jansen«, erklärte Yvonne, die betrübt aus dem Regieraum zurück kam und nun in der Tür stand. »Peter, Herr Papst, kümmert sich momentan um Cordelia. So, wie es aussieht, hat David den Absturz nicht überlebt.«

»Es ist wohl besser«, sagte Tristan entschlossen, »wenn wir Sie jetzt verlassen. Sollten Sie meine Hilfe benötigen, scheuen Sie sich nicht, mich anzurufen.«

»Danke«, sagte Yvonne und drehte sich gedankenverloren um.

7

Hauptkommissar Norbert Pfeiffer und Kommissar Werner Holzbaum rasten mit Blaulicht und Sirene über die Hüttentalentlastungsstraße. Holzbaum hielt seine Augen geschlossen und spürte nur anhand der starken Fliehkraft, die den festgespannten Gurt in seinen übergewichtigen Körper presste, dass Pfeiffer den Begriff „Geschwindigkeitsbegrenzungen" für etwas sehr Abstraktes hielt. Dieses Wort gehörte für Pfeiffer in die Kategorie von Begriffen wie Supernova, schwarzes Loch oder weißer Zwerg. Wissenschaftler sprachen davon, doch für jeden Otto Normalbürger hatten sie keine Bedeutung.

Die beiden Beamten der Mordkommission waren extra aus Hagen angereist, um zusammen mit einigen anderen Polizisten der Kreispolizeibehörde Tristan Irles Auftritt im Fernsehen zu verfolgen. Marlowes Auftritt verbreitete eine ausgelassene Stimmung, die durch Holzbaums Kommentare bildreich ergänzt wurde. Die gute Laune implodierte, als David Daub zu Tode stürzte. Hauptkommissar Pfeiffer und Kommissar Holzbaum wurden sofort von Polizeidirektor Wilhelm Flender auf den Unfall angesetzt, denn es gehörte zu den Dienstanweisungen des Landes, dass Morde in Siegen von Hagener Kommissaren bearbeitet wurden.

Pfeiffers Dienstwagen kam quietschend vor der Sporthalle in Netphen zum Stehen. Sie sahen den SAT-Wagen und einen Notarztwagen vor dem Haupteingang der Halle stehen. Einige hundert Menschen wurden von Kollegen der Streife auf Abstand gehalten. Pfeiffer zückte kurz seinen Dienstausweis, dann ließ man die beiden Beamten durch.

In der Halle standen der Kameramann Frieder Sagenmüller, der Tontechniker Thomas Zöller sowie der Vorsitzende des Sportvereins beisammen, während etwas abseits neben der abgedeckten Leiche der Notarzt seinen Koffer zusammenpackte. Pfeiffer gab Holzbaum ein kurzes Zeichen und ging auf den Arzt zu, während Holzbaum die Fernsehleute anvisierte.

»Pfeiffer, Mordkommission«, sagte er zu dem Notarzt und reichte ihm die Hand.

»Wir hatten keine Chance«, erklärte der Arzt. »Ich vermute, dass eine Rippe das Herz durchstochen hat, zudem scheinen einige Halswirbel gebrochen zu sein.«

»Schrecklich«, flüsterte Pfeiffer und schob mit einer schnellen Handbewegung seine Nickelbrille zurück. »Wir haben es live verfolgt. Das gibt der ganzen Sache eine wirklich böse Qualität.«

Der Arzt nickte, als habe er verstanden, was Pfeiffer meinte.

»Haben Sie etwas Besonderes an der Leiche entdecken können?«

»Nein«, antwortete der Arzt, »an der Leiche nicht.«

Pfeiffer hob langsam das Tuch.

Auf den ersten Blick sah man David Daubs totem Körper keinerlei Verletzungen an. Ausgestreckt auf dem Rücken liegend sah der Mann aus, als habe er sich gerade vor Erschöpfung fallen lassen. Es gab keine große Blutlache, nur ein kleines Rinnsal am Kopf deutete auf einen harten Aufschlag hin. Wären da nicht die aufgerissenen Augen gewesen, die Pfeiffer einen kalten Schauer über den Rücken laufen ließen. Pfeiffer ahnte, welche Ängste David in den Sekunden des Falls durchlebt haben musste.

Der Hauptkommissar zog ein Paar Latexhandschuhe aus seinem Jackett und streifte sie über. Schon auf den ersten Blick erkannte er den Grund für den Absturz.

»Wie kann so etwas passieren?« fragte der Arzt.

»Keine Ahnung«, seufzte Pfeiffer, »wir werden das herausfinden.«

Vorsichtig nahm er die Überreste des Karabinerhakens auf, der eine sichere Verbindung zwischen Halteseil und Gurtzeug sein sollte.

2. Ein Totenschleier lag ...

Donnerstag

Ein Totenschleier lag über der Stadt. Tristan Irle stand auf der alten Burgmauer des Oberen Schlosses und starrte hinunter in das Siegtal. Dort schlängelte sich ein feiner Morgennebel entlang des Flussbettes, als spiegelte er den Fluss auf grausige Weise wieder. Tristan war allein. Die wohltuende Stille im ehemaligen Schlossgarten der Fürstenhäuser Oranien und Nassau beruhigte den Detektiv. Das mittelalterliche Gebäude dominierte in einer weitläufigen Gartenanlage, die, in zwei Parks unterteilt, mitten im Herzen der Krönchenstadt lag.

Die ersten warmen Sonnenstrahlen schossen über das Rothaargebirge hinab in die Stadt. In den Häusern würden nach und nach die Wecker den neuen Tag einläuten, doch noch war der Detektiv allein mit sich und seinen Gedanken. Er hatte die vergangene Nacht nicht schlafen können, immer wieder blitzten Bilder des abgestürzten David Daub in seinen Gedanken auf. So viel zum Fluch der Videotechnik. Er hoffte auf einen Unfall, denn den hätte das Gehirn als tragisch verarbeiten können. Doch Hauptkommissar Pfeiffer brachte die schlechte und beunruhigende Nachricht von einem gebrochenen Haken. Ein Frösteln schüttelte seinen Körper. Tristan Irle hatte zum ersten Mal bei einem tödlichen Unfall zusehen müssen. Dies war selbst für einen eingefleischten Detektiv zu viel.

»Ein Sicherheitshaken«, murmelte er, »bricht nicht einfach.«

Sollte es ein Attentat gewesen sein, dann musste der Attentäter knallhart oder von Sinnen sein, dachte er. Ein solches Risiko vor laufender Kamera einzugehen, das sprach für einen sehr beherrschten und kalkulierenden Charakter. Das aufgenommene Video würde Fernsehgeschichte schreiben. Nur gut, dass Pfeiffer es erst einmal unter Verschluss hielt. Aber was hatte das in einem Medienzeitalter schon zu bedeuten? Sicherlich würden im Laufe des heutigen Tages in jeder Nachrichtensendung Ausschnitte zu sehen sein.

Irgendjemand hat die Sendung mitgeschnitten, dachte er traurig.

Die Glocken der St.-Michael-Kirche am Fuße des Giersbergs schlugen. Der Detektiv sah auf die Uhr. Es war halb sieben, Zeit nach Hause zu gehen und Helga zu wecken.

Tristans Haus stand in der Altstadt. Vom Oberen Schloss hinunter bis zu seinem Haus waren es nur einige hundert Meter. Er spazierte durch den Park und verließ ihn am Alten Friedhof. Von dort ging er die Mauerstraße hinunter und dann rechts in die Untere Metzgerstraße. In den letzten Jahren hatten die Besitzer der alten Fachwerkhäuser viel Geld in die Renovierung gesteckt, so dass dieser Teil der Altstadt einen besonders romantischen Charme ausstrahlte. Die eng aneinandergereihten, manchmal windschiefen Häuser vermittelten Geborgenheit und ließen ahnen, wie seit Jahrhunderten Menschen in dieser Stadt lebten. Sie hatten so gar nichts von den Glaspalästen und mehrstöckigen Gebäuden, die man ansonsten in der Stadt antraf. Hier wirkte das Leben überschaubar.

Die Untere Metzgerstraße endete hinter der Marienkirche in einem Hof. Sofort fiel Tristans Blick auf zwei kleine Bäume, die den Platz der alten Kastanien einnahmen, die man vor einigen Monaten hatte fällen müssen. Die Bäume waren links und rechts des Seiteneinganges der Marienkirche gepflanzt und würden mit den Jahren den Hof wieder mit Schatten segnen. Ein Brunnen mit einer blütenähnlichen wasserspeienden Skulptur befand sich vor dem Eingang der Sakristei am nördlichen Ende des Hofs. Das weiße Kirchenschiff schirmte den Verkehrslärm auf der angrenzenden Löhrstraße ab. Gegenüber dem Kirchenschiff standen eine Reihe alter Fachwerkhäuser, von denen eines Tristan Irle gehörte. Mit viel Mühe hatten die Besitzer auch diese alten Häuser renoviert.

Tristan ging auf eine Eichenhaustür zu, die links von einer grünen Holzbank und rechts von einem terrakottafarbenen Topf mit einem Rosenstrauch flankiert wurde. Leise öffnete er die Tür und trat in eine kleine Diele. Direkt links hinter der Haustür befand sich die Tür zum Badezimmer. Einige Schritte weiter führte eine Treppe hinauf in das obere Stockwerk. Auf der rechten

Seite der Diele stand eine antike Kommode, die als Schuhschrank und Ablage benutzt wurde. Darüber befand sich die Garderobe. Geradeaus ging es in die gute Stube. Tristan zog seine Strickjacke aus und legte sie auf die Kommode, dann schlenderte er ins Wohnzimmer.

Auf den ersten Blick glich der Raum einem englischen Studierzimmer. Überall lagen Bücher, Zeitschriften und Magazine herum, und ein vollgestopftes Bücherregal verdeckte eine ganze Wand. Die viktorianischen Möbel unterstrichen den ersten Eindruck und ließen vermuten, dass sich englische Meisterdetektive in diesem Raum zu Hause gefühlt hätten. Gegenüber dem Regal befand sich eine Reihe von Sprossenfenstern, durch die die ersten Sonnenstrahlen langsam ins Zimmer fielen. Mit dem ersten Tageslicht wirkte der Kamin an der Kopfseite des Wohnzimmers mit seiner schwarzen Öffnung bedrohlich. Links neben dem Kamin lagen Holzscheite, und rechts stand auf einem kleinen Tisch ein handgefertigtes chinesisches Schachspiel.

Der Detektiv durchquerte achtlos das Wohnzimmer, um in die angrenzende Küche zu gelangen. Unterwegs wurde er von Marlowe begrüßt, der auf einer Kletterstange im Wohnzimmer die Flügel weit spreizte und Tristan in die Küche folgte.

»Na, Marlowe«, er kraulte dem Kakadu die Brust, »hast du gut geschlafen?«

Marlowe nickte mit dem Kopf und verfolgte aufmerksam, wie Tristan den Frühstückstisch deckte. Der Detektiv stellte gerade das letzte Glas Marmelade auf den Tisch, als es heftig an der Haustür klopfte.

»Es ist offen«, rief er durch das gekippte Küchenfenster auf den Hof.

Marlowe sträubte seinen Kamm und flog zurück auf seine Kletterstange. Dann hörte Tristan ihn krächzen: »Ganz richtig, diese Welt ist nichtig. / Auch du, der in Person erscheint, / Bist ebenfalls nicht gar so wichtig, / Wie deine Eitelkeit vermeint.«

»Guten Morgen, Herr Irle«, sagte ein düpierter Hauptkommissar Pfeiffer und grinste, »irgendwann dreh ich diesem Vogel noch mal den Hals herum.«

»Guten Morgen, Hauptkommissar«, antwortete Tristan überrascht und erwartete noch eine weitere Person. »Wo ist Ihr Alter Ego?«

»Wer?« klotzte Pfeiffer und sah hinter sich.

»Kommissar Werner Holzbaum«, erklärte der Detektiv freundlich.

»Auf der Wache«, antwortete Pfeiffer müde. »Darf ich mich setzen?«

»Bitte«, Tristan deutete auf eine Eckbank, »haben Sie schon gefrühstückt?«

»Nein«, schüttelte der Beamte den Kopf.

Pfeiffer mochte Privatdetektive ungefähr so gerne wie Pfefferminzsoße über Kalbsbraten – nämlich überhaupt nicht. Als pflichtbewusster deutscher Beamter vertrat er die Auffassung, dass nur eine staatliche Behörde das Recht haben sollte, in der Unterwäsche anderer Bürger herumzuwühlen. Privatdetektive störten den reibungslosen Ablauf professioneller Ermittlungen durch ausgebildete Kriminologen, wenn sie sich dilettantisch in polizeiliche Arbeit einmischten. Leider hatte gerade diese dilettantische Einmischung Tristan Irles manchen Mord aufklären können, und so kränkte es Pfeiffers Polizeiseele, eingestehen zu müssen, dass Tristan Irle ein fähiger Detektiv war.

Tristans emotionales Verhältnis zu dem Hauptkommissar basierte auf der Tatsache, dass der Detektiv gegenüber jeglicher staatlicher Autorität erst einmal skeptisch war. In den meisten Fällen, in denen er es mit Behörden zu tun hatte, tat er gut daran, für diese Behörde mitzudenken. Dies bewies seine Lebenserfahrung. Leider stellte der Hauptkommissar keine Ausnahme dar. Der Detektiv hielt den Hauptkommissar für ungefähr so intelligent wie eine Kichererbse. Allenfalls gut genug, um einer Prinzessin die Nacht zu versauen. Nichtsdestotrotz musste Tristan eingestehen, dass Pfeiffers Herz am richtigen Fleck saß, auch wenn er das von Pfeiffers Gehirn nicht immer behaupten konnte.

»Was führt Sie zu mir?« fragte Tristan, während er die Kaffeemaschine füllte. »Vielleicht der Unfall von gestern Abend?« Er konnte sich ein Grinsen nicht verkneifen.

»Als ob Sie das nicht wüssten«, antwortete Pfeiffer und legte eine Schachtel Zigaretten auf den Küchentisch. »Wo ist Ihre bezaubernde Freundin Helga?« versuchte Pfeiffer abzulenken.

»Sie schläft noch«, antwortete der Detektiv und schaltete die Maschine an. »Wenn sie den Duft riecht, wird sie von alleine wach. So lange müssen wir warten.«

»Kein Problem«, nickte Pfeiffer und lehnte sich erschöpft zurück.

»Wenn ich Sie so anschaue, dann könnte man meinen, Sie hätten die Nacht durchgemacht«, sagte Tristan und begann Brot mit einer Brotmaschine zu schneiden, die bereits von seiner Oma benutzt worden war.

»Da liegen Sie ganz richtig«, gähnte der Hauptkommissar und schüttelte beim Anblick des alten Küchengerätes den Kopf. »Verzeihen Sie, aber ich habe wirklich die Nacht durchgemacht.«

»Na, dann erzählen Sie mal«, sagte Tristan, »was haben Sie auf dem Herzen?«

2

Stille brannte auf der Haut, als wäre sie ätzende Säure. Cordelia war allein in ihrer Wohnung. Mit großer Mühe raffte sie sich aus dem Bett, machte sich fertig und begann wie jeden Morgen den Tisch zu decken. Als sie fertig war, musste sie erkennen, dass sie automatisch für zwei gedeckt hatte. Sie starrte einen Augenblick auf den Tisch, dann zerbrach ihre fragile Selbstkontrolle. Die Hände begannen zu zittern und verweigerten plötzlich ihren Dienst. Unkontrolliert stieß sie Geschirr zu Boden, dann brach es aus ihr heraus. Sie schrie auf und weinte.

Cordelia wusste nicht, wie lange sie den Tränenanfall hatte gewähren lassen, aber irgendwann hörte er auf, und eine graue, bleischwere Leere füllte ihr Bewusstsein. Sie goss sich Kaffee ein und rührte gedankenlos mit einem Teelöffel in ihrer Tasse. Verloren blickten ihre leeren Augen auf den Küchentisch.

Während sie die Tassenwand mit dem Löffel langsam dünner schliff, glomm unter den Resten ihrer zerstörten Gefühlswelt Wut auf. Zuerst langsam, dann immer schneller fraß sich die aufflammende Wut durch ihre Traurigkeit und weckte jenes Rechtsgefühl, das Cordelia vor Jahren dazu veranlasst hatte, Journalistin zu werden. Ihr Drang nach Wahrheit und der Wunsch, komplexe Zusammenhänge einer breiten Öffentlichkeit verständlich näher zu bringen, sozusagen ein Licht in die Dunkelheit zu tragen, Mauscheleien aufzudecken und mit ihrer Arbeit dazu beizutragen, dass ein kleiner Flecken Erde für die Menschen lebenswerter wird, darin bestand ihre Motivation, und das war der Antrieb, diesen anstrengenden Beruf auszuüben. Sie wurde sich bewusst, dass sie in erster Linie Journalistin war. Sie gehörte nicht zu der Gruppe von Moderatorinnen, die ihr hübsches Lächeln in die Kamera strahlten und vom Teleprompter ablasen. Ihr Freund war umgekommen und, wie es aussah, auf merkwürdige Weise. Sie konnte sich nicht vorstellen, dass David einen Fehler begangen hatte. Er war immer vorsichtig in der Wand und sehr akribisch bei den Vorbereitungen gewesen.

Irgendjemand hatte ihn umgebracht, das spürte sie. Weshalb, fragte sie sich, und genau das würde sie herausbekommen.

Sie nahm einen kräftigen Schluck aus der Tasse und verzog augenblicklich ihr Gesicht. Der kalte Kaffee schmeckte bitter. Angewidert stellte sie die Tasse weg, stand auf und suchte ihre Sachen zusammen. Nachdem sie ihr verheultes Gesicht einigermaßen hergerichtet hatte, machte sie sich auf den Weg zum Fernsehsender.

Martha Christi am Empfang begrüßte sie lächelnd. Ihr Gesichtsausdruck zeigte Mitgefühl, und das war in dieser Situation völlig ausreichend. Mit schnellen Schritten stieg sie die Treppe hinauf in den ersten Stock empor und fand die Redaktionsmannschaft in Yvonnes Büro versammelt. Cordelia atmete tief durch und suchte sich einen Platz.

»Okay, wir sind vollzählig«, sagte Yvonne und nickte Cordelia kurz zu. »Wir haben einen Haufen Arbeit vor uns, und die sollten wir professionell erledigen. Gerd, was hast du?«

Gerd Rabenau, der Planungsredakteur, fasste sich kurz an seinen Bart und begann, die für den heutigen Tag vorgesehenen Termine zu benennen. Lara Weber, die Nachrichtenredakteurin, hakte hier und da nach, um die neuesten Meldungen abzuchecken. Schließlich machte Gerd eine Pause und sah Cordelia unsicher an.

»Wir haben eine Menge Anfragen«, sagte er leise, »die den Unfall von gestern Abend betreffen.«

Cordelia fühlte, wie die Stimmung im Raum unangenehm wurde.

»Hört zu, Leute«, platzte es aus ihr heraus, »macht euch um mich keine Sorgen. Was gestern Abend passiert ist«, sie schluchzte und ihre Stimme begann zu zittern, »was gestern passiert ist, tut weh, tut sehr weh, aber ich bin Profi genug, um damit umzugehen.« Sie atmete tief ein. »Und ich will, dass wir herausbekommen, was da passiert ist.«

»Ja«, rief Peter und sprach allen anderen damit aus der Seele, »das werden wir herausbekommen, so wahr ich hier sitze.«

»Danke Peter«, lächelte Cordelia.

»Gut«, man merkte Yvonne die Erleichterung an. »Was wollen die anderen Sender, Gerd?«

»Zuerst Bildmaterial«, antwortete der Planungsredakteur.

»Das können sie haben«, meinte Yvonne, »aber mehr nicht. Wir recherchieren selbst.«

»Das möchte ich übernehmen.« Cordelia sah ihrer Chefin in die Augen.

»Das ist keine so gute Idee«, sagte Yvonne vorsichtig, aber mit Nachdruck.

»Yvonne, niemand wird mich davon abhalten«, entgegnete Cordelia hart. »Entweder ich mache es ganz offiziell im Namen des Senders, oder ich mache es auf eigene Faust.«

In diesem Augenblick meldete sich eine freundliche Frauenstimme zu Wort. Sie gehörte Elena Menn, der Studioleiterin, die im Rücken der Gruppe am Türeingang stand.

»Das geht nicht«, sagte sie, und ihr Ton ließ keinen Zweifel daran, wer in diesem Sender das Sagen hatte. »Wir kommen in einen Interessenkonflikt, wenn wir dich an diesen Fall lassen. Du kannst nicht für den Sender die Recherchen führen.«

Cordelia wusste, dass Elena Recht hatte, wollte jedoch noch nicht aufgeben. Genauso war allen anderen klar, dass Cordelia nie und nimmer davon abzuhalten war, eigene Nachforschungen zu tätigen. »Ich verstehe das mit dem Interessenkonflikt«, sagte Cordelia freundlich, zu freundlich, »betraut meinetwegen einen freien Mitarbeiter mit dem Fall, aber verheimlicht mir keine Informationen.«

»Du hast eine Sendung zu moderieren«, sagte Elena scharf. »Wie willst du dich da auf diesen Fall konzentrieren?«

»Ich nehme frei«, erwiderte die Moderatorin. »Jeder Zuschauer wird das verstehen.«

Elena sah zu Yvonne, die nickte.

»Okay«, sagte die Studioleiterin. »Wen können wir damit beauftragen?«

»Maurizius de Werve«, meinte Peter, »der hat das nötige Zeug dazu.«

»Yvonne?« fragte Elena.

»Der Junge ist gut«, nickte die Fernsehleiterin.

»Ich habe nichts dagegen«, sagte Cordelia. Für Yvonne kam die Antwort jedoch einen Tick zu schnell. Sie würde die beiden im Auge behalten.

»Wenn sonst keiner etwas dagegen hat«, schloss Elena die Diskussion, »dann machen wir es so.«

3

Pfeiffer fixierte Tristan und begann zu erzählen.

»Gestern Abend saßen wir alle zusammen in der Wache und sahen uns Ihren Auftritt an«, der Hauptkommissar lächelte und schielte zu Marlowe. »Der weiße Teufel hat eine echt gute Show abgezogen. Die Sendung war sehr unterhaltsam – bis zu diesem Unfall.«

Tristan legte die handgeschnittenen Brotscheiben in einen Korb und stellte ihn auf den Tisch.

»Wir, Holzbaum und ich, sind gleich nach Netphen gefahren«, führte Pfeiffer weiter aus. »Sie können sich vorstellen, dass Staatsanwalt Büdenbender und Polizeidirektor Flender ganz scharf darauf sind, diesen Fall schnellstmöglich aufzuklären«, er gähnte, »und genau das haben wir getan.«

Ein Knarren aus der Diele verriet, dass Helga die Treppe herunterkam.

Tristan unterbrach Pfeifer und rief: »Schatz, wir haben Besuch.«

»Morgen«, rief sie aus der Diele zurück, »und auch Ihnen, Herr Pfeiffer, einen schönen guten Morgen.«

Dann hörten die Männer, wie die Badezimmertür geschlossen wurde.

Pfeiffer sah den Detektiv verwirrt an. »Woher wusste sie, dass ich hier bin? Waren wir so laut?«

Tristan zuckte mit den Schultern und schüttete Kaffee aus.

Das war zugleich das Zeichen für Marlowe, seine Kletterstange zu verlassen und sich in die Küche zu begeben. Mit einem Satz hob er ab, landete, ohne dabei den Küchentisch zu überfliegen, auf der Rückenlehne eines Küchenstuhls und brabbelte: »Suche nicht apart zu scheinen, / Wandle auf betretnen Wegen. / Meinst du, was die anderen meinen, / Kommt man freundlich dir entgegen.«

»Er ist eine wahre Ausgeburt des Teufels«, flüsterte Pfeiffer und spielte angriffslustig mit dem Messer.

Tristan schmunzelte.

Kurz darauf setzte sich auch Helga gut gelaunt an den Frühstückstisch.

Pfeiffer strafte Marlowe mit Missachtung, was dem Kakadu so ziemlich egal war. Ihn interessierte mehr das Stück Brot, das Tristan ihm mit Marmelade beschmierte.

»Wie haben Sie erraten, dass ich zu Besuch da bin?« fragte Pfeiffer Helga höflich.

»Ihr Wagen steht unübersehbar mitten im Hof«, antwortete sie keck. »Außerdem gibt es nicht viele Menschen, die uns in der Woche so früh besuchen. Es sei denn, ein Mensch ist umgekommen und ein gewisser Tristan Irle ist auf mysteriöse Weise mit dieser Tat verbunden. Besitzt man dann noch einen wachen Verstand und ein wenig Lebenserfahrung, die mit einem gewissen Tristan Irle zusammenhängt, dann kann man mit absoluter Sicherheit davon ausgehen, dass ein pfiffiger Hauptkommissar Pfeiffer zum Frühstück erscheint.«

»So«, staunte Pfeiffer und sagte grinsend: »Was ist mit dem Diakon Erich Roth, der ebenfalls sehr gerne zum Frühstück hier auftaucht? Was ich selber erleben durfte!«

»Nun«, Helga nahm einen Schluck Kaffee, setzte die Tasse ab und sah Pfeiffer fest in die Augen, »der scheidet selbstverständlich aus, wenn man ihn in der Sakristei verschwinden sieht. Noch Kaffee, Herr Pfeiffer? Wo ist eigentlich Ihr Alter Ego?«

»Äh, ja gerne«, nickte der Hauptkommissar und antwortete. »Holzbaum ist auf der Wache.«

»Ich hoffe, ich habe die Herren nicht bei etwas Wichtigem unterbrochen«, lächelte Helga, und eine ihrer störrischen Haarsträhnen glitt ihr ins Gesicht.

»Nein«, antwortete Pfeiffer, »ich war gerade dabei, Herrn Irle mitzuteilen, dass wir den Fall bereits gelöst haben.«

Helga sah Tristan überrascht an.

»Wie es aussieht«, erklärte der Hauptkommissar, »handelt es sich bei diesem Unglück um einen Unfall, der durch einen Materialfehler verursacht wurde.«

Tristan legte sein Messer aus der Hand und wartete auf eine ausführliche Erklärung.

»David Daub hing an einem Sicherungsseil«, begann Pfeiffer, »das durch einen Karabinerhaken an seinem Gurtzeug befestigt war. Nach ersten Erkenntnissen brach dieser Haken, als er belastet wurde. Die Anlage ist nagelneu, und auch alle Seile, Haken und was sonst noch zu diesem

Free Climbing gehört, wurden noch nicht benutzt. – Ein tragischer Unfall, ausgelöst durch einen Materialfehler, das war's.«

»Aber solche Haken werden doch geprüft?« warf Tristan ein.

»Sicher«, Pfeiffer griff zur Kaffeetasse, »aber wir sind alle Menschen, denen mal ein Fehler unterläuft. Natürlich checken wir den Produzenten dieser Haken, aber es sieht ganz nach einem Unfall aus. – Kein Verbrechen, kein Mord.«

In dem Moment hob Marlowe seinen Kopf und spreizte den Kamm, dann krächzte er: »Mancher, auf dem Seitensteige, / Hat sich im Gebüsch verloren, / Und da schlugen ihm die Zweige, / Links und rechts um seine Ohren.«

4

Cordelia war mit der Redaktionssitzung zufrieden. Es hätte schlimmer kommen können. Jedenfalls besaß sie jetzt genügend Zeit, sich intensiv mit Nachforschungen zu beschäftigen. Als erstes räumte sie ihren Schreibtisch auf, der auch von Daniel benutzt worden war. Sorgfältig sah sie in den Schubladen nach und legte alle Papiere auf den Schreibtisch. Sie schob alle Unterlagen zusammen und sah zur Fensterbank, wo eine Reihe von Filmbändern stand. Sie packte die Unterlagen in ihre Aktentasche und sah sich die Bänder genauer an. Nach und nach identifizierte sie den Inhalt der Bänder, bis eins übrig blieb.

Sie ließ es stehen und suchte das kleine Büro der freien Mitarbeiter auf, um mit Maurizius de Werve ein paar Verhaltensregeln zu klären. Sie fand den jungen Mann zusammen mit Yvonne vor einem Schnittplatz im Erdgeschoss.

»Schön, dass du uns gefunden hast«, sagte Yvonne in einem Tonfall, der, wenn er viertausend Kilometer im Westen in einem FBI-Verhör zu hören wäre, jedem Delinquenten eines sagen würde: Leg dich bloß nicht mit dieser Autorität an. »Ich habe Maurizius bereits erklärt, was wir von ihm erwarten.«

»So!« staunte Cordelia, die schon immer Autoritäten als Herausforderung verstand. »Freund oder Feind?« grinste sie.

»Keines von beiden«, antwortete Yvonne knapp und sah Cordelia gelassen an. »Macht euch an die Arbeit und streitet euch nicht.«

Dann ließ die Fernsehleiterin die beiden allein.

»Freund«, sagte Maurizius, als die Fernsehleiterin den kleinen Schneideraum verlassen hatte. Sie waren allein.

»Gut zu wissen«, antwortete Cordelia erleichtert. »Was machst du hier?«

»David war an einer Geschichte dran«, erklärte Maurizius, »und er hat schon einiges an Material gesammelt. Das wollte ich mir gerade ansehen.«

»Gut«, nickte sie, »worauf warten wir?«

Seine dunkelbraunen Augen sahen sie interessiert an. Maurizius studierte an der Universität Siegen Medienwissenschaften wie fast alle freien

Mitarbeiter. Sein Drei-Tage-Bart, die auf struppig gestylten Haare und sein trainierter Oberkörper, der durch ein eng geschnittenes Hemd erst richtig zur Geltung kam, ließen bereits erahnen, dass der Junge die Gesetzmäßigkeiten des Haifischbeckens RDW gut verstand. Cordelia spürte bei ihm die nötige Entschlossenheit, um sich durchzusetzen und sah, dass er die Regeln des optischen Auftritts ebenfalls beherzigte.

Maurizius drückte einen Startknopf, und das eingelegte Band wurde abgespielt. Nach einer Viertelstunde hatten sie alles angesehen.

»Ein Haufen einzelner Bildfragmente«, schnaufte Maurizius. »Warum hat er die auf eine Videokassette kopiert?«

»Keine Ahnung«, Cordelia machte sich eine Notiz. »Es scheint, als handle es sich bei dem Material um Reste. Irgendwo muss er noch mehr haben.«

»Das macht Sinn«, überlegte Maurizius und spulte das Band zurück, um es von Neuem zu starten. »Du hast Recht, es sind nur Bildreste.«

»Schön, dann solltest du dich auf die Suche nach dem Filmbeitrag machen«, Cordelia sah den freien Mitarbeiter auffordernd an.

»Und was machst du?« hakte er nach.

»Hier seid ihr!« rief plötzlich Peter, dessen Kopf im Türrahmen erschien. »Ich habe euch schon überall gesucht. Es war ein Materialfehler, ihr könnt die Recherche einstellen. Irgend so ein Hauptkommissar hat gerade mit Elena gesprochen.«

»Na da schau an«, brummte Maurizius, »die kürzeste Recherche meines Lebens.«

»Das kann nicht sein«, Cordelia stand einen Augenblick fassungslos Peter gegenüber, dann hatte sie sich wieder in der Gewalt.

»Doch, doch«, bestätigte Peter, »so wie es aussieht, ist ein Karabinerhaken geborsten, als David ihn belastete. Ein Materialfehler oder so etwas, ein Unfall.«

»Dann sollte ich mich vielleicht darum kümmern, wie so eine Schlamperei passieren konnte«, fauchte Maurizius, der doch noch eine heiße Story witterte.

»Ist genehmigt«, nickte Peter.

»So?!« Cordelia schüttelte den Kopf. »Ihr macht es euch aber einfach.«

»Wir machen es uns nicht einfach«, antwortete Peter ruhig und mitfühlend. »Aber das ergibt einen Sinn. Zwar einen traurigen Sinn, aber es passt.«

»Das heißt, der Fall ist erledigt.« Cordelia atmete laut aus.

»Maurizius hat vom Boss grünes Licht, sich sofort in einen Wagen zu setzen und diese Firma, die die Haken herstellt, zu besuchen. Sie befindet sich in Burbach. Wir haben heute Abend diesen Hauptkommissar zu Gast, der wird den Hergang des Unfalls nochmals schildern und das war's.«

Cordelia nickte und verließ langsam den Schneideraum.

»Alles in Ordnung?« fragte Lara Weber, die Nachrichtenredakteurin, als sie Cordelia im Flur fast angerempelt hätte.

»Danke, mir geht's ...«, die Moderatorin winkte ab und wollte nur noch eines – das Gebäude so schnell wie möglich verlassen.

5

»Was meinst du?« fragte Erich seinen besten Freund. »Kann so was sein? Ich meine, die prüfen diese Haken doch sicher, bevor sie sie herausgeben?«

»Ganz sicher«, antwortete Tristan und zog einmal kräftig an einer Pfeife, die er in seiner linken Hand hielt. Weiße Rauchkringel schwebten langsam dem blauen Himmel entgegen.

Die beiden Männer saßen vor Tristans Haus auf der Bank. Erich zog seine schwarze Jacke aus, und ein schwarzes kurzärmliges Hemd kam zum Vorschein.

»Es ist jetzt schon so warm«, stöhnte der Diakon. »Wie wird es erst heute Mittag werden?«

»Wärmer«, sagte Tristan, der seiner Gewohnheit zum Trotz statt Strickjacke ausschließlich ein kurzärmliges Hemd am Oberkörper trug. »Mein Verstand will nicht akzeptieren, dass so etwas geschehen kann.«

»Das alte Dilemma«, sagte Erich und legte seine Jacke über die Banklehne.

»Welches Dilemma?« Tristan drückte den Tabak in seiner Pfeife mit einem Pfeifenstopfer zusammen.

»Wir sterblichen Menschen«, begann der Diakon und streckte die Beine aus, »fragen uns schon seit Anbeginn der Zeit bei Katastrophen: Warum musste das passieren? Und weil wir nicht akzeptieren wollen, dass es so ist wie es ist, haben wir uns sehr erfinderische Antworten gesucht. Und die beste aller Antworten war die mit den Göttern. Wenn ein übernatürliches Wesen das Schicksal der Menschen bestimmt, dann lässt sich zumindest der Verstand ein wenig benebeln. Wenn auch das Herz wenig davon hat.«

»Das klingt aber sehr ketzerisch«, grinste Tristan und blies einen Kringel in die Morgenluft. »Schließlich könnte man deiner Aussage nach unseren Gott in die Reihe der vielen Götter einreihen. Pass auf, dass du von deinem Boss nicht entlassen wirst.«

»Du hast mich ja unterbrochen«, erwiderte Erich gelassen, »ich war mit meiner Ausführung ja noch gar nicht fertig.«

»Na, ich warte.«

»Während die anderen Götter mehr oder weniger ihre Opfer forderten und ihren Anhängern keine Wahl ließen, hat uns Christus durch seinen selbstlosen Tod am Kreuz erlöst. Wir können selbst entscheiden, ob wir sein Angebot annehmen oder einen anderen Weg einschlagen. Das Schicksal liegt nach meiner Meinung in der Hand eines jeden Menschen selbst.«

»Das sieht der eine oder andere christliche Bruder allerdings anders«, entgegnete Tristan. »Ich will gar nicht auf die vielen christlichen Glaubensunterschiede eingehen, aber ich meine mich zu erinnern, dass es Ansichten gibt, die behaupten, dass man erst durch Gottes Gnade zum wahren Glauben findet. Was eindeutig eine Entscheidung des Herrn ist und nicht in unserer menschlichen Hand liegt. Dann wären wir wieder bei den Göttern. Außerdem trifft es auch Gläubige hier und da sehr unglücklich. Die fragen sich auch: Weshalb ich?« Tristan sah seinen Freund eindringlich an und meinte: »Und komm mir jetzt ja nicht mit dem Spruch: Gottes Wege sind unergründlich.«

»Hatte ich nicht vor«, entgegnete der Diakon. »Nach meiner Erfahrung hängt alles im Leben zusammen.«

»Das ist sehr klar ausgedrückt«, lächelte der Detektiv. »Ungefähr so genau wie die Wegbeschreibung: Siegen liegt auf der Erde.«

»Wenn du diese Erfahrung akzeptieren würdest«, sagte Erich ernst, »dann könntest du vielleicht auch akzeptieren, dass es Unfälle gibt. Unfälle sind in der Regel tragisch und im Nachhinein vermeidbar gewesen.«

»Das gestern Abend war kein Unfall.« Tristan klopfte die Pfeife aus, als wolle er die Aussage mit einer heftigen Geste unterstreichen. »Das ergibt keinen Sinn«, klagte er.

»Ein Unfall ergibt meistens keinen Sinn«, antwortete Erich leise. »Er passiert, weil Menschen Fehler machen.«

»Trotzdem«, Tristan stand auf, »meine grauen Zellen sagen mir, dass hier etwas nicht stimmt.«

Erich runzelte die Stirn. Er kannte den Detektiv lange genug, um zu wissen, dass Tristans graue Zellen in einer anderen Zeit als dämonische Gabe betrachtet worden wären, denn sie irrten sich so gut wie nie.

»Was gedenkst du zu unternehmen?« fragte er deshalb. »Pfeiffer betrachtet den Fall als abgeschlossen.«

»Ich könnte mir vorstellen«, Tristans lindgrüne Augen blitzten auf, »dass die Fernseh-Redakteure der Sache genauer auf den Grund gehen wollen.«

»Zumindest«, ergänzte Erich den Gedanken, »dass Frau Jansen danach trachtet, die Umstände genauestens zu untersuchen.«

»Wir verstehen uns«, nickte der Detektiv und blickte zum Himmel. »Wo fliegt denn Marlowe wieder herum?«

Der Kakadu genoss das warme Frühjahrswetter und kreiste über der Altstadt. Hätte Cordelia für ihr Interview mehr Zeit gehabt, dann hätte Tristan den Zuschauern erklären können, dass Kakadus Geschöpfe sind, die sich nur einmal im Leben für einen Partner entscheiden, um dann mit ihm bis zum Tod zusammenzubleiben. Marlowe hatte sich für Tristan entschieden, und deshalb bestand keine Gefahr, dass der Vogel dem Detektiv einfach davonfliegen würde. Marlowe kannte sich in der Umgebung des Kirchturms bestens aus und würde Tristan nie verlassen. Außerdem konnte er ihn in einer Menschenmenge erkennen. Für Außenstehende wirkte dieser Umstand wie ein Wunder, für Eingeweihte war es angeborenes Triebverhalten und, menschlich interpretiert, ein Liebesbeweis.

Nachdem er einige Höhenmeter gestiegen war, entschloss er sich, zurück zum Hof zu fliegen und sah, wie Tristan nach ihm Ausschau hielt. Aus purem Übermut schoss er wie ein Falke auf Tristan zu, bremste einige Meter über ihm ab und flatterte dann in einen der jungen Kastanienbäume, die neben dem Seiteneingang der Kirche standen.

»Ihm gefällt das Wetter«, bemerkte Erich und stand auf.

Die beiden ungleichen Freunde standen nun nebeneinander und betrachteten den weißen Kakadu, der Mühe hatte, in den noch schwachen Ästen des Baums Halt zu finden.

»Ich denke«, überlegte Tristan laut, »dass ich dem Sender nochmals einen kleinen Besuch abstatte.«

»Das kann nicht schaden«, meinte Erich und nickte. Sein klassisches römisches Gesichtsprofil warf dabei einen schönen Schatten in den Hof. »Wo ist Helga?«

»Sie ist zu ihrer Pension gefahren«, antwortete der Detektiv. »Bei diesem schönen Wetter erwartet sie am Wochenende einige Wandergäste.«

»Soll ich auf Marlowe aufpassen?«

»Danke«, antwortete Tristan, »das ist nicht nötig. Den nehme ich mit.«

6

Die Sonne blendete Cordelia, als sie auf die Fürst-Johann-Moritz-Straße trat. Sie kramte ihre Sonnenbrille aus der überfüllten Aktentasche und ging in Richtung Siegplatte. Das Siegerland und das angrenzende Wittgenstein sind traditionelle Regengebiete. Länger andauernder Sonnenschein führt bei den Bewohnern zu einem Gießreflex und lässt den Verkauf von Gartenschläuchen rapide ansteigen. Wobei die Zeitspanne „länger“ in dieser Region definiert wird durch „Friedhofsbesuch plus 2 Tage“. Für alle anderen Mitteleuropäer entsprach das so ziemlich genau 36 Stunden. Man kann zwar nicht von einem gestörten Siegerländer Verhältnis zum Sonnenschein sprechen, aber mediterranes Flair oder südländische Lebensfreude gehören leider nicht zu den Urcharaktereigenschaften der Berg- und Talbewohner. Deshalb ist es erstaunlich mit anzusehen, wie sich Siegens Innenstadt bei andauerndem Sonnenschein zu einem großen Straßencafé verwandelt.

Auf der Siegplatte angekommen betrat Cordelia einen kleinen Biergarten und suchte sich einen schattigen Platz. Sie setzte sich unter einen großen Sonnenschirm und bestellte bei einem jungen Kellner einen KiOBa. Dann packte sie Davids Unterlagen aus und verteilte sie auf den Tisch. Zuerst überflog sie die Papiere und sortierte sie nach Themen, die sie aus Überschriften oder Stichworten entnahm. Da sie wusste, dass David nie mehr als zwei Themen gleichzeitig bearbeitete, sah sie die Papiere nochmals intensiver durch. Unterdessen stellte der Kellner ihr das Getränk hin, das sie mit einem kurzen Nicken quittierte. Nach und nach wurden aus den vormals sechs Stapeln zwei, wobei einer von beiden deutlich an Volumen zunahm.

Keine fünfzig Meter entfernt startete in diesem Moment Marlowe von Tristans Schulter und flog zielsicher auf die ahnungslose Cordelia zu. Der Kakadu hatte sie irgendwie wahrgenommen und stattete ihr nun einen Besuch ab. Tristan blieb nichts anderes übrig als dem Vogel, so schnell er konnte, zu folgen.

Mit einem lauten Knall landete Marlowe auf dem Tisch und hätte fast das Getränk umgestoßen. Cordelia zuckte erschreckt zurück und wäre fast vom Stuhl gefallen, da er durch die plötzliche Gewichtsverlagerung an Standfestigkeit verlor.

»Ganz unverhofft, an einem Hügel, / Sind sich begegnet Fuchs und Igel«, krächzte Marlowe zur Begrüßung.

»Hat er etwas umgestoßen?« fragte Tristan ein wenig außer Atem.

»Nein«, antwortete Cordelia überrascht.

»Gott sei's gedankt«, stöhnte Tristan erleichtert. »Schön, Sie hier zu treffen.«

»Hallo«, erwiderte die Moderatorin. »Was führt Sie zu mir?«

»Marlowe.« Tristan deutete auf den Vogel, der neugierig den Strohhalm in Cordelias KiOBa untersuchte.

»Das Glas würde ich da wegstellen«, mahnte Tristan und gab Marlowe einen kleinen Klaps auf den Schnabel.

»Das ist Kirschsaft, Orangensaft und Bananensaft«, erklärte sie, »mag er so was?«

»Es würde mich nicht wundern«, lächelte der Detektiv. »Aber vorher stößt er wahrscheinlich das Glas um.«

Cordelia nahm das Glas und stellte es weg.

»Setzen Sie sich doch«, forderte sie ihn auf. »Ich sehe mir gerade einige Unterlagen an, die David auf dem Schreibtisch liegen hatte.«

Tristan nahm die Einladung gerne an.

»Sie haben gehört, dass die Polizei von einem Unfall ausgeht«, sagte sie, als Tristan Platz nahm.

»Ja«, nickte er. »Hauptkommissar Pfeiffer hat es mir persönlich mitgeteilt.«

»Sie kennen diesen Mann?« Cordelias Tonfall engte Interpretationen auf ein Minimum ein.

»Ja, sehr gut«, erwiderte er.

»Und«, sie musterte den Detektiv, »glauben Sie an einen Unfall?«

Tristan zögerte einen Augenblick mit der Antwort. Er dachte an Erichs Bedenken und sagte schließlich. »Nein, ich denke, da hat jemand nachgeholfen.«

»Ganz meine Meinung«, seufzte sie. »Deshalb sehe ich mir diese Papiere an.«

»Und, was gefunden?« Tristan sah sie über den Rand seiner Halbbrille freundlich an.

»Ja«, nickte die Moderatorin und reichte ihm ein Papier, auf dem mit großen Buchstaben stand: „EIDEA".

Tristan sah Cordelia verdutzt an.

»Was hat ein Möbelhaus mit dem Tod Ihres Freundes zu tun?«

»Die Ansiedlung des Hauses«, erklärte sie, »ist bei vielen Händlern umstritten. Gerade bei Händlern in der Oberstadt. Es wird befürchtet, dass noch mehr Kaufkraft abgezogen wird, wenn EIDEA auf dem Heidenberg die Türen öffnet.«

»Ja, das kann ich verstehen«, nickte der Detektiv.

»Hinzu kommen noch die großen heimischen Möbelhäuser«, führte sie weiter aus, »die mit dem Schweden einen echten Konkurrenten vor die Haustür bekommen, das mag keiner.«

»Verstehe«, sagte Tristan. »Sie vermuten, dass David irgendeiner Sache auf der Spur war.«

»Ja«, antwortete sie überzeugt. »Es muss etwas Großes sein, sonst würde man nicht zu solchen Mitteln greifen.«

»Hm«, brummte der Detektiv.

7

Hinter einem großen Schreibtisch saß Siegens Bürgermeister und blätterte in einer Zeitung. Die aufgeschlagene Zeitung verlor sich fast auf dem

Schreibtisch, der so alt schien, als sei er etwa zur gleichen Zeit entstanden, als das Malergenie Peter Paul Rubens in Siegen das Licht der Welt erblickte. Ein wuchtiges Stück Möbel, das jedem Besucher den Eindruck von Autorität vermittelte. Allerdings ein lächerlicher Versuch, dem politischen Führer der Stadt Siegen seine Macht wiederzugeben. Die hatte er rein faktisch gesehen bereits mit Einsetzung der Haushaltssperre seitens des Landes verloren. Wäre die Stadtkasse üppig gefüllt, sähe dies vielleicht anders aus, aber die Kassen waren leer, um nicht zu sagen: sie waren staubtrocken. Einnahmen mussten her, und zwar so, dass der Widerstand der Stadtbewohner in Grenzen blieb. Gebührenerhöhungen, Abgabenerhöhungen und die Müllgebühren wurden ins Auge gefasst und hier und da der momentanen Situation angepasst. Die Bevölkerung, ohnehin schon durch eine hohe Steuerlast gepeinigt, nahm es mit Murren hin und war froh, dass keine plündernden Raubritter durch die Gassen galoppierten und Steuern eintrieben. Der Bürgermeister kannte natürlich die Stimmung, die außerhalb der Rathausmauern den Ton angab. Schließlich war er ja auch einmal ein einfacher Bürger gewesen. Deshalb war ihm die Idee gekommen, die Gewerbesteuereinnahmen zu erhöhen. Die wollte er nicht durch eine Anhebung des Steuersatzes, sondern durch eine verstärkte Ansiedlung neuer Unternehmen und Handwerksbetriebe. Die nötigen Gewerbegebiete standen zur Verfügung. Zwar sträubten sich hier und da noch ein paar

Waldbesitzer, aber die würde er mit der Zeit auch noch klein kriegen. Denn wenn die Bürger erst einmal in den Genuss sinkender Gebühren und Abgaben kommen würden, dann würde auch der Widerstand bröckeln, da war er sich ganz sicher. In einem Gewerbegebiet blühten bereits die ersten unternehmerischen Sprösslinge, und die galt es jetzt politisch zu hegen und zu pflegen.

Doch es drohte bereits Gefahr. Denn was dem einen ein Vorteil ist, ist dem anderen ein Nachteil. Und so formierte sich ein politischer Widerstand, um die Pläne des Bürgermeisters zu verhindern. Kopfschüttelnd las er die Schlagzeile in der Zeitung: „EIDEA bedroht unsere Existenz".

»So ein Unsinn«, fauchte der Bürgermeister und griff zum Telefon. »Frau Becker, kommen Sie gleich mal her.«

EIDEA war sein größter Coup. Das schwedische Möbelhaus hatte Interesse daran, in Siegen eine Filiale zu gründen und damit 250 Arbeitsplätze zu schaffen und natürlich eine Menge Gewerbesteuer zu zahlen. Heimische Möbelhäuser sahen das etwas differenzierter und bangten um ihre Einkünfte.

Einen Augenblick später stand Katrin Becker, Pressesprecherin der Stadt Siegen, im Büro des Bürgermeisters und lächelte.

»Was gibt's?« fragte sie und setzte sich in einen der ledernen Sessel, die vor dem Mammutschreibtisch des Bürgermeisters standen.

»Haben Sie das schon gelesen?« brummte ihr Chef.

Katrin richtete sich kurz auf, fixierte die Tageszeitung und meinte: »Ja, da steht nichts Neues drin.«

»Die Schlagzeile ist empörend«, zischte der Bürgermeister und ließ sich matt gegen die Lehne fallen. »Wir sollten sofort eine Stellungnahme dazu abgeben.«

Katrin kräuselte ihre Stirn und sagte: »Das finde ich nicht.«

»So?« Mit großen Augen musterte der Bürgermeister seine Pressefrau. Wie immer perfekt angezogen, offenes Wesen und hier und da hart wie Granit.

»Die Leute wollen EIDEA in Siegen«, antwortete sie. »Warum mit einer Stellungnahme den Streit aufheizen?«

»Meinen Sie?« Der Bürgermeister überflog nochmals den Artikel. »Sie wissen, dass die hier geäußerten Befürchtungen eintreten können?«

»Ja, sicher«, nickte Katrin. »Aber wir leben in einer freien Marktwirtschaft. Da entscheidet der Kunde, wo er einkaufen geht.«

»Wenn Sie meinen«, nickte der Bürgermeister. »Aber wir sollten trotzdem gegen diese Meinung etwas unternehmen.«

»Gut«, Katrin erhob sich, »ich lasse mir was einfallen, okay!«

»Schön, auf Sie ist Verlass«, lächelte der Bürgermeister und fügte nachdenklich hinzu, »vielleicht wäre eine Meldung über unserer Aktion „Lebendige Oberstadt" nicht schlecht.«

»Ja«, grinste die Pressefrau, »an so etwas hatte ich ebenfalls gedacht.«

»Perfekt«, nickte der Bürgermeister entschlossen, »das dürfte der beste Weg sein.«

8

Pfeiffer und Holzbaum standen im Gemeinschaftsraum der Siegener Wache. Die Wache befand sich im Hauptgebäude der Kreispolizeibehörde an der Weidenauer Straße. Sie war sozusagen der erste Kontaktraum, wenn Besucher das Verwaltungsgebäude betraten. Im hinteren Teil der Wache befand sich der Gemeinschaftsraum. Der schlichte Raum war mit einem Linoleumboden ausgelegt. Eine Schrankküche sowie mehrere zusammengestellte Tische mit Stühlen bildeten das Mobiliar des Raumes. Als einzigen Luxus gönnte sich die Polizei einen großen Breitwand-Fernseher, an dem bereits Pfeiffer Tristans historischen Auftritt miterleben durfte. Dieses Mal lief kein Fernseher, denn Pfeiffer hatte eine Schar weiblicher Polizeibeamten zusammengerufen, um eine Stilfrage zu klären. Wie so oft bei Männern, die eine gewisse Autorität verkörpern, brechen immer dann Defizite durch ihr glattes Erscheinungsbild, wenn sie plötzlich vor eine Kamera treten müssen. Im Falle Pfeiffers bestand das Defizit darin, den passenden Anzug mit Krawatte für den anstehenden Fernsehauftritt zu finden. Anscheinend ein Problem, das er mit Irle teilte. Zwar hatte Holzbaum, der amüsiert auf einem Stuhl saß und an einem Wasser nippte, seinen Chef vor dieser Zusammenkunft gewarnt, aber Pfeiffer hörte nicht auf seinen Freund. Und so stürzte er sich mit dem ihm eigenen jugendlichen Tatendrang ins Unglück. Auf dem Tisch lagen zwei Anzüge, ein grauer und ein hellbeiger, sowie eine Handvoll Krawatten. Die Kolleginnen untersuchten zu Beginn die Anzüge, und hier und da konnte Holzbaum das Urteil in den Gesichtern ablesen. Pfeiffer, viel zu aufgeregt, um die kleinen Gesten der Beamtinnen mitzubekommen, legte derweil seine Favoriten-Kombination auf dem Tisch zusammen.

»Was meint ihr?« fragte er in der Erwartung, ein zustimmendes Ja zu erhalten.

»Hm«, murmelte eine Kollegin. Die anderen sahen sich nur kurz an.

In so einer Situation verstehen sich die Frauen, ohne ein Wort sagen zu müssen. Für Holzbaum, den Beobachter, war es jedoch so, als riefen sie alle: „Oh nein!“

»Also«, begann eine Polizeiobermeisterin vorsichtig, »ich schlage die dunkelblaue Krawatte mit diesem Anzug vor.« Sie tippte auf den grauen Anzug.

»So?« antwortete Pfeiffer enttäuscht.

»Was meinen Sie?« fragte die Polizeiobermeisterin Holzbaum.

»Oh, ich gebe keinen Kommentar ab«, wehrte sich Holzbaum. »Sonst höre ich die nächsten Wochen nur Vorwürfe.«

»Was meint ihr anderen?« fragte Pfeiffer.

Zur Überraschung Holzbaums waren sich die anderen Frauen alle einig. Sie stimmten dem Vorschlag zu.

»Okay«, nickte der Hauptkommissar, »dann diese Klamotten. Danke für eure Hilfe.«

Die Polizistinnen verließen den Raum und wünschten dem Kollegen für die Sendung alles Gute. Als die beiden Männer alleine waren, sagte Holzbaum: »Du hättest deine Freundin fragen sollen.«

»Sie hat keine Zeit.« Pfeiffer schloss die Tür und begann sich umzuziehen.

»So«, bemerkte Holzbaum. »Es ist doch wichtig für dich.«

»Sie hat Stress mit dem Bürgermeister«, antwortete Pfeiffer und wechselte die Hose. »Irgend so eine Geschichte mit einem Gewerbegebiet.«

Holzbaum nickte und zog ein Notizbuch aus der Tasche seiner Jacke.

»Hast du alle Fakten im Kopf?« fragte er.

»Ja!« Pfeiffer nahm die Krawatte in die Hand und begann sie zu binden.

»Gut«, antwortete Holzbaum und fügte nachdenklich hinzu. »Wir hätten auf das Gutachten warten sollen.«

»Welches Gutachten?« Pfeiffer hatte den Knoten endlich gebunden.

»Die Materialprobe von dem gebrochenen Haken«, erklärte er.

»Was soll das bringen? Der Haken ist gebrochen. Materialfehler, basta!«

»Ich denke nur«, sagte Holzbaum, »wenn an dem Haken manipuliert wurde, dann sehen wir sehr alt aus, wenn du heute Abend im Fernsehen erklärst, es sei ein Unfall gewesen.«

»Jetzt mach dir keine Sorgen«, lächelte Pfeiffer verwegen. »Ich kläre das ganze Interview vorher mit Flender ab. Dann kann er uns nicht ans Bein pinkeln.«

»Wenn du meinst. Wohl ist mir dabei aber nicht.«

Pfeiffer schien nicht zuzuhören. Er streifte sich das Jackett über und fragte: »Na, wie sehe ich aus?«

»Gut«, nickte Holzbaum.

»Besser als Irle?«

»Du bist schlanker, ganz klar schlanker.«

»Na, bestens«, freute sich Pfeiffer, »dann suchen wir jetzt Polizeidirektor Flender.«

Flender, ein breitschultriger Mann, saß in seinem Büro und sprach mit Staatsanwalt Friedrich Büdenbender. An den Wänden hingen die Trophäen von Flenders Jagdleidenschaft. Die toten Köpfe präparierter Tiere starrten die beiden Staatsdiener aus Glasaugen an. Dem Staatsanwalt fielen die Köpfe schon nicht mehr auf, zu oft war er bereits in dem Büro zu Gast gewesen. Als Pfeiffer und Holzbaum eintraten, zeigte sich Flender zufrieden.

»Das passt ja gut«, tönte er mit kräftiger Stimme und kam sofort zur Sache. »Staatsanwalt Büdenbender möchte über den Stand der Ermittlungen informiert werden.«

»In welchem Fall?« fragte Pfeiffer provozierend. Er mochte den Staatsanwalt nicht besonders und heute erst recht nicht, denn er war eindeutig besser gekleidet als der Hauptkommissar.

Büdenbender lebte nach dem Motto: viel Feind, viel Ehr. Deshalb überhörte er die kleine Anmache des Hauptkommissars, stand auf und lächelte süffisant.

»Natürlich die Geschichte mit diesem Reporter«, ergänzte Flender ungehalten.

»Ach die«, nickte Pfeiffer, »das war ein Unfall.«

»So?« Büdenbender schien enttäuscht. »Pfeiffer, sind Sie sich da ganz sicher?«

»Ja«, erwiderte der Hauptkommissar.

»Äh«, flutschte es aus Holzbaums Mund. Der Kommissar bemerkte, dass sein Chef wie immer ungeachtet der Konsequenzen auf dünnes Eis stürmte.

»Ja, Holzbaum?« Staatsanwalt Büdenbender lächelte den übergewichtigen Beamten aufmunternd an. Sofort beschleunigte sich der Puls des Kommissars. Büdenbenders Grinsen war ebenso humorvoll wie jenes Grinsen, das sich einem Schiffbrüchigen unterhalb der Wasserlinie ziemlich schnell nähert und mit einer weithin sichtbaren Flosse ausgestattet ist. Ein archaischer Angstreflex scheuchte sämtliche Sinne Holzbaums auf höchste Alarmbereitschaft.

»So wie es aussieht«, begann er vorsichtig, »hat Pfeiffer Recht. Es scheint ein Unfall zu sein.«

»Sag ich doch«, nickte Pfeiffer und klopfte ihm auf die Schulter.

»Sonst nichts?« Büdenbender umkreiste Holzbaum, als wäre er das Mittagessen.

»Wir warten noch auf das Ergebnis einer Materialuntersuchung«, erklärte der Kommissar unsicher.

»Weshalb?« bohrte der Staatsanwalt weiter.

»Nur um sicherzugehen«, ergänzte Pfeiffer, dem Büdenbenders Position so egal war wie Haie den Delphinen. Nur mit dem Unterschied, dass Delphine ihr Gehirn benutzten. »Wissen Sie – ich habe heute Abend ein Interview zu geben, und wir wollen uns ja nicht so weit aus dem Fenster hängen.«

»So?« raunte Büdenbender in einem Tonfall, den plötzlich auch Pfeiffers Verstand zu interpretieren in der Lage war.

»Sie haben doch nichts dagegen, Boss?« wandte sich der Hauptkommissar erschreckt an Flender.

»Muss ich?« kam als Antwort.

»Natürlich nicht«, antwortete Pfeiffer mit der Freundlichkeit eines Knaben, der Opa etwas abluchsen wollte. »Wir sind gut vorbereitet und machen sicherlich einen erstklassigen Eindruck.«

»Das will ich hoffen«, brummte Flender, »sonst gehen Sie wieder Streife.«

»Klar, Boss.« Pfeiffer nickte zufrieden. Niemand im deutschen Beamtenapparat konnte so einfach degradiert werden. Das galt auch für Pfeiffer und er wusste es.

»Passen Sie nur auf«, warnte der Staatsanwalt, »was Sie von sich geben.«

»Keine Angst«, erwiderte Pfeiffer flapsig, »ich stehle Ihnen schon nicht die Schau.«

9

Die Sonne stand im Zenit und strahlte direkt auf die Siegplatte. In vielen Büros begann nun die Mittagspause, und die freie Zeit wurde genutzt, um bei dem warmen Sommerwetter etwas zu sich zu nehmen. Immer mehr Mittagspäusler strömten in den Biergarten und besetzten die schattigen Plätze. Leider reichten die aufgestellten Sonnenschirme nicht aus, um alle Sitzplätze mit Schatten abzudecken, so kam es hier und da zu kleinen Wortgefechten, da man sich erst einigen musste, wo der Schirmständer nun stehen sollte. Tristan sah nach Marlowe, der artig neben ihm auf der Lehne des Gartenstuhls saß und den Reibereien am Rande des Biergartens aufmerksam zuhörte. Der Detektiv gab die Unterlagen zurück und sah Cordelia nachdenklich an.

»Bei dieser Geschichte geht es wirklich um viel Geld.«

»Ja!«

Sie legte ihm einige Zeitungsausschnitte vor. »Die heimischen Händler sehen eine Gefahr in der Ansiedlung des Möbelhauses. Das hatte ich ja schon gesagt. Zudem fürchten die Händler in der Oberstadt, noch mehr Kunden zu verlieren.«

»Also eine Menge Menschen, die etwas gegen EIDEA haben«, stellte der Detektiv nüchtern fest.

»Nur die, die meinen, einen Schaden zu erleiden. Die meisten Siegerländer, Wittgensteiner und angrenzenden Sauerländer freuen sich auf das Möbelhaus. Es spart der Mehrheit eine weite Anreise nach Dortmund, Köln oder Kamen.«

Tristan nickte und überflog einige Schlagzeilen, dann gab er auch diese Blätter zurück.

»Haben Sie mit den Kollegen gesprochen«, fragte er, »die bei dem Unfall dabei waren?«

»Nein«, antwortete Cordelia überrascht. »Wo habe ich nur meinen Kopf?« Sie schlug sich mit der flachen Hand vor die Stirn. »Die hätte ich doch direkt befragen sollen.«

Tristan lächelte und sagte: »Wir sollten das möglichst schnell nachholen. Die Erfahrung zeigt, je länger man wartet, desto unterschiedlicher fallen die Aussagen aus.«

Sie sah den Detektiv mit großen Augen an.

»Das hat mit der Art unseres Gehirns und dessen Wahrnehmung zu tun«, erklärte er, während Cordelia ihre Tasche packte. »Erlebnisse werden mit Gerüchen und Tönen verbunden. Aber auch mit Aussagen, die zum Beispiel bei einem Erfahrungsaustausch gemacht werden. Je mehr Menschen über das gleiche Erlebnis sprechen, desto mehr nähern sich ihre Beschreibungen schließlich an. Das wollen wir aber nicht.«

»Verstehe«, nickte die Moderatorin und überlegte einen Augenblick, bevor sie fragte: »Würden Sie für mich arbeiten?«

Tristan grinste sie wie ein Lausbub an und meinte: »Tue ich das nicht schon?«

Verblüfft blickten ihn Cordelias blaue Augen an. Dann lachte sie und rief den Kellner, um zu zahlen.

Keine fünf Minuten später verfolgte die Empfangsdame Marlowe aufmerksam, als er zusammen mit Tristan und Cordelia den Sender betrat. Doch dem Kakadu war es viel zu warm, um Dummheiten zu machen. Er saß auf Tristans Schulter und beobachtete gelassen das Geschehen um sich herum. Cordelia führte sie in das Untergeschoss in der Hoffnung, dort den Kameramann Frieder Sagenmüller und den Tontechniker Thomas Zöller anzutreffen.

Der Kameramann und der Tontechniker waren gerade dabei, den Dienstwagen auszuräumen, den sie tags zuvor für die Fahrt nach Netphen benutzt hatten. Cordelia fand die beiden am hinteren Eingang des Sendegebäudes.

»Hallo Cordelia«, begrüßte Frieder die Kollegin und umarmte sie. »Tut uns leid, was mit David passiert ist.«

Thomas, der Tontechniker, schloss sich mit einem Nicken der Aussage an.

»Danke, Jungs«, antwortete Cordelia und klopfte dem Kameramann liebevoll auf die Brust. »Darf ich euch Tristan Irle vorstellen und seinen Kakadu Marlowe?«

Frieder, ein athletischer blonder Mann Mitte dreißig, strahlte den Detektiv mit freundlichen blauen Augen an. Wären nicht die schulterlangen

Rastalocken auf seinem Kopf gewesen, hätte er als der klassisch narzisstische Prototyp durchgehen können.

»Schön, Sie auf unserer Seite zu wissen.« Er reichte dem Detektiv die Hand.

»Schließe mich dem an«, sagte Thomas, der nicht weniger athletisch daherkam und gleich nach Frieder den Detektiv mit einem festen Händedruck und eindringlichen dunklen Augen begrüßte.

»Nette Begrüßung«, sagte Tristan, »aber was meinen Sie mit „auf unserer Seite“?«

Frieder musterte Cordelia. »Ich dachte, Sie ermitteln wegen des Mordes?«

»Noch wissen wir ja gar nicht«, erklärte der Detektiv, »ob es wirklich ein Mord war.«

»Das ist doch klar«, schimpfte Thomas.

»So?« hakte Tristan nach.

»Ja, Thomas hat Recht. Egal, was dieser Pfeiffer meint«, erregte sich Frieder. »David hat sein eigenes Material bei der Kletterpartie benutzt. Das haben wir beide gesehen. Er hatte es extra gestern Morgen in den Wagen hier gelegt.«

»Ja, ich habe gesehen, wie er alles aus seiner Tasche für die Kletterpartie herausgenommen und angelegt hat. Was dieser Pfeiffer redet, ist großer Unsinn.«

»Aber so ein Haken kann nachgeben«, sagte Tristan.

»Ja sicher, aber dann hätte dieser Haken auch schon vorgestern brechen müssen, da waren wir alle drei nämlich am Druidenstein klettern.« Frieder nahm eine Kamera aus dem Kofferraum.

»Daran habe ich gar nicht mehr gedacht«, sagte Cordelia. »David war vorgestern mit den beiden unterwegs.«

»Dann bin ich jetzt noch mehr auf die Analyse gespannt«, murmelte Tristan.

»Wenn Sie mich fragen«, ergänzte Thomas, der einen großen Koffer aus dem Kofferraum hob, »dann hat da einer böse nachgeholfen.«

»Warum hat er die Ausrüstung nicht vorher kontrolliert?« wollte Tristan wissen. »Ich meine, wenn er ein Profi war?«

Frieder und Thomas hielten inne.

»Wir hatten kaum Zeit«, begann Frieder schuldbewusst. »Der SAT-Wagen hatte Verspätung. Wir haben gar nicht mehr mit einer Live-Übertragung gerechnet, und als der Wagen dann doch noch eintraf, ging alles sehr schnell.«

»Verstehe«, nickte Tristan.

»Wir fragen uns selbst«, sagte Thomas traurig, »ob der Absturz hätte vermieden werden können, wenn wir nicht so hektisch vorgegangen wären. Es tut uns so leid, Cordelia.«

»Gebt euch keine Schuld«, sagte sie ernst. »David sagte doch immer, jeder ist für seine Ausrüstung selbst verantwortlich.«

»Ja, als ob er geahnt hat, dass irgendwann so etwas passieren würde«, flüsterte Frieder.

»Danke, Jungs«, sagte Cordelia und wollte gehen.

»Nur noch eine Frage.« Tristan deutete auf die Kamera, die Frieder auf eine Kiste gestellt hat.

»Haben Sie vor der Übertragung schon Aufnahmen gemacht?«

»Ja«, nickte Frieder.

»Sind die aufgezeichnet worden?«

»Natürlich«, Frieder ging zu der Kamera, öffnete einen Schacht und zog eine Filmkassette heraus. »Die sind hier drauf.«

»Wir sollten uns das Band ansehen«, sagte Tristan zu Cordelia gewandt.

»Ganz sicher!« antwortete sie und nahm das Band von Frieder entgegen.

10

Eine Etage höher sprach Peter mit Lara Weber über die Nachrichten. Der Nachrichtenblock bildete ein eigenes Segment im Gefüge des Sendeablaufes. Jede Woche wechselte die redaktionelle Verantwortlichkeit, genauso wie bei der Sendeleitung. Nur der Planungsredakteur blieb vier Wochen in dieser Funktion, da sonst ein Chaos drohte. Denn Wochen im Voraus mussten Kamerateams mit Kamerawagen und SAT-Wagen organisiert sein. Dieses Rotationssystem hatte den Vorteil, dass die verantwortlichen Redakteure nicht durch den täglichen Stress verheizt würden. Zudem blieben alle festangestellten Redakteure in der Übung.

Lara Weber, ein zierliche Frau Mitte zwanzig, sah zu Peter hinauf und verdrehte ihre großen dunklen Augen. Eine Geste, die beim männlichen

Geschlecht nicht selten den Bambi-Schutzreflex auslöste. Einen Reflex, der im männlichen Stammhirn sämtliche Schutzinstinkte aktivierte, was zu einer Eintrübung der analytischen Fähigkeiten führte, die mit Bizeps und einem GI-Gehabe kompensiert wurden. Peter war schon öfters in diese Falle getappt und hatte sich später gefragt, wieso er die Arbeit seiner Kollegin machte.

Dieses Mal war er auf der Hut und staunte, als Lara ein wirkliches Problem ansprach, das es zu lösen galt.

»Weißt du«, sagte Lara und sah Peter an, »diese Janette liefert Bilder, die du nicht einfach zerschneiden kannst. Die sind einfach super. Hast du den Beitrag zu der Spielplatzaffäre gesehen? Ich sage dir, aus der wird noch mal etwas.«

Da hatte Lara völlig Recht. Janette, eine freie Mitarbeiterin, besaß ein magisches Auge. Sie konnte einem Kameramann genau sagen, wo er seine Kamera aufbauen und hinhalten sollte, und gab ihm auch noch während er filmte die Anweisungen, welche Blende und welche Objektiveinstellung einzustellen waren. Im Schneideraum zauberte sie dann kleine Filmkunstwerke.

Für die abendliche Sendung sollte nun ein Janette-Beitrag für den Nachrichtenblock gekürzt werden, was Lara wie eine Schändung vorkam.

»Wieso senden wir den Beitrag nicht komplett?« fragte sie scharf.

»Weil wir heute Morgen anders entschieden haben«, antwortete Peter. »Außerdem hat Gerd schon Schwierigkeiten, die ganzen Janette-Beiträge unterzubringen.«

»Sie ist klasse«, beharrte Lara, »ich kann diesen Beitrag nicht zerstören.«

Peter nickte, und sein Gehirn begann eine Lösung zu suchen.

»Wie sieht es mit dem Freibad-Beitrag aus, den David heute liefern sollte?«

»Nicht fertig geworden«, antwortete Lara.

»Dann nehmen wir den Spielplatz«, sagte Peter nachdenklich. »Wieder Kinder?!«

»Macht nichts, der Spielplatz steht in Soest, der Kindergartenbeitrag gestern stammte aus Kreuztal.«

»Gut«, nickte Peter.

»Du weißt, dass das Yvonne nicht gefallen wird«, mahnte Lara. »Sie mag es nicht, wenn kurzfristig Änderungen vorgenommen werden.«

»In diesem Fall kann sie schwerlich etwas dagegen haben«, erwiderte Peter.

»Sie mag Janette nicht besonders«, meinte Lara.

»Nun ja, du weißt ja selbst, wie Janette ist«, antwortete Peter, der in diesem Moment von Marie Taupattel, der Redaktionsassistentin, gerufen wurde.

»Peter, Telefon«, rief sie über den Flur. »Wichtig!«

»Ich komme«, antwortete er. »Wir sind klar?«

»Ja«, nickte Lara und sah Peter zufrieden nach.

Tristan und Cordelia suchten einen freien Schnittplatz und fanden schließlich einen unbelegten Platz in einem kleinen Raum, der mit technischen Geräten vollgestopft war.

»Wow«, staunte der Detektiv. »Das sind eine Menge Geräte.«

»Ja«, nickte Cordelia und steckte das Band zielsicher in einen Schlitz. »Eigentlich macht Xenia vom Schnitt diese Arbeit. Sie hat es nicht so gerne, wenn man an den Geräten herumfummelt.«

Cordelia grinste und drückte einen Knopf. Kurz darauf erschien auf einem großen Bildschirm das erste Bild.

Eine Menge junger Leute lief durchs Bild. Man sah David, wie er das Gurtzeug anlegte und zu einer Hebebühne ging.

Cordelia begann zu zittern. Schließlich gab es einen Schnitt und einige schwarze Bilder, bis schließlich wieder David im Bild auftauchte.

»Das kennen wir«, schluchzte Cordelia und schaltete das Band ab.

»Nichts Besonderes«, meinte Tristan. »Hatte Ihr Freund nicht noch mehr Bänder?«

»Wie meinen Sie das?«

»So etwas wie eine Materialsammlung«, erklärte der Detektiv.

»Natürlich«, schoss es der Moderatorin durch den Kopf. »Warten Sie hier, ich bin gleich wieder da.«

Tristan blieb sitzen und inspizierte den Schneideplatz. Allerdings blieben ihm die meisten Knöpfe und Rädchen ein Buch mit sieben Siegeln. Cordelia kam zurück und hielt ein weiteres Band in der Hand.

»Das hatte er oben auf der Fensterbank«, erklärte sie und legte das Band ein.

»Unser Bürgermeister«, sagte Tristan erstaunt, als das erste Bild erschien.

Sie sah, wie David den Bürgermeister zum neuen Gewerbegebiet befragte und schließlich auf das Thema EIDEA zu sprechen kam. Das Interview verriet nichts Neues. Die gleichen Informationen, die sie schon den Unterlagen Davids entnommen hatten. Dann folgte die Großaufnahme von einem der Siegerländer Möbelhäuser.

»Er hat einen Hubschrauber gemietet, um diese Aufnahmen machen zu können«, sagte Tristan und betrachtete aufmerksam, wie die Kamera über das Gebäude des Möbelhauses in einem engen Bogen hinwegflog und dann die nahe Autobahn einfing, um mit einer Totalen der Autobahn folgend zu enden. »Das sieht gut aus«, murmelte der Detektiv.

Cordelia standen Tränen in den Augen.

»Verzeihen Sie«, seufzte sie, »aber David wusste, wie Bilder wirken. Er hat mehrere Wettbewerbe gewonnen und wäre sicherlich dieses Jahr für den Grimmepreis nominiert worden. – Das alles ist nun vorbei. Es tut weh.«

»Verstehe«, nickte er, »sollen wir für heute Schluss machen?«

»Ja«, Cordelia drückte einen weiteren Knopf und das Bild verschwand, wenig später förderte ein Mechanismus das Band aus dem Schlitz heraus.

»Das Band passt nicht in einen Videorekorder?« fragte Tristan und deutete auf die Kassette.

»Nein«, lächelte Cordelia verhalten, »das ist ein spezielles Breitbandformat. Das passt in keinen Videorekorder.«

»Man kann sich die Aufnahmen also nur an solchen speziellen Geräten anschauen?«

»Ja«, bestätigte die Moderatorin. »Weshalb fragen Sie?«

»Ich hätte mir gerne die Aufnahmen in Ruhe zu Hause angeschaut«, antwortete Tristan.

»Kein Problem, dann machen wir eine Kopie auf VHS.«

»Das geht?«

»Ja, Ruth Achenbach aus dem Archiv macht das für Sie. Lassen Sie uns hingehen, dann können Sie die Aufnahme gleich mitnehmen.«

Auf dem Weg zum Archiv, das sich interessanterweise gleich neben den Redaktionsbüros der Fernsehleute befand, fragte Tristan: »Arbeitete David immer mit den gleichen Leuten?«

»Sie meinen Kameramann und Tontechniker?«

»Ja«, lächelte Tristan und ermahnte sich im Stillen, in Zukunft genau formulierte Fragen zu stellen, schließlich arbeitete er mit einer Moderatorin zusammen, die es gewohnt war, präzise Formulierungen zu benutzen.

»Die Teams wechseln, aber er hatte seine Vorlieben«, antwortete sie.

»Thomas Zöller und Frieder Sagenmüller, nehme ich mal an«, sagte Tristan.

»Gut behalten«, erwiderte Cordelia. »So oft es der Einsatzplan erlaubte, nahm er diese beiden mit.«

Sie erreichten die Tür zum Archiv.

Cordelia klopfte an und trat ein. Tristan folgte ihr.

»Hallo Ruth«, begrüßte sie eine ältere Dame mit wachen Augen.

Ruth erwiderte den Gruß und musterte Tristan.

»Der Detektiv«, sagte sie knapp aber freundlich und stand auf, um Cordelia zu umarmen. »Tut mir leid, was mit David passiert ist.«

»Danke.« Sie drückte Ruth herzlich und rang einen Moment um ihre Fassung. »Wir brauchen deine Hilfe. Kannst du dieses Band auf VHS kopieren?«

»Hat es Zeit oder soll es gleich erledigt werden?« Ruth beobachtete den Detektiv, während sie fragte.

Noch bevor Tristan antworten konnte, gab sie sich selbst die Antwort: »Gleich, nehme ich mal an.«

»Das wäre ausgezeichnet«, sagte Tristan.

»Was ist an der Geschichte mit dem Unfall dran?« Sie nahm das Band von Cordelia entgegen und ging zu einer Wand, die ähnlich dem Schnittplatz mit allerlei Geräten bedeckt war.

»Die Polizei meint, es wäre ein Unfall«, erklärte Cordelia, »ich glaube es aber nicht. David war viel zu vorsichtig, wenn es um seine Kletterei ging. Er hätte keinen Haken benutzt, den er nicht ausgiebig getestet hätte.«

»Du meinst, er wurde reingelegt?« Ruths Tonfall schnitt durch den Raum, als wollte sie damit Stahl zerlegen.

»Ja«, nickte Cordelia.

»Und Sie, Herr Irle, was meinen Sie?« Ruth hatte etwas von einem Inquisitor. Sie steckte das Band in ein Gerät.

»Ehrlich gesagt«, begann Tristan zögerlich, »ich bin mir noch nicht sicher ...«

Weiter kam er mit seinen Ausführungen nicht. Ruth sah dem Detektiv strack in die Augen und fauchte: »David war ein Ehrenmann und keiner der Hanswurste, die man heute da draußen antrifft. Ich hatte ihn gewarnt, das Thema „Möbelhaus" anzupacken, weil ich ahnte, dass er in Schwierigkeiten kommen könnte. Doch er wollte nicht hören.«

»Weshalb hast du ihn gewarnt?« Cordelia musterte die zierliche alte Dame ungläubig.

»Wisst ihr denn nicht«, sagte sie mit Verachtung, »dass Frieder Sagenmüller der uneheliche Sohn und einzige Erbe von Manfred Dachdecker ist, dem Besitzer des Möbelhauses oben auf der Friedrichshöhe?«

11

Im zweiten Stock saßen an zwei gegeneinander gestellten Schreibtischen Maurizius de Werve und Janette Schusse. Sie befanden sich in einem der Büros für freie Mitarbeiter. Der attraktive

Maurizius und die nicht weniger attraktive Janette hatten gleichzeitig beim Sender angefangen. Während sie beide rein äußerlich für jedes Young-Fashion-Produkt die idealen Models abgegeben hätten, unterschieden sie sich doch in ihrer journalistischen Einstellung und in der Art und Weise, wie man Redakteur wurde. Maurizius studierte an der Siegener Universität Medienwissenschaft, um sich dann später für ein Volontariat zu bewerben. Janette lag der Journalismus im Blut. Sie strebte direkt ein Volontariat an. Das würde sie aber erst bekommen, wenn sie genügend praktische Erfahrung mitbrachte. Deshalb lernte sie schnell, worauf es bei einem guten Beitrag ankam, und wusste zu ihrem Vorteil mit Redaktionsentscheidungen umzugehen. Schließlich zählte für sie jede gesendete Minute mit einem ihrer Beiträge, denn die Warteschlange für einen der begehrten Volontariatsplätze war so lang, dass die Anwärter die Chinesische Mauer hätten füllen können.

»Und?«, fragte Janette ihren Kollegen, der über ein Blatt Papier gebeugt saß, »hast du bei dieser Firma jemanden erwischt?«

»Leider nein.« Maurizius richtete sich auf und legte einen Kugelschreiber zur Seite. »Die haben mich nicht auf das Gelände gelassen«, erklärte er unzufrieden, »weil der Chef nicht da war. Das hat der Pförtner wenigstens behauptet.«

Janette grinste und lehnte sich zurück. »Bei einer Frau wärst du vielleicht hineingekommen, was?«

»Lass das«, zischte Maurizius und warf Janette einen wütenden Blick zu.

»Sie bringen heute Abend meinen Beitrag.« Janette verstand es, Öl ins Feuer zu kippen.

»Herzlichen Glückwunsch«, knurrte Maurizius.

»Mach dir nichts draus«, lächelte sie verführerisch. »Weißt du eigentlich, dass David an einer Sache mit EIDEA dran war?«

»Ja«, brummte Maurizius, »das weiß jeder im Sender.«

Janette nickte.

Maurizius wurde neugierig. »Du kleines Biest, was willst du mir sagen?«

»Nun«, Janettes grüne Augen starrten Maurizius funkelnd an, »überleg mal, David arbeitete an einer Story, die so heiß ist, dass man sich die Finger daran verbrennen kann. Jeder weiß doch, dass die Stadt EIDEA haben will, während die umliegenden Möbelhäuser den Untergang befürchten, sollte der Riese aus Schweden hier ansässig werden.«

»Verstehe«, nickte Maurizius, »aber David ist durch einen Unfall umgekommen – schon vergessen?«

»Meinst du?« lächelte Janette. »Aber sag doch mal ehrlich, ist das nicht ein wirklich schöner Zufall, dass gerade der Redakteur umkommt, der an dieser Geschichte sitzt?«

»David betrieb ein gefährliches Hobby«, antwortete Maurizius sarkastisch. »Auch das ist ja allen bekannt.«

»Jetzt übertreib nicht«, sagte Janette ernst, »du weißt ganz genau, wie sorgfältig er sich vorbereitete und kletterte.«

»Schon gut«, beruhigte er sie, »ich weiß ja, dass du ihn als Vorbild hattest.«

»Wir sollten nicht so einfach aufgeben«, antwortete Janette. »Und wenn du dich nicht traust, könnte ich doch an den Fall herangehen?«

»Das ist kein Fall«, erklärte Maurizius, »es war ein Unfall.«

»Jetzt sieh das nicht so eng«, schimpfte Janette, die eine heiße Story bereits kilometerweit entfernt erkannte. »Selbst wenn es ein Unfall ist, dann könnten wir doch ein paar Fragen stellen ...«

»... und aus einem Pups ein Riesending zaubern.«

»He, es ist jemand umgekommen, vergiss das nicht«, Janette war nun wirklich beleidigt. »Ich meine, es ist unsere verdammte Pflicht, genauer hinzusehen, als es die anderen tun.«

»Wir haben eine Order«, erinnerte Maurizius.

»Du hast eine Order«, verbesserte sie, »ich bin an kein Wort gebunden.«

Maurizius überlegte. Janette war ein Naturtalent, das hatte sie bereits jedem bewiesen. Ihr Spürsinn für gute Geschichten verblüffte ihn immer wieder. Es war vielleicht ganz einträglich, wenn er sich an sie dranhängte, ohne dabei seine Deckung zu verlassen.

Er grinste und sagte schließlich: »Es kann ja nichts schaden, Fragen zu stellen.«

»Ja«, rief Janette und sprang auf.

»Na, was ist denn hier los?« fragte Cordelia.

»Hallo Cordelia«, grüßte Janette und starrte Tristan Irle an. »Sie sind der Detektiv?«

»Richtig, Irle, Tristan Irle«, er reichte Janette die Hand.

»Das sind die fähigsten freien Mitarbeiter des Senders«, erklärte Cordelia. »Janette Schusse und Maurizius de Werve.«

Er gab auch Maurizius die Hand.

»Herr Irle unterstützt meine Recherche«, sagte Cordelia.

»Es heißt«, Janette begann vorsichtig, »dass es ein Unfall gewesen sei?«

»Das glauben wir nicht«, antwortete Cordelia.

»Mir geht es ebenso«, nickte Janette.

»Maurizius, was hast du bei der Firma herausgefunden?« fragte Cordelia.

»Leider rein gar nichts«, gestand er und schämte sich ein wenig. »Sie haben mich abblitzen lassen.«

»Nun ja«, schluckte Cordelia, »bleib am Ball.« Die Moderatorin lächelte den beiden freien Mitarbeitern noch zu und verabschiedete sich.

»Schön, Sie kennen gelernt zu haben«, sagte Tristan und klopfte Maurizius aufmunternd auf die Schulter.

12

Langsam sank die Sonne dem Horizont entgegen. Weite Schatten bedeckten die breite Hauptstraße der Stadt, auf der einsetzender Berufsverkehr den Heimweg verzögerte. Viele der wartenden Autofahrer hatten die Scheiben heruntergedreht und genossen den Duft blühender Vegetation. Ein warmer Frühlingstag verabschiedete sich. Etwas abseits der Straße zwitscherten eine Handvoll Spatzen, die auf einem begrünten Streifen des Polizei-Parkhauses nach Nahrung suchten. Pfeiffer ignorierte das laute Treiben und betrachtete sich im Spiegelbild der Frontscheibe seines Dienstwagens. Die Gläser seiner Nickelbrille funkelten in der Scheibe. Nachdenklich musterte er den Sitz seiner Krawatte, strich mit der linken Hand kurz über seinen Kurzhaarschnitt und öffnete schließlich den Wagen.

Holzbaum befand sich noch im Büro. Er wartete immer noch auf den Untersuchungsbericht, der Auskunft über den gebrochenen Haken geben sollte. Langsam wurde es Zeit, denn in wenigen Minuten musste er aufbrechen, sonst würden sie zu spät im Sender ankommen. Während Pfeiffer äußerlich ruhig hinter dem Lenkrad wartete, klopfte Holzbaum, ganz wider seine Art, nervös auf die Tischplatte. Enttäuscht starrte er auf das Faxgerät und stand schließlich auf. Mit einem unguten Gefühl in der Magengegend verließ er das Büro, eilte die Treppe des Bürogebäudes hinunter und gab einem Polizeianwärter in der Wache den Befehl, ins Büro hoch zu gehen und auf das Fax zu warten. Schnell kritzelte er dem jungen Mann noch seine Handynummer auf ein Blatt seines Notizblockes, riss es ab und machte ihm nochmals deutlich, wie wichtig dieses Fax sei. Dann verließ er die Wache und hastete zum Parkplatz.

Pünktlich trafen sie vor dem Sendegebäude in der Fürst-Johann-Moritz-Straße ein. Ungeachtet irgendwelcher Verbotsschilder parkte der Hauptkommissar den Dienstwagen auf dem Bürgersteig.

»Das könnte ein Knöllchen geben«, warnte Holzbaum und deutete auf ein Parkverbotsschild.

»Das klären wir später«, antwortete Pfeiffer, »ich habe keine Lust, kilometerweit zu laufen.«

»Flender zieht es dir vom Gehalt ab«, grinste Holzbaum.

Pfeiffer schüttelte amüsiert den Kopf und schloss den Wagen per Fernbedienung.

»Haben wir mittlerweile Ergebnisse aus dem Labor?« fragte der Hauptkommissar auf dem Weg zum Eingang.

»Nein«, antwortete Holzbaum besorgt. »ich wäre froh, wir würden noch vor der Sendung Bescheid bekommen.«

»Wissen die in der Wache, wo wir sind?«

Holzbaum zögerte einen Moment. Er wusste nicht so recht, ob sein Chef gerade einen Witz gemacht hatte oder ob er es ernst meinte.

»Ich glaube«, sagte Holzbaum vorsichtig, während Pfeiffer am Studioeingang klingelte, »die Wache weiß ganz genau, wo wir uns momentan befinden.«

»Na, dann werden die aus dem Labor uns ja auch erreichen«, grinste er. Das Schloss der Eingangstür wurde entriegelt und Pfeiffer riss die Tür mit einem kräftigen Ruck auf. »Nach dir«, lächelte er.

»Weiß Katrin eigentlich, dass du heute im Fernsehen auftrittst?«

»Ich habe sie eben kurz informiert«, antwortete der Hauptkommissar. »Sie gab mir noch ein paar Tipps, als wüsste ich mich nicht richtig zu verhalten.«

»Sie meint es gut mit dir«, sagte Holzbaum ernst.

Peter erwartete die Beamten bereits. Erleichtert begrüßte er den Hauptkommissar.

»Schön, Sie bei uns zu haben«, sagte er schnell, »bitte kommen Sie gleich mit in die Maske. Es wird Zeit.«

Holzbaum wusste einen Moment nicht, wo er bleiben sollte, doch Lara, die auf den Flur trat, bat ihn, in dem kleinen Raum Platz zu nehmen, in dem tags zuvor Helga und Erich die Sendung miterlebt hatten.

»Wie kann ich Pfeiffer erreichen?« fragte er, bevor Lara wieder verschwand.

»Müssen Sie Ihren Chef denn erreichen?« Lara sah den schwergewichtigen Beamten überrascht an.

»Wir warten noch auf ein wichtiges Laborergebnis«, erklärte Holzbaum. »Das Ergebnis könnte Pfeiffers Aussage maßgeblich beeinflussen.«

»Oh«, Lara überlegte einen Augenblick, »dann wäre es wohl besser, wenn Sie in den Regieraum gehen.«

»Regieraum?« Holzbaum wurde neugierig.

»Er befindet sich im Untergeschoss«, antwortete Lara und ging voraus.

»Hat man dort Handyempfang?«

»Keine Ahnung«, gestand Lara, »das müssen Sie ausprobieren.«

Peter glotzte Holzbaum einen Moment an, dann hatte Lara die Situation erklärt.

»Okay«, nickte er schließlich, »stellen Sie sich hier hinten hin.«

Holzbaum folgte der Anordnung und überprüfte den Empfang seines Handys. Nur ein halber Balken erschien auf dem Display, aber das würde ausreichen, um ein Telefonat annehmen zu können. Vorsichtshalber schaltete er den Klingelton ab und stellte sein Handy auf Vibration um. Jetzt hieß es warten.

13

»Wann kommt Pfeiffer dran?« fragte Holzbaum leise den Senderedakteur.

»In 15 Minuten«, antwortete Peter, »und Sie müssen nicht flüstern, uns hört da draußen niemand.«

»Okay«, nickte Holzbaum und versuchte sich in dem engen Regieraum so klein wie möglich zu machen.

Immer wieder starrte er auf sein Handy und dann auf seine Uhr. Schließlich sah er auf einem der vielen Bildschirme, wie Pfeiffer am Studiopult seine Position einnahm. Für das Publikum waren diese Bilder unsichtbar, da gerade der Beitrag von Janette abgespielt wurde. Der Hauptkommissar sah in seinem Anzug und dem Makeup gut aus. Moderator Weber, der für Cordelia eingesprungen war, besprach noch einige Dinge mit dem Hauptkommissar, die Holzbaum leider nicht hören konnte. Pfeiffer nickte in seiner gewohnten Art, was so viel bedeutete wie: Ich mach sowieso, was ich will. Doch der Moderator schien zufrieden. Wieder starrte Holzbaum auf sein Handy und murmelte: »Jetzt wird es allmählich Zeit.«

»Wenn Sie Ihrem Boss noch etwas mitteilen möchten«, sagte Peter an Holzbaum gewandt, »dann wäre jetzt der richtige Zeitpunkt.«

»Würde ich gerne«, lächelte Holzbaum verlegen, »aber ...«

Sein Handy begann zu vibrieren. Hastig drückte er die Sprechtaste und nahm es ans Ohr.

14

»Pfeiffer sieht gut aus«, sagte Helga und kuschelte sich an Tristan.

»Findest du?« Tristan fand, Pfeiffer sähe zu blass aus.

Die beiden saßen auf der Eckbank in Tristans Küche und sahen sich die „Lokalzeit" an.

»Ja«, nickte Helga, »sein hageres Gesicht kommt gut zur Geltung. Er hat eindeutig ein Kameragesicht.«

»Also«, mokierte sich Tristan, »schau doch mal, wie er zappelt. Typisch Pfeiffer, strahlt keinerlei Ruhe aus.«

Der Moderator begann die erste Frage zu stellen, wurde aber durch eine Stimme aus dem Off unterbrochen.

»Das ist doch die Stimme von Peter Papst«, sagte Helga.

»Ruhig. Was hat er gesagt?« schimpfte Tristan.

Helga zuckte mit den Schultern.

Im Fernseher reichte der Moderator Pfeiffer einen Ohrstöpsel. Etwas umständlich hielt sich der Hauptkommissar den Stöpsel ans Ohr. Ohne sein Gesicht zu verziehen, stand er eine Minute wie versteinert da. Für den Zuschauer ist ein Minute Fernsehen, in der nichts passiert eine halbe Ewigkeit und so stieß Tristan einen Seufzer der Erleichterung aus, als der Hauptkommissar endlich den Stöpsel dem Moderator zurückgab.

»Und, Herr Pfeiffer, was können Sie uns nach dieser ungewöhnlichen Unterbrechung zu dem Tod von David Daub sagen?«

»Herr Weber«, begann Pfeiffer, als hätte er schon immer vor der Kamera gestanden, »dank meines Mitarbeiters Kommissar Werner Holzbaum, der sozusagen die Verbindung zu unserer Einsatzstelle hält, kann ich Ihnen jetzt die aktuellen Ermittlungsergebnisse mitteilen.« Pfeiffer machte eine Pause und strahlte in die Kamera. »Natürlich verstehen Sie, dass ich mich nur so weit äußere, wie es professionelle Polizeiarbeit zulässt.«

»Seit wann spricht Pfeiffer so geschnörkelt?« Tristan schüttelte den Kopf. »Richte eine Kamera auf ihn, und er verwandelt sich in einen Klugschwätzer.«

»Jetzt beruhige dich«, beschwichtigte Helga, »lass hören, was er rausrückt.«

»So wie es jetzt aussieht«, erklärte Pfeiffer, »können wir davon ausgehen, dass Ihr Kollege Daub einem Attentat erlag.«

»Sie, Sie meinen, man hat Daub umgebracht?« Weber starrte ihn mit großen Augen an.

»Ja, das kann ich jetzt mit Sicherheit sagen«, nickte Pfeiffer und grinste in die Kamera. »Sie verstehen, dass ich jetzt nicht auf Einzelheiten eingehen kann. Das sind Sie vielleicht von Privatdetektiven gewöhnt, aber professionelle Polizeiarbeit verbietet so etwas.«

»Der Schwätzer«, explodierte Tristan, »das bekommt er zurück.«

»Er hat keine Namen genannt«, sagte Helga sanft.

»Ist doch klar, wen er meint«, schimpfte der Detektiv. »Aber was er davon hat, das wird er noch sehen.«

»Viel schlimmer finde ich, dass Daub umgebracht wurde«, erwiderte Helga traurig.

Tristan hielt inne und sah seine Freundin nachdenklich an.

»Du hast Recht, weshalb rege ich mich eigentlich auf?« Er nahm Helga in den Arm. »Mein Gefühl hat mich also nicht getäuscht.«

Etwas später an diesem Abend, Helga saß im Wohnzimmer und blätterte in einem Gastronomieführer, steckte Tristan das Videoband aus dem Sender in seinen Videorekorder. Er nahm einen Block und einen Bleistift, setzte sich auf die Eckbank und drückte die Fernbedienung. Während die ersten Bilder abgespult wurden, stopfte sich der Detektiv eine Pfeife. Nochmals staunte er über die großartige Kameraführung und bedauerte den Verlust von so viel Kreativität. Die Pfeife war mittlerweile gestopft. Mit einem langen Streichholz zündete er den Tabak an und paffte einige dicke blaue Rauchwolken in die Küche, bevor der Tabak im Pfeifenkopf richtig brannte. Nur gut, dass sie heute in der Küche nicht mehr essen würden. Tristan war zwar ein leidenschaftlicher Pfeifenraucher, aber er achtete stets darauf, in welcher Umgebung er rauchte. So waren alle geschlossenen Räume tabu, in denen sich Kinder oder kranke Menschen aufhielten. Am liebsten rauchte er, wenn er in Ruhe lesen oder recherchieren konnte. Vorsichtshalber öffnete er ein Küchenfenster, dann konzentrierte er sich wieder auf das Videoband.

Zuerst erschien der Geschäftsführer der Stadt-Marketing-Arbeitsgemeinschaft. Der befürchtete eine weitere Abwanderung der Kaufkraft aus der Oberstadt, wenn ein so attraktiver Laden außerhalb der eigentlichen Einkaufszone eröffnet würde. Er schlug vor, das leerstehende Kaufhaus gegenüber dem Rathaus für die Ansiedelung von EIDEA zu nutzen. Als nächstes tauchte die Pressesprecherin der Stadt im Bild auf. David hatte sie vor dem Oberen Schloss aufgenommen. Katrin Becker zeigte sich offen für die Sorgen der Einzelhändler in der Oberstadt und erklärte, alles Mögliche zu tun, damit der Schwund nicht weitergehen möge. Eine klare Aussage für oder gegen das schwedische Möbelhaus ließ sie offen.

Tristan notierte sich schnell einige Stichworte, als plötzlich die Pressesprecherin einen finsteren Blick in die Kamera warf und sich mit der rechten flachen Hand am Hals entlang fuhr. Das Bild wurde schwarz, und kurz darauf erschien ein weiterer Mann vor dem Eingang eines Möbelhauses. Der Detektiv stoppte das Band und ließ es zurücklaufen. Er sah sich den Ausschnitt noch einmal an und versuchte Davids Frage zu verstehen, die zu dieser Reaktion geführt hatte, doch das Geräusch eines vorbeirasenden Motorrads übertönte die Frage. Nach dem dritten Mal gab er auf.

»Interessant«, murmelte der Detektiv und malte ein dickes Fragezeichen hinter den Namen der Pressesprecherin.

Als nächstes hörte er der Aussage des Mannes zu, der etwas vom Verlust der Arbeitsplätze sagte. Tristan vermutete, einen Gewerkschafter vor sich zu haben. Dann folgten Aufnahmen, die innerhalb eines Möbelhauses gedreht worden waren, und schließlich stand ein gutaussehender Herr im Anzug vor dem Mikrofon. Er hörte, wie David den Mann aus dem Off ansprach und notierte den Namen Manfred Dachdecker, Besitzer des großen Möbelhauses auf der Friedrichshöhe.

Dachdecker erklärte ruhig, weshalb er gegen die Ansiedlung des Schweden war, und sprach von unlauterem Wettbewerb. Schließlich dürfe er nur zehn Prozent der gesamten Verkaufsfläche für das sogenannte Randsortiment nutzen, und dem Schweden gestatte man 20 Prozent. Er wolle das nicht zulassen und dagegen klagen. David sagte etwas wie: Konkurrenz belebe das Geschäft. Daraufhin wechselte Dachdecker den Tonfall und meinte scharf, nichts gegen Konkurrenz zu haben, aber bitte schön, man möge doch die gleichen Spielregeln anwenden. Dann erschien ein weiterer Mann vor dem Hintergrund einer Bürowand mit allerlei Bauzeichnungen. Der Mann sprach über Bauvorschriften und wie man Flächen richtig für das Zulassungsverfahren deklariere. Schließlich folgten noch einige Aufnahmen aus der Fußgängerzone, wo David Passanten nach deren Meinung fragte.

»Und«, Helga stand in der Tür, »was Interessantes dabei?«

»Weiß noch nicht«, antwortete der Detektiv nachdenklich. »Kennst du den Begriff Randsortiment?«

Helga nickte. »Das sind die vielen kleinen Waren, die einer Frau das Herz höher schlagen lassen.«

»Du meinst diesen Nippes, der den Staub fängt, als wäre er ein Magnet.«

»Typisch Mann«, grinste Helga und setzte sich zu ihm. »Vasen, kleine Zierteller, Stoffe und andere nützliche Dinge machen eine Wohnung doch erst gemütlich. Meine Dekoration kaufe ich zum Beispiel hauptsächlich oben auf der Friedrichshöhe.«

»So, wusste ich gar nicht«, staunte Tristan. »Dann würdest du EIDEA hier begrüßen.«

»Der Laden ist fantastisch«, schwärmte Helga, »allein wegen dieses Randsortimentes.«

»Dann haben die Gegner also Recht, wenn sie sich über den Unterschied von zehn Prozent beklagen.«

»Ganz sicher«, nickte sie. »Übrigens bekomme ich in den nächsten Tagen hohen Besuch und muss bei „Dachdeckers" noch einiges einkaufen. Fahr doch mit, dann kannst du dir dein eigenes Bild von diesem Randsortiment machen.«

»Hm«, brummte der Detektiv, »kann nichts schaden.«

3. Er war hinterhältig ...

Freitagmorgen

Er war hinterhältig und gut geplant, der Mord an David. Daran bestand kein Zweifel mehr. Tristan saß zusammen mit Cordelia auf der Bank vor seinem Haus. Die Moderatorin war mit dem polizeilichen Untersuchungsergebnis zu ihm gekommen. Der Detektiv seufzte und entledigte sich seiner Strickjacke. Die ersten Sonnenstrahlen begannen das Pflaster des kleinen Hofes aufzuheizen. Es würde ein heißer Tag werden. Die Glocke der Marienkirche begann zu läuten, und nachdem es neunmal geschlagen hatte, legte Tristan die Kopie des Untersuchungsberichts beiseite.

»Gemein eingefädelt«, sagte er und reichte ihr die Papiere zurück.

Die Moderatorin blickte Marlowe hinterher, der mit einem Zweig im Hof spielte, während sie den Bericht zusammenfaltete.

»Jetzt gibt es wohl keinen Zweifel mehr«, meinte sie leise, »jemand hat David umgebracht.«

Tristan nickte.

»Wo haben Sie diesen Bericht so schnell herbekommen?« wollte der Detektiv wissen.

»Ich habe Pfeiffer noch im Sender abgefangen«, lächelte Cordelia verwegen.

»Pfeiffer gibt nicht so einfach einen Polizeibericht heraus«, antwortete Tristan nachdenklich.

Sie sah ihn mit ihren blauen Augen an und sagte: »Nachdem ihm im Sender alle für den großartigen Auftritt gratuliert hatten, schwebte der Hauptkommissar auf Wolke sieben. Ich fand, das war genau der richtige Zeitpunkt, um nach einer Kopie zu fragen.«

»Die hat er Ihnen dann einfach so gegeben?!« staunte er.

»Ja«, nickte die Moderatorin, als wäre es die normalste Sache der Welt.

»Der Mann überrascht einen immer wieder«, schüttelte Tristan den Kopf.

»Haben Sie verstanden, was in dem Bericht steht?« Sie wedelte mit der Kopie. »Ich muss gestehen, dieser technische Kram hat mich noch nie interessiert.«

Tristan lächelte.

»Wissen Sie«, begann er in einem Tonfall, den Opas und Omas anschlagen, wenn sie Geschichten von früher erzählen, »ich habe nicht von Anfang an Mörder gejagt. Lange Zeit habe ich meine Aufträge von der heimischen Industrie bekommen. Meist ging es da um Industriespionage. Vielleicht haben Sie schon mitbekommen, dass unsere Region vom Maschinen- und Anlagenbau dominiert wird. Metall verarbeitendes Gewerbe, wie es so schön heißt. Jedenfalls kann ich etwas mit dem Bericht anfangen.«

»Erklären Sie es mir«, bat Cordelia, die irgendwie gar nicht überrascht war, dass Irle sich in diesem Fach auskannte.

»Gerne«, antwortete Tristan und überlegte, wie er Cordelia das Ergebnis möglichst verständlich klarmachen konnte. »Es geht um den Haken. Wie Sie wissen, ist der sozusagen wie Porzellan zersprungen. Eine seltsame Angelegenheit, da der Haken ja aus Metall, genauer aus einer Stahllegierung hergestellt ist. Nun ist das so eine Sache mit Metallen. Je nachdem, wofür das Metall eingesetzt werden soll, muss es bestimmte Eigenschaften haben. Unser Haken soll sich zum Beispiel nicht verformen, wenn ein großes Gewicht daran hängt. Das, was wir Metall nennen, besteht auf mikroskopisch kleiner Basis aus Kristallen, die sich zu sogenannten Gefügen zusammenschließen. Diese Gefüge – stellen Sie sich einfach einen Klettverschluss vor, das ist ein ähnliches Prinzip – sind von Natur aus nur sehr lose zusammengehalten. Belastet man solche unbehandelten Metalle, dann verformen sie sich. Normales Eisen ist von Natur aus ein weiches Material. Für einen Sicherheitshaken wäre es nicht geeignet. Nun haben schlaue Männer herausgefunden, dass man dem Eisenerz im flüssigen Zustand nur einige Zutaten untermengen muss, um härtere Metalleigenschaften zu bekommen. Was dann entsteht, nennt man legierte Stähle. Unser Haken besteht aus einem legierten Stahl. Dummerweise ist dieser Stahl, wenn er dann wieder abgekühlt ist, zwar stahlhart, aber auch sehr brüchig. Einen solchen Stahl können Sie mit dem Hammer in tausend Teile schlagen. Um diesem Stahl dennoch Zähigkeit zu geben, erwärmt man ihn nochmals, das nennt man Anlassen. Dabei wird der Stahl nicht mehr ganz so heiß gemacht wie beim ersten Mal. Die Gefüge im Inneren des Materials entspannen sich und werden an der Oberfläche nochmals enger zusammengepresst.«

Cordelia nickte und kam schließlich zu folgendem Schluss:

»Davids Haken, so sieht es momentan aus, wurde anscheinend nicht erwärmt oder anderweitig manipuliert. Er war zwar stahlhart, aber auch sehr spröde.«

»Richtig«, nickte Tristan zufrieden. »In dem Moment, als David sich fallen ließ und der Haken eigentlich sein Gewicht auffangen sollte, brach er, als wäre er aus Porzellan.«

»Aber wie kommt man an einen solchen Haken heran«, fragte sie ungläubig. »Die werden doch sicherlich überprüft!«

»Ja, ganz sicher«, antwortete Tristan. »Aber irgendjemand hat einen Weg gefunden, diese Überprüfung auszutricksen, oder aber«, Tristan machte eine Pause und überlegte, »er hat den Haken noch einmal behandelt.«

»Und wie wollen wir das herausbekommen?« stöhnte Cordelia.

»Nun, anfangen können wir bei dem Hersteller dieses Hakens«, sagte Tristan und sah nach Marlowe, der plötzlich verschwunden war.

»Da recherchiert schon ein Kollege«, gestand sie, »wir sollten uns um etwas anderes kümmern.«

Tristan nickte und sah sich nach Marlowe um, den er aber nirgends fand.

»Marlowe!« rief er und stand auf.

»Ist etwas passiert?« fragte Cordelia verwirrt.

»Keine Ahnung«, Tristan ging hinüber zu Kirche. »Ich schaue besser mal nach.«

Der Detektiv überquerte den kleinen Hof und sah in den frisch gepflanzten Bäumen beim Seiteneingang der Kirche nach, dann ging er in Richtung eines kleinen Brunnens, der im Norden des Hofes installiert war. Um den Brunnen herum waren im Halbkreis einige Bänke angebracht worden, auf denen Besucher in der Mittagszeit ein ruhiges Plätzchen fanden. Leise plätscherte klares Wasser aus einer metallenen Blume, verteilte sich über deren Blätter, die kelchförmig an Stängeln aus dem Stamm wuchsen, bis das Wasser in einem großen runden Becken gesammelt wurde. Besorgt eilte der Detektiv um den Brunnen und blieb überrascht auf halbem Weg stehen.

»Na, gibt es denn so etwas!« rief der Detektiv, als er Marlowe hinter der Blume im Becken ein Bad nehmen sah.

2

Das war nicht gut, ganz und gar nicht gut, dachte der Bürgermeister der Stadt Siegen und klopfte unruhig mit einem Bleistift auf eine Tageszeitung.

Dort stand in großen Lettern „Ist dies das Aus für EIDEA?"

Was nun?

Wussten die Zeitungsleute mehr als er? Wenn ja, dann war dies eine blamable Situation.

Nun denn, dachte der Bürgermeister, an solche Situationen gewöhnt man sich, wenn man mit leeren Taschen herumlaufen muss. Aber was wäre, wenn diese Meldung der Wahrheit entsprach?

Fieberhaft begannen seine grauen Zellen nach einer Lösung zu suchen. Was konnte er als gewähltes Stadtoberhaupt unternehmen, wenn die Abwehrschlacht auf einem Parkett geführt wurde, das außerhalb seines Machteinflusses lag?

Nichts, musste er sich eingestehen, aber das würde sein ganzes Konzept zur Sanierung der Stadtfinanzen torpedieren und ihn wie ein Hampelmann aussehen lassen. Gerade jetzt, wo sein Parteifreund, der neue Landrat, damit begann, negative Schlagzeilen zu produzieren. Okay, das war man von dem „Weißschopf" nicht anders gewohnt, resümierte der Bürgermeister. Und wenn es nach ihm gegangen wäre, hätte man sowieso einen anderen Kandidaten aus der Partei für dieses Amt vorschlagen müssen, aber das war Geschichte, und er musste zusehen, dass seine gute Arbeit innerhalb der letzten Jahre nicht vor die Hunde ging.

»Mal sehen, was Frau Becker sich ausgedacht hat«, grinste er mit dem Optimismus eines Mannes, der Versammlungen überstanden hatte, die den Tatbestand der physischen Folter nach der Genfer Konvention erfüllten. Der Bürgermeister war hart im Nehmen, und das Austeilen brauchte man ihm auch nicht beizubringen. Mutig griff er zum Telefonhörer.

Ein Stockwerk tiefer unterhielten sich Hauptkommissar Pfeiffer und Pressesprecherin Katrin Becker über den Mord an David Daub, als das Telefon klingelte.

»Becker«, sagte sie forsch. »Gut, ich komme gleich hoch«, dann legte sie auf.

»Der Bürgermeister«, erklärte sie Pfeiffer. »Ich muss los. Treffen wir uns zum Mittagessen?«

»Wenn ich es schaffe«, grinste Pfeiffer, »gerne. Was ich dir gesagt habe, ist vertraulich, klar.«

»Sicher«, erwiderte Katrin und öffnete die Tür.

Auf dem Weg zum Büro des Bürgermeisters überlegte sie sich, was sie an Vorschlägen für eine positive Pressearbeit anbieten sollte. Viel war das allerdings nicht. Genaugenommen fußten diese Vorschläge auf der Hoffnung, dass sich die vielen Interessengruppen endlich einmal klar darüber wurden, was sie eigentlich wollten. Oberflächlich schienen alle Beteiligten an einem Strang zu ziehen, aber wenn es darum ging, Projekte für die Oberstadt umzusetzen und damit ans Zahlen, dann trennte sich sehr schnell die Spreu vom Weizen. Viele Einzelinteressen unter einen Hut zu bekommen, das hatte bereits der Römische Senat gezeigt, konnte schon mal mit Messerstichen im Rücken enden.

Katrin betrat das Büro.

»Morgen, Frau Becker«, begann sogleich der Bürgermeister. »Haben Sie das schon gelesen?«

Katrin nickte, sie hatte es gelesen. Und nachdem ihr Pfeiffer auch noch erklärt hatte, dass der Fernsehredakteur umgebracht worden war, ahnte sie nichts Gutes. Denn David hatte sie kurz vor seinem Tod noch zu der EIDEA-Geschichte befragt, allerdings hatte sie das ihrem Freund nicht mitgeteilt.

»Habe ich gelesen«, wiederholte sie selbstsicher.

»Und, was werden wir unternehmen?«

»Ich schlage vor, wir geben einige Zahlen bekannt, die beweisen, dass die Oberstadt langsam an Attraktivität gewinnt.«

»Wir haben Zahlen darüber?« fragte der Bürgermeister verdutzt.

»Ja«, nickte Katrin, »eine Umfrage hat ergeben, dass die Attraktivität der Oberstadt gerade bei jungen Leuten zunimmt.«

»Das ist gut«, nickte der Bürgermeister, »junge Leute sind ein kaufkräftiges Publikum.«

»Nun ja«, zögerte die Pressesprecherin, »das ist im Prinzip richtig ...«

»... aber?« Der Bürgermeister zog die Augenbrauen nach oben.

»Der Anstieg ist hauptsächlich durch neue Freizeitangebote zu erklären«, erläuterte sie, »und diese Angebote werden in der Oberstadt meist nach Geschäftsschluss angeboten.«

»Diese Partys meinen Sie?« fragte der Bürgermeister.

»Unter anderem, ja«, gestand Katrin.

»Müssen wir das sagen?«

»Nicht unbedingt«, antwortete sie nachdenklich. »Es käme darauf an, wie wir die Nachricht verpacken.«

»Lassen Sie sich etwas einfallen«, befahl er. »Was können wir sonst noch unternehmen?«

»So wie ich vom Stadt-Marketing gehört habe, konnte ein weiterer Laden vermietet werden.«

»Das ist großartig«, freute sich der Bürgermeister. »Lassen Sie uns dazu einen Pressetermin machen.«

»Ich weiß nicht«, bremste Katrin ihren Chef, »es handelt sich nicht gerade um einen gewöhnlichen Laden.«

»So?« Der Bürgermeister wurde neugierig.

Katrin wurde es peinlich. »Es handelt sich um einen Sex-Laden.«

»Oh«, stutzte der Bürgermeister. »So was gibt es doch schon. Unten auf der Sandstraße.«

»Ja, schon, dieser hier ist etwas spezieller.«

»Nun sagen Sie doch endlich, um was es sich handelt«, schnaufte er. »Ich bin ein erwachsener Mann, also?«

»Nun«, begann Katrin zu erklären, »kennen Sie die Begriffe SM und Bondage?«

»Hm, SM ist doch das mit dem Handy«, überlegte das Stadtoberhaupt.

»Nein«, seufzte Katrin, »das sind SMS. Hier handelt es sich um etwas anderes. Denken Sie an Peitschen und Handschellen.«

»Oh«, schnaufte der Bürgermeister und sah sich, wie er zwischen zwei Damen in High Heels mit einer Peitsche spielte. »Ich denke«, sagte er schnell, »das ist kein guter Pressetermin.«

Nun ja, dachte Katrin, es kommt ganz darauf an, wie man das sieht.

3

Bei der täglichen Redaktionssitzung im Sendegebäude war man sich einig. Jetzt, als feststand, dass David nicht durch einen Unfall das Leben verloren hatte, wollte man zur Aufklärung des Falles beitragen. Der „Fall David" wurde zur Chefsache. Yvonne würde persönlich der Studioleiterin Elena Menn Bericht erstatten. Liebend gern wäre sie selbst nach draußen gegangen und hätte die Spur aufgenommen, aber das kam bei ihrem Job nicht in Frage. Allerdings ärgerte sich Yvonne darüber, einem Frischling die wichtige Aufgabe übertragen zu haben, bei der Herstellerfirma des Hakens zu recherchieren. Ihr selbstgewählter Führungsstil verbot ihr, eine vergebene Aufgabe zurückzunehmen. Es sei denn, der Betroffene vermasselte sie. Maurizius würde die Aufgabe nicht vermasseln, aber Yvonne zweifelte daran, dass der hübsche Mann zu den wichtigen Informationen vordringen würde. Sicherlich speiste man ihn mit einigen Aussagen ab, und Maurizius würde sich geschlagen geben. Sie musste einen Weg finden, der für Maurizius begehbar blieb und ihr trotzdem die Sicherheit gab, die richtigen Leute vor Ort zu haben. Sie griff zum Telefon und wählte Gerd Rabenau, den Planungsredakteur, an.

»Morgen, Gerd«, sagte sie ruhig, »sind Frieder und Thomas für heute eingeteilt?«

»Nein«, antwortete Gerd, nachdem er auf einer großen Pinnwand hinter sich nachgeschaut hatte.

»Reservier sie für Maurizius.«

»Okay«, sagte Gerd. »Die Hakengeschichte?«

»Ja, wie sieht es mit Janette Schusse aus? Hat sie heute Morgen einen Termin?«

»Nein, so wie es aussieht, wollte sie mit Xenia einen Beitrag schneiden.«

»Verstehe«, murmelte Yvonne, »sie ist also im Haus.«

»Ja, die beiden müssten im Schneideraum 2 sein.«

»Danke, Gerd.« Sie legte auf und verließ sofort das Büro.

Es geht doch nichts über eine ordentliche Planung, dachte Yvonne auf dem Weg zum Schneideraum 2. Ihr Plan war eigentlich ganz einfach. Zwei freie Mitarbeiter auf die Firma anzusetzen würde bei Maurizius kein Misstrauen erwecken, denn bei der tragischen Situation war dies angemessen. Sie wusste zwar nicht, wie die beiden zueinander standen, ob sie sich riechen konnten, aber das war Yvonne im Augenblick egal. Mit Janette im Boot würde sie die Gewissheit haben, dass selbst die Schwarzgeldkonten in Liechtenstein aufgedeckt würden, wenn sie denn vorhanden wären.

Sie traf die beiden Frauen wie angegeben im Schneideraum 2.

»Morgen, ihr beiden«, grüßte Yvonne freundlich.

Janette sah ihre Chefin überrascht an, während Xenia, die Cutterin, unbeirrt auf einen großen Bildschirm starrte.

»Was gibt es?« fragte Janette verärgert. »Das wird der Wettbewerbsbeitrag und die Zeit drängt.« Als würde ihr jetzt erst klar, dass ihre Chefin vor ihr stand, fügte sie freundlich hinzu: »Die Redaktionssitzung schon vorbei?«

»Ja«, antworte Yvonne, ungeachtet der patzigen Begrüßung. »Hör zu, David wurde ermordet, das ist jetzt offiziell.«

»Habe ich gehört«, sagte Janette vorsichtig und dachte: Worauf will Yvonne hinaus?

»Maurizius wird gleich nach Burbach fahren, um diese Firma, die die Haken herstellt, zu besuchen. Ich möchte, dass du mitfährst.«

Janette musterte kritisch die Fernsehleiterin. Hatte sie richtig verstanden, sie sollte an dem heißesten Fall seit Beginn des Senders mitarbeiten?

Yvonne merkte ihre zögerliche Haltung.

»Mach dir keine Sorgen wegen Maurizius, mit ihm werde ich sprechen. Der Fall ist einfach zu wichtig, um einen alleine dort hin zu schicken. Vier Augen sehen mehr als zwei.«

Janette grinste, sie verstand. Es war gut, dass sie schon mit Maurizius gesprochen hatte.

»Maurizius ist ein netter Kerl, aber er gibt sich zu schnell geschlagen«, meinte Janette vorsichtig.

»Ich sehe, wir verstehen uns«, antwortete Yvonne. »Ich werde jetzt mit Maurizius sprechen. Ihr fahrt in einer halben Stunde mit Frieder und Thomas los.«

»Kein Problem«, sagte sie voller Enthusiasmus. »Ich bin bereit.«

Yvonne nickte und suchte Maurizius, den sie im Hof zusammen mit dem Kameramann und dem Tontechniker beim Bepacken des Wagens fand.

»Morgen«, grüßte sie, »Gerd hat euch also schon Bescheid gegeben.«

»Ja«, rief Frieder, der seine Kamera vorsichtig in den Kofferraum ablegte.

»Maurizius, ich muss mit dir sprechen«, sagte sie ernst.

»Ich komme«, antwortete er und folgte Yvonne, die ein paar Meter neben dem Wagen wartete. »Was gibt es?«

»Ich möchte, dass Janette dich begleitet«, sagte sie frei heraus. »Mit zwei Redakteuren vor Ort machen wir einen besseren Eindruck.«

Maurizius blickte zu Boden und überlegte, was er von der Order halten sollte.

Für diesen Fall hielt sich Yvonne eine Erklärung bereit: »Verstehst du, wenn zwei die Fragen stellen, dann gerät der Befragte in die Defensive. Zudem gewinnen die Befragten mehr Zeit. Deshalb interviewen den Bundeskanzler auch immer zwei Journalisten.«

Maurizius hätte fast losgelacht, da er ja bereits einen Deal mit Janette eingegangen war, und es rührend fand, wie sich Yvonne Mühe gab, Janette ins Boot zu holen.

»Du behältst natürlich das Sagen«, fügte sie zum Schluss noch hinzu.

»Hm«, gab er schließlich von sich. »In Ordnung, kein Problem. Weiß Janette, wer das Sagen hat?«

»Ja«, log Yvonne, die ahnte, dass sich Janette nie und nimmer etwas von Maurizius sagen lassen würde, aber das war ein Problem, das die beiden unter sich ausmachen konnten.

In dem Moment trat Janette in den Hof und rief den Männern ein freundliches „Guten Morgen" zu.

»Dann mal los«, lächelte die Fernsehleiterin und sah dem Team nach, wie es in das Auto stieg.

4

Marlowe plantschte mit den Flügeln im Wasser. Als er Tristan erkannte, sprach er los: »Von brennenden Wüsten her / Taumelt ein giftiger Wind, / Dunkel wartet das wenig bewegte Meer, / Hundert hastige Möwen sind ... «

Der Detektiv grinste, hatte aber keine Lust, sich von Marlowe nass machen zu lassen. Als Marlowe merkte, dass ihn sein Herrchen nicht aus dem Becken heben würde, kletterte der Kakadu pitschnass aus dem Wasser und begann sein Gefieder zu reinigen. Plötzlich tauchte ein Schatten neben ihm auf.

»*Gemoarje Noochber*«, dröhnte eine Baritonstimme.

»*Gemoarje,* Erich«, wiederholte der Detektiv. »Kirche geputzt?«

»Ja«, antwortete der Diakon amüsiert und deutete auf Marlowe, der ungeniert sein Federkleid säuberte. »Hat man dir das Wasser abgestellt?«

»Nein«, grinste der Detektiv. »So weit ist es noch nicht. Marlowe scheint ein Bad in aller Öffentlichkeit zu mögen.«

»So heiß, wie es heute wird, kann ich ihm das nicht verübeln«, antwortete Erich. »Wir haben jetzt schon im Schatten 25 Grad. – Ist das da unten auf der Bank Cordelia Jansen?«

»Ja«, nickte Tristan. »Du hast gestern Abend Pfeiffers Auftritt gesehen?«

»Hm, sah gut aus, unserer Hauptkommissar«, antwortete Erich.

»Jetzt fang du auch noch so an wie Helga«, brummte der Detektiv.

»Ist sie drin?« Erich deutete auf Tristans Haus.

»Wer? Helga?« Tristan sah an seinem Freund hinauf.

Der nickte.

»Nein, sie ist schon sehr früh losgefahren, um in ihrer Pension einige Dinge zu erledigen. Sie erwartet hohen Besuch.«

»So?« Erich zog die Augenbrauen zusammen. »Doch nicht etwa blaues Blut?«

»Keine Ahnung«, erwiderte der Detektiv. »Seit ein paar Tagen gibt sie sich geheimnisvoll. Ich glaube, der Anzugeinkauf hat indirekt auch etwas damit zu schaffen.«

»Frauen!« sagte Erich nur und beugte sich zu Marlowe, der bereitwillig auf Erichs hingehaltenen Arm kletterte.

Zusammen gingen sie zu Tristans Bank, wo Cordelia geduldig wartete. Als die beiden Männer näher kamen, stand die Moderatorin auf.

»Morgen, Frau Jansen«, sagte Erich und reichte ihr die Hand. »Passen Sie auf, dass Sie nicht nass werden.«

»Morgen, Herr Roth«, erwiderte sie. »Marlowe scheint Ihnen ja genauso zu gehorchen wie Herrn Irle?«

»Das sieht nur so aus«, meinte der Diakon. »Meist macht er das, was er will. Ich versuche nur den Schaden möglichst in Grenzen zu halten.«

»Jetzt übertreib nicht«, mischte sich der Detektiv ein.

»Es tut mir Leid wegen Ihres Freundes«, sagte Erich schließlich ernst. »Eine schlimme Tat.«

Cordelia nickte und lächelte verlegen.

»Danke, es tut sehr weh«, sagte sie leise.

Erich sah sie mit der Überzeugung eines tiefgläubigen Menschen an und senkte langsam seinen Kopf. Dann fragte er: »Was habt ihr vor?«

Cordelia schien etwas verwirrt.

»Erich«, erklärte Tristan der Moderatorin, »kennt mich schon so lange, dass er sich denken kann, dass ich etwas unternehmen werde.«

»Verstehe«, sagte sie. »Und, was werden wir als nächstes unternehmen?«

»Nun, möchte jemand einen Kaffee?« fragte der Detektiv.

»Gerne«, antwortete Erich und Cordelia schloss sich dem Diakon an.

Sie gingen ins Haus.

»Setz Marlowe auf seiner Kletterstange ab«, sagte Tristan.

Cordelia sah sich in der Wohnung um und meinte: »Schön haben Sie es hier.«

»Danke, aber es müsste einmal aufgeräumt werden«, entschuldigte sich Tristan.

Überall lagen Bücherstapel auf dem Boden, und einige Fachzeitschriften verteilten sich auf dem Sofa.

»Sie lesen viel«, bemerkte Cordelia und folgte den Männern in die Küche.

»Das bringt mein Beruf so mit sich«, antwortete Tristan und füllte die Kaffeemaschine. »Setzen Sie sich doch bitte.«

Erich rutschte auf die Eckbank, und Cordelia staunte, wie er seine langen Beine problemlos an den Tischbeinen vorbei schlängelte. Der Diakon bemerkte Cordelias Blick und sagte: »Jahrelange Übung.«

Sie lächelte und setzte sich auf einen Stuhl.

»Gestern Abend«, begann Tristan, während der Kaffee langsam durch den Filter tröpfelte, »habe ich mir das Band nochmals angeschaut und einige Notizen gemacht. Ich denke, wir sollten uns zuerst mit Katrin Becker unterhalten.«

»Die Pressesprecherin der Stadt?« staunte Cordelia, »was hat sie mit der Sache zu tun?«

»Keine Ahnung«, gestand Tristan, »aber auf dem Band macht sie eine Geste, die den Kameramann auffordert, das Filmen zu stoppen. Und tatsächlich ist dort die Filmaufnahme unterbrochen.«

»Sie meinen, dass Becker David etwas mitgeteilt hat, das sie nicht aufgenommen haben wollte?«

»So interpretiere ich die Geste«, nickte Tristan und stellte Tassen auf den Tisch.

»Aber was sollte sie David Wichtiges gesagt haben?« fragte Cordelia.

»Das möchte ich sie selbst fragen«, grinste Tristan verwegen, nahm die Kaffeekanne aus der Maschine und schenkte seinen Gästen ein.

»Du weißt«, mahnte Erich, nachdem er einen Schluck getrunken hatte, »dass Frau Becker Pfeiffers Freundin ist.«

»Meinen Sie diesen Hauptkommissars?« Cordelia runzelte überrascht die Stirn. »Das ist nicht gut.«

»Ich weiß«, sagte Tristan, »aber das soll uns nicht weiter stören. Erich, würdest du so lange auf Marlowe aufpassen?«

»Gerne – aber ich sage dir, Pfeiffer wird das anders sehen«, warnte Erich ernst.

»Sicher«, nickte Tristan und zwinkerte aufmunternd Cordelia zu, »aber das soll uns nicht aufhalten.«

5

Die Fahrt nach Burbach führte das Team von Siegen über Wilnsdorf nach Wilden. Sie mieden die Autobahn, da die Gefahr, in einen Stau zu geraten, kurz vor der Abfahrt Burbach in diesen Tagen besonders hoch war. So kutschierte Thomas Zöller sie bergauf und bergab über schattige Straßen in den Süden des Siegerlandes. In Gilsbach stoppte ein Traktor mit einem riesigen Anhänger voller Heuballen die Fahrt. Im Schneckentempo folgten sie dem Gespann, bis Thomas eine Gelegenheit zum Überholen nutzte, um seine zügige Fahrt fortzusetzen.

»Wie heißt eigentlich diese Firma?« fragte Janette, als sie Gilsbach verließen.

»BI-SI«, antwortete Maurizius, der zusammen mit Janette hinten saß. »Wahrscheinlich eine Abkürzung für „Biegen mit Sicherheit".«

»So?« Janette musterte ihren Partner.

»Ja«, Maurizius reichte ihr einen Faxbogen der Firma, »steht hier oben. Ich habe denen heute Morgen ein Fax geschickt und um einen Terminvorschlag gebeten. Das kam zurück.«

»Na, dann ist das wohl kein Überraschungsbesuch«, sagte sie enttäuscht.

»Nein, der ging gestern ja schief«, stöhnte Maurizius. »Der Chef heißt übrigens Beckmann wie dieser Fernsehtyp. Wollen wir die Fragen durchgehen?«

»Okay«, nickte sie und dachte: Was für ein „Loser".

Sie fuhren nun eine steile Straße hinab, die auf die Hauptverbindungsstraße zwischen Burbach und dem Autobahnanschluss führte. Thomas bremste den Wagen ab und folgte der Beschilderung, die sie direkt in das Industriegebiet unterhalb der Steinhardt lenkte.

»Weiß jemand, wo wir jetzt hinmüssen?« Thomas stand an einer Kreuzung mitten im Industriegebiet.

Janette sah Maurizius an. »Maurizius, wo entlang?«

Maurizius war so in seine Notizen vertieft, dass er überrascht aufschaute.

»Oh, geradeaus und dann die nächste links«, sagte er freundlich.

»Lernst du deine Fragen auswendig?« hetzte Janette und schielte zu ihrem Partner.

»Nein«, antwortete er und warf Janette einen nicht mehr so freundlichen Blick zu.

»Oh«, ärgerte sie ihn weiter, »jetzt bist du wohl beleidigt?«

»Überhaupt nicht, Frau Schusse.« Er legte seine Unterlagen beiseite und sah Janette direkt an. Dann begann er leise, aber bestimmt in einem Tonfall zu sprechen, den Bergführer verwenden, wenn sie störrischen Bergsteigern klar machen wollen, dass das Schneebrett über ihnen jeden Augenblick den sicheren Tod bedeuten kann. »Was ich mir hier die ganze Zeit ansehe, ist eine Produktliste. Und ich suche in dieser Liste nach den Sicherheitshaken. Leider habe ich diese Dinger noch nicht gefunden, denn es wäre doch ziemlich peinlich, wenn wir hier am falschen Ort Ärger machen.«

»Soll das heißen, du weißt nicht einmal, ob diese Firma die Dinger herstellt?« Janette ließ keinen

Zweifel daran, dass sie Maurizius für einen Volltrottel hielt.

»Wir sind da«, sagte Thomas unterdessen und stellte den Wagen auf einem Besucherparkplatz ab. »Und wir werden erwartet«, fügte er mit einem Grinsen hinzu. »Ich schlage vor, ihr verhaltet euch jetzt wie Profis.«

Frieder, der das Treiben der freien Mitarbeiter die ganze Zeit über amüsiert verfolgt hatte, unterstützte Thomas' Rat und stieg aus.

»Na, dann mal los«, zischte Janette und setzte ein bezauberndes Lächeln auf.

Sie wurden von einer älteren Frau empfangen, die sich als Chefsekretärin vorstellte. Sie trug ein leichtes Sommerkleid, das mit allerlei Sommerblumen bedruckt war.

»Mein Name ist Schusse«, stellte Janette sich vor.

»Und ich bin Maurizius de Werve«, folgte Maurizius, »ich war gestern schon mal hier.«

»Ja«, nickte die Sekretärin und sagte kühl: »Bitte folgen Sie mir. Herr Beckmann wartet schon auf Sie.«

Frieder und Thomas nahmen ihre Gerätschaften aus dem Kofferraum. Maurizius half ihnen, indem er das Kamerastativ trug. Janette unterhielt sich inzwischen mit der Sekretärin über das Wetter und über das Kleid. Dabei sprach sie vorsichtig die gängigen Blumensorten an, die auf dem Stoff gedruckt waren. Die Sekretärin reagierte darauf wohlwollend, und nach und nach stellte sich heraus, dass die Kleiderträgerin auch eine passionierte Gärtnerin war.

Die Gruppe wurde schließlich in ein Besprechungszimmer geführt.

»Ich gehe dann mal Herrn Beckmann holen«, lächelte die Sekretärin und verschwand.

»Na, die hast du ja gut umgarnt«, lobte Frieder.

Janette nickte und sah sich in dem Raum um. Das Besprechungszimmer war mit Jalousien abgedunkelt. In der Mitte stand ein großer Tisch mit Stühlen. Insgesamt wirkte der Raum nüchtern.

»Das Licht ist nicht besonders gut«, bemerkte Frieder und legte die Kamera vorsichtig auf dem Tisch ab.

»Wird es gehen?« fragte Maurizius besorgt und reichte dem Kameramann das Stativ.

»Wenn wir die Jalousien öffnen«, überlegte Frieder, »denke ich schon.«

Derweil nahm Thomas ein Mikrofon mit einer langen Schnur aus einem Koffer und steckte das Ende der Schnur in ein Aufnahmegerät.

»Wo wollt ihr das hin haben?« fragte er und wedelte mit dem Mikrofon.

In dem Moment trat Firmenbesitzer Beckmann zusammen mit einem weiteren Mann ein.

»Guten Tag, mein Name ist Beckmann«, sagte er freundlich, »und das hier ist Herr Mauersberger, der Fertigungsleiter. Bitte setzen Sie sich doch.«

Maurizius stellte das Team vor, und zusammen folgten sie Beckmanns Aufforderung.

»Was kann ich für Sie tun?« begann der Besitzer.

»Wie Sie vielleicht schon gehört haben«, begann Maurizius, »ist vorgestern Abend einer unserer Kollegen tödlich abgestürzt. Der Grund für den Absturz war ein fehlerhafter Sicherheitshaken.«

»Wir vertreiben diese Haken«, unterbrach ihn Beckmann.

»Einer dieser Haken«, mischte sich Janette voreilig ein, »wurde manipuliert!«

»So?« Beckmann lächelte Janette verunsichert an. »Können Sie das genauer erklären?«

»Bevor wir das tun, würden wir gerne die Kamera aufbauen«, sagte Maurizius entschieden.

»Wir haben nichts zu verbergen«, antwortete Beckmann und schielte zu seinem Produktionsleiter. Der nickte.

Frieder zog die Jalousien auf und positionierte die Kamera. Das Ganze wurde von Beckmann und seinem Produktionsleiter argwöhnisch verfolgt. Nach ein paar Minuten war Frieder so weit. Thomas steckte das Mikrofon in einen Tischhalter und stellte es vor Beckmann auf den Tisch.

»Sprechen Sie mal«, forderte er den Besitzer auf.

»Was soll ich denn sagen?« lächelte er verlegen. »Eins, zwei, drei ...«

»Okay.« Thomas nickte Maurizius zu.

»Frieder, alles klar?« fragte Janette und dachte: Das fängt ja gut an.

»Wir können«, sagte der Kameramann.

»Also Herr Beckmann, wie ich bereits sagte, ist ein Kollege abgestürzt, dabei brach ein Sicherheitshaken, den Ihre Firma herstellte.«

»Wir stellen keine Sicherheitshaken her«, antwortete Beckmann ruhig, ja sogar ein wenig belustigt.

»Sie meinen«, korrigierte sich Janette, »Sie stellen den Stahl nicht her.«

»Richtig«, nickte Beckmann, »aber darüber hinaus stellen wir auch diese Haken nicht her.«

»Aber«, stotterte Maurizius verblüfft, »nach meinen Recherchen beliefern Sie die Großhändler, die wiederum diese Haken an Fachgeschäfte vertreiben.«

»Das ist richtig«, nickte Beckmann, der sich immer besser fühlte. »Aber wir produzieren diese Haken dennoch nicht. Was wir genau machen, das kann Ihnen Herr Mauersberger am besten erklären.«

»Wir bekommen sogenannte Rohlinge angeliefert.« Mauersberger griff in seinen Kittel und legte einen Rohling auf den Tisch. »Das ist ein Rohling. Sie sehen, hier fehlt noch der Schnappverschluss und das Material ist noch ziemlich rau. Wir machen sozusagen aus dem Rohling einen Haken.«

»Also machen Sie die Haken doch«, sagte Janette scharf.

»Nein, denn – so wie wir bereits der Polizei erklärt haben ...«, sagte Beckmann gelassen.

»... Sie haben mit der Polizei gesprochen?« staunte Maurizius.

»Ja, natürlich, ein gewisser Pfeiffer rief vor einer Stunde an. Jedenfalls hat der uns erklärt, was mit dem Haken geschehen ist. Und da der Haken wie Porzellan zerbrochen ist, kann es kein Produktionsfehler unseres Betriebes sein.«

»So?« Janette musterte den Produktionsleiter und dachte: was für ein Katastrophengespräch.

»Ja, denn wir härten das Metall nicht mehr. Wie ich schon sagte, wir bauen diese Verschlüsse und polieren zum Schluss nochmals den Haken, das ist alles.«

»Das heißt, wenn ein spröder Haken bei Ihnen angeliefert würde ...« Irgendwie musste sie versuchen, noch etwas Brauchbares mit in den Sender zu bringen.

»... dann würden wir beim Einbau des Verschlusses den Fehler erkennen«, ergänzte der Produktionsleiter.

»Der Haken«, fragte Maurizius nach, »besaß eine Kennnummer, die zu Ihrem Betrieb gehört. Diese Kennnummer wird eingepresst. Wie kommt diese Nummer auf den betreffenden Haken, wenn der ja beim Einpressen eigentlich hätte zerstört werden müssen?«

Janette sah überrascht zu Maurizius, und auch Beckmann verlor zum ersten Mal seine ruhige Haltung. Nervös rutschte er in seinem Stuhl hin und her und antwortete:

»Darauf haben wir keine Antwort.«

»Aber Sie können uns sagen, von wem Sie die Rohlinge beziehen?« Janette fixierte den Fertigungsleiter.

»Das ist so eine Sache«, stöhnte der und sah zu seinem Chef. Eine kleines Kopfnicken von Beckmann, Janette bemerkte es sofort, ließ den Produktionsleiter weitersprechen. »Wir beziehen die Rohlinge von mehreren Firmen. Und wir können nicht feststellen, von welcher Firma dieser Haken stammt. Das haben wir auch schon der Polizei gesagt.«

»Dieser Haken besaß doch eine Nummer«, bohrte Janette weiter. »Mit der Nummer lässt sich doch sicher die Charge feststellen, in der er angeliefert wurde, und mit der Charge kann man eigentlich den Lieferanten feststellen – oder?«

»Normalerweise ja«, erwiderte der Produktionsleiter jetzt sichtlich nervös, »so sollte es sein, aber ...«

»... aber in diesem Fall fehlen Ihnen die Unterlagen. Habe ich Recht?« vollendete Janette den Satz und fügte drohend hinzu: »Sie wissen, dass Sie bei Sicherheitsteilen eine lückenlose Dokumentation archivieren müssen.«

»Es ist uns sehr peinlich«, mischte sich nun der Chef ein. »Wir bitten Sie, das zu verstehen. Wir können nicht genau feststellen, von welcher Firma die Rohlinge angeliefert wurden, aber wir konnten es dennoch so weit eingrenzen, dass sechs Firmen übrig blieben. Die Namen können wir Ihnen unter Vorbehalt geben. Bedenken Sie jedoch, dass bei einer negativen Berichterstattung über unseren Betrieb Arbeitsplätze gefährdet werden.«

Maurizius ahnte, wie viel Kraft es Janette kostete, diese Schlamperei nicht in einem Wutanfall laut herauszuschreien. Es war an der Zeit, das Interview zu beenden. Sie hatten nach seinem

Gefühl gutes Material und würden mit den sechs Firmennamen weiter recherchieren können.

Janette war wütend, dachte aber ähnlich. Maurizius sah sie kurz an, und sie verstand, dass er Schluss machen wollte.

»Wir verstehen Ihre Sorgen«, sagte Maurizius, »und wir bedanken uns für das Gespräch. Allerdings möchten wir die Namen der Zuliefererfirmen schon gerne wissen.«

»Kein Problem«, nickte Beckmann, »es ist uns wirklich sehr unangenehm, dass wir diese Dokumentationslücke nicht schließen können.«

»Wir verstehen und werden uns fair verhalten«, versprach Maurizius.

Janette bis die Zähne zusammen und ging raus.

»Dieser „Loser“«, zischte sie leise und versuchte über ihren Unmut Herr zu werden.

6

Gute 20 Kilometer im Norden waren die Beamten der Mordkommission schon einen Schritt weiter. Was nicht bedeutete, dass sie sich dabei besser fühlten. Hauptkommissar Pfeiffer hatte nämlich Kopfschmerzen.

»Das bringt doch nichts«, schimpfte er und warf einen Hörer aufs Telefon.

Die aufkommende Hitze und die lästige Ermittlungsarbeit am Telefon gingen Pfeiffer auf die Nerven. Nachdem er mit Beckmann in Burbach telefoniert hatte, hatten er und Holzbaum nach und nach die sechs genannten Zulieferer angerufen. Doch jeder Gesprächsteilnehmer hatte sich mit Unwissenheit und dem Hinweis entschuldigt, erst einmal nachprüfen zu müssen, ob überhaupt eine Lieferung an die Burbacher Firma gegangen sei. Kurzum, sie waren keinen Millimeter weiter gekommen.

»Ruhig, Chef«, mahnte Holzbaum. »Jetzt wissen wir wenigstens schon einmal, wo wir nicht hinfahren müssen.«

»Das hilft uns auch weiter«, höhnte Pfeiffer. »Dieser ganze technische Scheiß verwirrt doch nur. Wir sollten diese Nachforschungen Metallurgen überlassen.«

»Die arbeiten schon daran«, antwortete Holzbaum, »aber ganz Unrecht hast du nicht.«

»Oh«, staunte Pfeiffer und massierte seine Nackenmuskeln. »Du hast nichts zu kritisieren?«

»Nein«, stöhnte der schwergewichtige Kommissar und lehnte sich in seinem Stuhl zurück. »Mir kommt da gerade ein Gedanke.«

»Ja?« Pfeiffer entschied, die Pflege seiner Nackenmuskulatur in die Hände seiner Freundin zu legen und lehnte sich auffordernd weit über seinen Schreibtisch, als könne er damit Holzbaums Gedanken daran hindern, den Raum unausgesprochen zu verlassen. Er brauchte dringend eine Inspiration, denn sein Gehirn hatte bereits Hitzefrei genommen. Dabei begann gerade erst der Arbeitstag.

»Nun«, sagte Holzbaum langsam, »vielleicht sollten wir uns erst einmal um das Motiv kümmern.«

»Nicht schlecht«, nickte Pfeiffer, »sicher hat man als Journalist nicht nur Freunde.«

Die Suche nach einem Motiv war so recht nach seinem Geschmack. Zuerst würden sie aus diesem heißen Büro herauskommen, und zum Zweiten könnten sie Leute befragen. Das war immer gut, denn es zeigte, dass sie aktiv ermittelten.

»Wen befragen wir als Erstes?« Pfeiffer stand auf und griff nach seinen Autoschlüsseln, die auf dem Schreibtisch lagen.

»Ich schlage seine Freundin Cordelia Jansen vor«, antwortete Holzbaum und folgte seinem Chef. Plötzlich verharrte er. Missmutig betrachtete Holzbaum einen dicken runden Schweißfleck, der sich über seinem Bauch auf dem Hemd gebildet hatte.

»Du solltest abnehmen«, meinte Pfeiffer.

»Es ist zu heiß«, verteidigte sich Holzbaum, »da schwitzt man nun mal.«

Der Kommissar bückte sich und öffnete eine Schublade.

»Aber ein kluger Mann baut vor. Voilà! Ein frisches Hemd«, grinste er und trottete an dem Hauptkommissar vorbei in Richtung Toilette.

»Ich warte unten auf dich«, schüttelte Pfeiffer den Kopf und verließ das Büro.

Eine Zigarettenlänge später erschien Holzbaum auf dem Parkdeck der Kreispolizeibehörde. Pfeiffer drückte den Qualmstängel im Autoaschenbecher aus und schloss die Fahrertür.

»Ich habe im Sender angerufen«, sagte Pfeiffer und startete den Wagen. »Frau Jansen hat Urlaub, sie recherchiert in eigener Sache.«

»Und wo fahren wir jetzt hin?« fragte Holzbaum und beeilte sich, den Gurt einzuklinken.

»Na, rate mal«, grinste der Hauptkommissar. »Sie wird doch diese Recherche nicht alleine angehen.«

»Du meinst, sie hat Hilfe?« Holzbaum versuchte sich zu entspannen. Autofahrten mit seinem Chef sorgten bei ihm ständig für einen erhöhten Blutdruck.

»Ja, und ich glaube, ich weiß auch schon, wen sie engagiert hat.« Pfeiffer gab Gas.

Sie waren noch keine zwei Ampeln weit gekommen, da klingelte das Autotelefon. Holzbaum nahm ab und lauschte dem Anrufer eine Weile, dann legte er auf und sagte: »Das war deine Freundin, Frau Becker, sie wünscht, dass wir schnellstens ins Rathaus zu kommen. Dort warten Tristan Irle und Cordelia Jansen auf uns.«

»Oh«, schnaufte Pfeiffer und schaltete das Blaulicht an. »Dieser Irle belästigt meine Freundin, na warte.«

Die Wege in der Stadt Siegen waren kurz und meistens steil. Durch ihre topografische Lage zwang sie Fußgänger, bergauf oder bergab zu wandern, und Autofahrer stellten sehr schnell fest, ob die Handbremse ihres Wagens noch funktionierte. Straßen und Fußgängerwege lagen an

Berghängen oder führten daran hinunter oder hinauf. Auch der alte Stadtkern schmiegte sich um eine Berghöhe, auf der das Obere Schloss thronte. Der ehemalige Fürstensitz der Nassau-Oranier ragte mit seinem runden Glockenturm zwischen alten Bergahornbäumen über die Dächer der Stadt hinaus. Ein idyllischer Anblick. Doch mit dieser Idylle ließ sich kein Geld verdienen, denn leider befand sich auch das alte Einkaufszentrum mitten im alten Stadtkern.

Pfeiffer interessierten die Sorgen der Einzelhändler nicht, als er mit Blaulicht den Kampen hinauffuhr. Er bog in die Hinterstraße ein, raste am Parkhaus vorbei über den Klubb hinauf, schließlich über den Neumarkt, die Pfarrstraße hinunter auf den Parkplatz das Rathauses.

»Wenn dieser Irle sich nicht benommen hat«, knurrte Pfeiffer, »dann freue ich mich schon auf eine fette Anzeige.«

Holzbaum schmunzelte, er ahnte, dass Tristan keinerlei Grund zur Klage geben würde. Die Beamten betraten das Rathaus und gingen auf direktem Weg zu Katrins Büro. Die Flure des Rathauses waren angenehm kühl, und Holzbaums hoher Blutdruck beruhigte sich wieder. Zum Glück hatte der Schweiß kaum Zeit, einen zweiten Fleck zu bilden. Nach einigen Treppenstufen klopfte Pfeiffer schließlich an Katrins Bürotür.

»Herein«, rief die Pressesprecherin.

Pfeiffer und Holzbaum traten ein.

Tristan und Cordelia saßen zusammen mit Katrin Becker an einem kleinen runden Besprechungstisch. Katrin stand auf und begrüßte ihren Freund mit einem flüchtigen Kuss, während sie Holzbaum die Hand reichte.

»Morgen, die Herren«, sagte Tristan höflich, bevor Pfeiffer etwas sagen konnte.

»Morgen«, erwiderte der Hauptkommissar und sah Katrin fragend an.

»Herr Irle und Frau Jansen haben ein paar sehr heikle Fragen an mich«, erklärte Katrin schnell, »und ich wollte, dass du dabei bist, wenn ich diese Fragen beantworte.«

»Weshalb befragen Sie Frau Becker?« Pfeiffers wandte sich an Tristan. Sein Tonfall erinnerte an einen knurrenden Wolf.

»Es geht um den Mord an David Daub«, sagte Katrin angespannt. »Frau Jansen und Herr Irle haben ein Filmband, in dem ich mich verdächtig verhalte. Was natürlich nicht der Fall ist, aber das will ich ja jetzt erklären.«

»Du hast etwas mit dem Fall zu tun?« staunte Pfeiffer und sah zu Holzbaum.

»Jetzt setzt euch bitte, dann erkläre ich alles«, forderte Katrin sie auf. »Es ist alles nicht so schlimm.«

»Na, da bin ich aber gespannt«, fauchte Pfeiffer, den Katrins Verhalten unangenehm überraschte.

Holzbaum und Pfeiffer setzten sich zu Tristan und Cordelia an den Tisch. Katrin blieb stehen.

»Vor einigen Tagen«, begann die Pressesprecherin der Stadt zu erklären, »hat mich David Daub um ein Interview gebeten. Zuerst wollte er den Bürgermeister interviewen, aber der hatte keine Zeit und bat mich, das Interview zu übernehmen. Ihr Freund, Frau Jansen, war damit einverstanden, und wir trafen uns im Oberen Schloss. Die Bilder haben Sie ja gesehen. Ich erklärte den Standpunkt des Rathauses zum EIDEA-Projekt und bekräftigte unseren Einsatz für die Oberstadt.«

Pfeiffer mischte sich ein.

»Irle, das alles ist doch kein Grund, ein Verhör durchzuführen!«

»Norbert«, unterbrach Katrin, »es gibt da eine Stelle im Band, die mich schon verdächtig erscheinen lässt.«

»So?« Pfeiffer starrte sie mit großen Augen an.

Tristan und Cordelia verhielten sich ruhig.

»Ja«, nickte Katrin. »David fragte mich nach einer Ungereimtheit beim Randsortiment.«

»Dem von EIDEA?« hakte Tristan nach.

»Entschuldigt mal«, rief Pfeiffer wieder dazwischen, »was ist dieses Randsortiment?«

Katrin erklärte in fünf Sätzen, welches Problem mit diesem Randsortiment zusammenhing und fuhr fort: »Herr Irle, nicht das Randsortiment von EIDEA hatte David im Blickfeld, er fragte nach dem von Dachdeckers auf der Friedrichshöhe.«

»Sie meinen«, fragte Cordelia, »er hat bei Dachdecker etwas entdeckt?«

»Ich habe ihn gebeten, sofort mit dem Filmen aufzuhören, deshalb dieses Zeichen.« Katrin wiederholte die Geste und zog mit der flachen Hand vor ihrem Hals entlang.

»Das sieht nun wirklich verdächtig aus«, grinste Holzbaum, »wenn das aufgenommen wurde.«

»Es wurde«, bestätigte Katrin.

»Und, was haben Sie ihm geantwortet?« wollte Tristan wissen.

»Nichts Konkretes.« Katrin zögerte. »Wir haben anonyme Hinweise erhalten, wonach es Diskrepanzen zwischen der regulären und der tatsächlichen Fläche gibt, die Dachdecker für sein Randsortiment benutzt.«

»Wow«, stieß Cordelia aus, »dann würde Dachdecker mit falschen Karten spielen?«

»Es wäre ein riesiger Imageverlust, den das Möbelhaus verkraften müsste, abgesehen von seinen Bemühungen, den Schweden abzuwehren.« Katrin lehnte sich an ihren Schreibtisch.

»Es ist aber auch ein gutes Mordmotiv«, sagte Pfeiffer laut, »wenn Daub etwas Gefährliches gefunden hat.«

7

Janette half Frieder und Thomas, den Wagen auszuladen. Sie standen hinter dem Sendegebäude im Schatten.

»Das war ja nicht gerade sehr produktiv«, sagte Frieder, während er die Kassette aus der Kamera nahm.

»Das sollte dich doch freuen«, murmelte Thomas ohne seinen Kollegen anzusehen.

»Was soll das heißen?« fragte Frieder hitzig.

»Du weißt genau, was ich meine«, motzte Thomas, »wir haben gestern darüber gesprochen.«

»Du spinnst!« bellte Frieder.

»Jetzt streitet euch nicht«, mahnte Janette. »Es ist schon heiß genug.«

»Spiel doch nicht den Unschuldigen«, höhnte Thomas zu Frieder, und dann giftete er Janette an: »Du solltest dich da besser nicht einmischen!«

»Oh, das ist ja toll«, schimpfte Frieder, »jetzt gehst du auch noch Janette an die Gurgel.«

»Nein«, erwiderte Thomas und grinste Janette verwegen an, »das mache ich sicherlich nicht.«

»Ach, ja«, antwortete Janette, die der Streit eigentlich nichts anging. Leider siegte ihre Neugier. »Was ist eigentlich los mit euch?«

»Ich bin nur wütend«, stieß Thomas leise aus. »Weißt du denn nicht, dass Frieder im Gegensatz zu dir kein Interesse hat, den Tathergang zu verfolgen?«

»So?« Janette zog die Augenbrauen zusammen und schielte zu Frieder, der kopfschüttelnd seine Kamera packte und die beiden stehen ließ. »Das musst du mir genauer erklären«, flüsterte Janette und sah Thomas dabei an, als wollte sie ihn gleich verspeisen.

»Gerne«, freute sich der Tontechniker, »wie wäre es heute Abend gegen sieben im Biergarten?«

»Gute Idee«, nickte sie, »werde da sein.«

Dann fiel Thomas plötzlich ein, dass er im Regieraum Dienst für einen Kollegen übernommen hatte.

»Oh, da fällt mir ein, dass ich heute Abend Dienst schiebe.« Er lächelte sie verlegen an und dachte: Was bin ich für ein Idiot, jetzt, wo ich eine Verabredung mit der schärfsten Braut im Sender habe. »Könnten wir uns auch später im Biergarten treffen?«

»Kein Problem«, antwortete Janette. »Dann sehen wir uns heute Abend.«

Sie ließ Thomas stehen und suchte Maurizius, der gleich, nachdem sie im Sender angekommen waren, verschwunden war. Auf dem Weg in die Büros machte sie einen Abstecher ins Archiv.

»Hallo Ruth«, rief sie in den mit Bändern überfüllten Archivraum.

»Ah, Janette«, antwortete Ruth freundlich. »Komm rein! Wie geht es dir? Und was hat Burbach gebracht?«

Ruth sprühte vor Lebensenergie. Ihre Neugier machte sie zur wichtigsten Person im Sender, wenn es um die Dinge ging, die man rein professionell nicht besprach.

»Oh, mir geht es gut«, antwortete Janette und setzte sich auf einen Stuhl, der gegenüber Ruths Schreibtisch stand. »Allerdings lief es in Burbach miserabel.«

»Wie das?« Ruth stand auf und suchte in einem der vielen Regale ein Band.

»Diese Firma ist ein Reinfall«, erklärte Janette, »die härten keinen Stahl, sondern machen so etwas wie die Endfertigung dieser Haken.«

»Na, dann bleibt es ja spannend«, lächelte Ruth, die die freie Mitarbeiterin schon längst als einen kommenden Stern am Journalistenhimmel ansah.

»Ja schon«, sagte sie zögernd, »nur mischt Maurizius da noch mit.«

»Der gutaussehende junge Mann?« fragte Ruth und ihre Augen nahmen einen verklärten Blick an. »Einen knackigen Po hat er. Wäre das nichts für dich?«

»Oh nein«, wehrte Janette ab, »er sieht ja nicht schlecht aus, aber ein Weichei will ich nicht.«

»Sei nicht immer so streng mit dir«, mahnte Ruth. Sie hatte das Band gefunden. »Also, weshalb bist du gekommen?«

»Ich wollte nachfragen, ob David irgendwelche Bänder zurückgelassen hat?«

»Ja, hat er«, nickte Ruth und setzte sich wieder an ihren Schreibtisch. »Das Band liegt hier. Ich kann es dir aber nicht geben.«

Es war ein ungeschriebenes Gesetz, fremde Bänder und damit Beiträge keinem in die Hand zu geben, der nicht vom Autor die Genehmigung dazu hatte. In diesem Fall konnten nur Cordelia oder Yvonne diese geben.

Ruth machte eine Pause und zeigte schließlich mit einem Kugelschreiber auf Janette, während sie sagte: »Du solltest mit Cordelia oder Yvonne sprechen.«

»Werde ich«, lächelte sie. »Danke, du hast mir sehr geholfen.«

Janette stand auf und war schon bis zur Tür, als ihr eine weitere Frage einfiel.

»Was hat eigentlich Thomas plötzlich gegen Frieder?«

Ruth sah auf und legte einen Stift aus der Hand.

»Die beiden haben sich gestritten?« hakte sie ungläubig nach.

»Ja«, bestätigte Janette, »und zwar heftig.«

»Das ist seltsam«, überlegte die Archivarin, »Thomas und Frieder sind ein Team, seit ich für diesen Laden hier arbeite.«

»Weißt du etwas, was ich wissen sollte?«

Ruth zögerte, dann nickte sie.

Janette trat an ihren Schreibtisch.

»Es wissen nur wenige«, begann Ruth und senkte leicht den Kopf, »was ich dir jetzt sage.«

Janette verstand den Hinweis, verschwiegen zu bleiben. Was natürlich paradox war, wenn man als Journalistin so etwas gesagt bekommt. Dann klärte die Archivarin Janette über Frieders familiäre Verhältnisse auf.

8

Für Pfeiffer und Tristan stellte sich die Frage, wer von beiden auf die Friedrichshöhe fuhr. Natürlich bestand der Hauptkommissar a priori auf der Erstbefragung.

»Herr Pfeiffer«, gab Tristan zu bedenken, »wäre es nicht besser, wenn Sie sich um die amtlichen Baupläne und Genehmigungen kümmerten? Ich meine – wenn Sie diesen Herrn Dachdecker befragen, bringt das doch nur Unruhe.«

»So?« Pfeiffer sah seine Freundin und dann Holzbaum an. »Seid ihr der gleichen Meinung?«

»Nun, Chef«, traute sich Holzbaum zu sagen, »dieser Möbelhausbesitzer kann uns doch alles Mögliche antworten. Erst wenn wir die genauen Pläne und Genehmigungen haben, kann er uns nichts mehr vormachen.«

»Und warum«, knurrte Pfeiffer, »möchte dann Herr Irle so dringend als erster den Herrn Dachdecker befragen?«

Darauf hatte Holzbaum keine Antwort. Die lieferte Tristan.

»Weil ich mir gerne ein Bild von diesem Menschen machen möchte«, erklärte der Detektiv.

»Und wenn ich mir ebenfalls eine Bild von diesem Menschen machen möchte?« konterte der Hauptkommissar.

»Okay, dann fahren Sie eben hin«, antwortete Tristan, als wäre ihm die ganze Sache plötzlich egal.

»Sie benehmen sich wie zwei kleine Jungs, die sich um eine Sandkastenform streiten«, brach es schließlich aus Cordelia heraus. »Es macht keinen Sinn, wenn Herr Pfeiffer auf die Friedrichshöhe fährt, solange nicht feststeht, welche Flächen der Möbelhausbesitzer für das Randsortiment benutzen darf. Ich komme nur schwer an die amtlichen Dokumente heran, während es für Sie als Polizisten kein großes Problem darstellt. Ich schlage also vor, dass Sie, Herr Pfeiffer und Herr Holzbaum, die Basis für eine ordentliche Ermittlung schaffen und Herr Irle und ich uns unprofessionell mit Herrn Manfred Dachdecker unterhalten.«

»Unprofessionell«, grinste Pfeiffer, »das gefällt mir. Okay Holzbaum, wir fahren zum Katasteramt.«

»Musste das sein?« fragte Cordelia vor dem Rathaus.

»War es wirklich so schlimm?« erwiderte Tristan nachdenklich.

»Wenn es nicht um einen Mord gehen würde«, antwortete die Moderatorin, »dann nähme ich Ihre Dialoge für einen Sketch.«

»Wir haben uns also aufgeführt wie zwei Clowns«, resümierte der Detektiv.

Cordelia nickte.

»Das sollte sich ändern«, meinte Tristan.

»Das denke ich auch«, sagte Cordelia.

Die beiden gingen die Barstewende hinunter, die auf dem Hof hinter der Marienkirche endete.

»Ich schlage vor, wir fahren mit meinem Auto.« Tristan hatte das Gefühl, sich für die peinliche Szene entschuldigen zu müssen. »Ein Cabriolet und dazu noch ein Oldtimer«, sagte er aufmunternd.

Der Wagen, ein Borgward, stand an der Löhrstraße.

Die Löhrstraße verband die Oberstadt mit dem Rest der Welt. Sie führte vom Löhrtor im Südwesten den Burgberg hinauf. Sie war so schmal, dass man sie als Einbahnstraße angelegt hatte. Etliche kleine Geschäfte in alten Fachwerkhäusern säumten links und rechts die Straße. Eine Arkadenreihe auf der linken Straßenseite ließ die Passanten trockenen Fußes oder im Schatten den Berg hinaufgehen.

Als Cordelia und Tristan um die Marienkirche bogen, sah die Moderatorin den Oldtimer.

»Ist das Ihr Wagen?« staunte Cordelia. »Das nenne ich ein Cabriolet.«

»Bitte, steigen Sie ein.« Tristan hielt ihr die Beifahrertür auf.

Cordelia nahm Platz.

»Ich öffne nur schnell das Verdeck.«

»Kann ich Ihnen dabei helfen?«

»Nein, danke«, antwortete der Detektiv und schob mit wenigen Handgriffen das Stoffdach nach hinten, wo es unter einer Abdeckung verschwand.

»So, jetzt sind wir so weit.« Er stieg ein und startete den Motor.

»Es wäre sinnvoll, zuvor noch im Sender vorbeizuschauen«, sagte Cordelia. »Ich möchte hören, was es in Burbach gegeben hat.«

»Gute Idee.« Tristan folgte zuerst der Löhrstraße, die auf die Marburger Straße führte, dann ging es den Kampen hinunter auf die Sandstraße. Von dort über die Hindenburgstraße zum Sender. Er parkte den Borgward direkt vor dem Eingang.

Martha begrüßte sie und sagte ihnen, wo sie Maurizius fänden. Dem jungen Mann sah man den Misserfolg gleich an.

»Hallo Maurizius«, begrüßte Cordelia den freien Mitarbeiter in seinem Büro.

»Hallo, ihr beiden«, antwortete er.

»Ist nicht so gut gelaufen, was?« fragte Cordelia.

»Ja, kann man sagen«, schnaufte er. »Die Firma stellt keinen Stahl her. Ein Riesenreinfall.«

»So?« mischte sich Tristan ein und ließ sich das genauer erklären. Maurizius begann, und nachdem er sich sozusagen die ganze Geschichte von der Seele geredet hatte, ging es ihm besser.

»Hier hast du eine Kopie des Untersuchungsberichtes«, sagte Cordelia aufmunternd. »Vielleicht bringt er dich weiter.«

»Ja, danke«, nickte Maurizius.

»Wo ist Janette?« fragte Cordelia.

»Die ist noch unten im Hof«, antwortete Maurizius.

»Schönen Gruß an sie, wir müssen weiter«, sagte Cordelia. »Wir wollen oben auf der Friedrichshöhe etwas recherchieren.«

»Ist gut«, nickte Maurizius.

Die beiden verließen den Sender.

»Nun, das war ja nicht gerade produktiv«, meinte sie draußen. »Mal sehen, was dieses Möbelhaus bringt.«

Tristan fuhr am Bahnhof vorbei auf die Freudenberger Straße. Sie folgten dem Lauf der Alche, die sich ihnen entgegen durchs flache Tal schlängelte und in Richtung Sieg floss. Cordelia genoss den warmen Fahrtwind und entspannte sich.

»Ein tolles Auto haben Sie hier«, lobte sie, als sie gerade Seelbach hinter sich ließen.

»Danke«, sagte Tristan, »ich pflege ihn mit ganzer Liebe.«

»Das kann ich verstehen.« Cordelia betrachtete die Auen, die entlang des Baches bis an die höher liegende Straße reichten. »Es ist schön im Siegerland.«

»Ja, das kann man sagen«, bestätigte der Detektiv, »besonders bei diesem schönen Wetter. Woher kommen Sie?«

»Aus dem Sauerland«, gestand Cordelia. »Der gleiche sture Menschschlag.«

»Glaube ich«, lächelte Tristan.

Sie durchfuhren den kleinen Ort Lindenberg. Von dort stieg die Straße steil an. Der Motor des Borgward musste nun richtig arbeiten. Tristan schaltete zurück und fuhr nicht schneller als die Geschwindigkeitsbeschränkung es erlaubte. Viel schneller hätte es der Oldtimer an diesem Tag auch gar nicht geschafft. Gemütlich kletterte der Borgward der Friedrichshöhe entgegen. Vor ihnen zeigte sich die aufgeschüttete Autobahntrasse der A 45, hinter der ihr Ziel, ein mehrstöckiges Möbelhaus, stand. Langsam flachte die Straße nach Freudenberg ab. Sie durchquerten einen Viadukt und sahen jetzt zum ersten Mal das große Möbelhaus, das wie eine Burg in den Himmel ragte.

»Ein mächtiger Bau«, kommentierte Cordelia, »da versteht man das Engagement.«

»Dem kann ich nur zustimmen«, nickte Tristan und bog rechts ab. Nach ein paar Metern stand er auf dem Parkplatz und stellte den Motor ab.

Sie folgten der Wegbeschreibung und standen schließlich vor dem Eingang.

»Wie gehen wir vor?« fragte Cordelia konzentriert, während ihr Blick über Artikel schweifte, die man in jedem Kaufhaus erwerben konnte.

»Ich schlage vor, wir sehen uns erst einmal um und fragen dann nach dem Chef.«

»In Ordnung«, sagte die Moderatorin und ging voraus.

Sie folgten der Wegführung und standen schließlich vor einer Treppe, hinter der ein Fahrstuhl eingebaut war, und weiteren Wegweisern. Um sie herum befand sich das sogenannte Randsortiment, Waren, die mit dem eigentlichen Möbelkauf nichts mehr zu tun hatten. Eine riesige Fläche von ausgelegten Teppichen breitete sich hinter der Treppe aus. Hinter ihnen lag bereits die Haushaltsabteilung, wie sie Tristan taufte, da dort Gläser, Teller und andere Haushaltsgegenstände ausgelegt lagen.

»Jetzt verstehe ich, wo Helga ihre Dekoration herbekommt«, staunte Tristan und blickte sich um.

»Eine ganz schön große Fläche«, sagte Cordelia.

»Das kann man sagen.« Tristan las die Wegweiser. »In den anderen Stockwerken befinden sich Kinderzimmermöbel, Schlafzimmer, Wohnzimmer usw.«

»Ich denke, wir sind hier auf der Etage richtig«, antwortete Cordelia, »können Sie die Fläche abschätzen?«

»Schlecht«, Tristan überlegte, »aber ich habe eine Idee.«

Der Detektiv ging geradewegs bis zu einer Wand.

»Und jetzt«, Cordelia betrachtete die ausgestellten Lampen, »brauchen Sie so was?«

»Oh, nein«, grinste der Detektiv, »jetzt zählen Sie die Schritte, die ich mache. Wir gehen strackweg in die Richtung.«

Tristan machte einen großen Schritt und hoffte ungefähr einen Meter damit abzuschreiten. Cordelia begann zu zählen. Nun war Tristan nicht der Längste, und es sah schon etwas komisch aus, wie der Detektiv durch den Gang stolzierte, begleitet von einer attraktiven Frau, die leise vor sich hin zählte. Sie kamen bis zu den Teppichen, was ungefähr die halbe Strecke bedeutete, bis sie von einer Verkäuferin angesprochen wurden.

»Kann ich Ihnen helfen?« fragte sie freundlich, während sie den Detektiv aufmerksam musterte.

»Oh, nein danke«, antwortete Tristan, »wir schauen uns nur um.«

»Könnte es sein, dass wir uns kennen?« fragte die Frau nachdenklich.

»Nicht das ich wüsste«, meinte Tristan.

Die Verkäuferin betrachtete jetzt auch Cordelia.

»Sie kommen mir auch so bekannt vor«, murmelte sie.

»Nun«, lächelte Cordelia und sah zu Tristan, der ihr zu verstehen gab, sich nicht zu verraten, »dabei habe ich doch ein Allerweltgesicht.«

»Wissen Sie«, entschuldigte sich die Verkäuferin, ohne die beiden zu entlassen. »Ich muss das jetzt rausbekommen, sonst beschäftigt mich das den ganzen Tag.«

»Also«, begann Tristan vorsichtig, »ich kenne Sie nicht, aber vielleicht haben Sie mich schon mal hier beim Einkaufen gesehen.«

Tristan log ohne rot zu werden.

»Nein«, antwortete sie entschieden und grübelte noch einen Moment, bis ihr plötzlich klar wurde, woher sie die beiden Menschen kannte.

»Oh, mein Gott«, rief sie plötzlich, dass die Besucher im Möbelhaus sich nach dem Ruf umsahen, »Sie sind Frau Jansen aus dem Fernsehen, und Sie sind dieser Detektiv mit dem Vogel! Ich habe die Sendung gesehen.«

»Ja, das stimmt«, gestand Cordelia.

»Würden Sie mir ein Autogramm geben?« fragte die Verkäuferin ungeniert.

»Gerne«, nickte die Moderatorin.

»Wir würden gerne Ihren Chef sprechen.« Tristan gab das Versteckspiel auf.

»Natürlich, ich hole ihn. Und ein Stück Papier.« Sie eilte von dannen.

»Und was meinen Sie bezüglich der Fläche?«

»Noch zu ungenau«, antwortete Tristan, »warten wir ab, was uns Manfred Dachdecker zu sagen hat.«

Der kam wenig später zusammen mit der Verkäuferin in einem perfekt sitzenden Anzug herbei geeilt.

»Was für eine Ehre«, säuselte der graumelierte Geschäftsmann, »gleich zwei berühmte Persönlichkeiten in meinem Haus.«

»Nun übertreiben Sie aber«, entgegnete Tristan.

»Ich habe diese bedauerliche Sendung gesehen«, sagte Dachdecker betroffen, »es tut mir um Ihren Kollegen wirklich leid. Aber was stehen wir hier im Gang? Darf ich Sie zu einem Kaffee in unsere Cafeteria einladen?«

»Gerne, einen Kaffee könnte ich jetzt vertragen«, lächelte Cordelia.

»Dann folgen Sie mir bitte.« Dachdecker wedelte galant mit der Hand, was erstaunlich gut zu dem fast Sechzigjährigen passte.

»Entschuldigung«, die Verkäuferin meldete sich zu Wort, »das Autogramm!«

Sie hielt Cordelia einen Block und Kugelschreiber hin.

»Kein Problem«, Cordelia nahm den Block entgegen und signierte ein Blatt.

»Würden Sie für meine Kollegin noch eins unterschreiben?« bat die Verkäuferin mit der gleichen aufdringlichen Freundlichkeit, die Basarhändler an den Tag legten, um unschuldigen Fremden den letzten Ramsch anzudrehen.

Cordelia blätterte die beschriebene Seite um und signierte das nächste Blatt.

»Noch eins?« fragte sie vorsichtshalber mit einem Funkeln in den Augen.

»Nein, danke.« Die Verkäuferin nahm den Block zurück und bedankte sich überschwänglich.

»Da haben Sie Frau Kohl aber ein schönes Geschenk gemacht«, sagte Dachdecker, während sie auf den Fahrstuhl warteten. »Sie ist ein Fan von Ihnen.«

»So?« Cordelia verstand unter einem Fan jemanden, der sein Idol direkt erkannte. Frau Kohl gehörte eher zu der Sorte Mensch, die den uralten Trieb des Sammelns noch nicht abgelegt hatte und selbst die dümmsten Sachen mitnahm, wenn sie nur umsonst angeboten wurden.

Die kleine Gruppe fuhr in den vierten Stock. Vom Fahrstuhl bis zur Cafeteria waren es nur ein paar Meter, und der Möbelhausbesitzer suchte einen ganz besonders schönen Platz aus, von dem man weit ins Tal blicken konnte. Statt der üblichen Selbstbedienung trat eine Angestellte an den Tisch und nahm die Bestellung entgegen.

»Was führt Sie zu mir?« fragte Dachdecker, als die Bedienung den Tisch verlassen hatte. »Sicherlich wollen Sie keine Möbel kaufen.«

Manfred Dachdecker lächelte nicht mehr. Herausfordernd sah er erst Tristan und dann Cordelia an.

»Nein«, antwortete Tristan, »Möbel wollen wir nicht kaufen.«

»Und wie kann ich Ihnen dann weiterhelfen?« Sein Tonfall klang hart und kalt.

»Wir sind hier«, erklärte Cordelia, »weil mein Freund, David Daub, mit Ihnen ein Interview geführt hat.«

»Ihr Freund?!« Dachdecker lehnte sich langsam zurück und schien nachzudenken. »Der verunglückte Journalist?«

»Ja, der«, bestätigte Cordelia. Ohne weiter um den heißen Brei zu reden, fragte sie: »Wie groß ist eigentlich die Fläche Ihres Randsortiments?«

Dachdecker wurde blass. In dem Moment brachte die Bedienung den Kaffee, so dass der Möbelhausbesitzer einen Augenblick Zeit hatte, sich zu fassen.

»Wie kommen Sie gerade auf das Randsortiment?« fragte er zurück, nachdem er einen kräftigen Schluck genommen hatte.

»Weil wir vermuten«, antwortete Tristan, »dass Ihre Fläche für das Randsortiment weit über den erlaubten 10 Prozent liegt.«

»Also wirklich!« empörte sich Dachdecker. »Werden Sie von diesen Schweden bezahlt? Wenn Sie das weiterhin behaupten, dann verklage ich Sie!«

»Wir behaupten nichts.« Tristan sah den aufgeregten Geschäftsmann über den Rand seiner Halbbrille hinweg an. »Wir haben Grund zu der Annahme, dass Sie mit der Fläche im Erdgeschoss großzügig umgehen.«

»Das muss ich mir nicht gefallen lassen«, schimpfte Dachdecker und dachte nicht mehr daran Haltung zu wahren. »Ich bitte Sie mein Haus sofort zu verlassen.«

»Jetzt regen Sie sich doch nicht so auf«, versuchte Cordelia zu schlichten. Doch Dachdecker stand auf und wiederholte lautstark seine Aufforderung.

Tristan und Cordelia blieb nichts anderes übrig als zu gehen.

9

»Das nenne ich eine Neuigkeit«, sprach Janette zu sich selbst, als sie die Treppe zum zweiten Stock hinauf ging. Kurz vor der Etagentür blieb sie stehen und überlegte laut.

»Nun, es kann nichts schaden, wenn ich mit Yvonne ein paar Worte wechsle.«

Gesagt, getan. Mit viel Elan sprang sie mehrere Stufen die Treppe hinunter und eilte in Yvonnes Büro. Vorsichtig schielte sie durch die Tür und sah die Fernsehleiterin telefonieren.

Yvonne erkannte die freie Mitarbeiterin und winkte sie zu sich. Janette schlich leise in das Büro und blieb vor dem Schreibtisch stehen. Die Fernsehleiterin gab ihr ein Zeichen sich zu setzen, während sie am Telefon einen aufgeregten Vater beruhigen musste, dessen Sohn in einer kurzen Einstellung in einem Beitrag der gestrigen Sendung zu sehen war.

»Natürlich haben wir Ihren Sohn gefragt, ob wir ihn filmen dürfen«, erklärte die Fernsehleiterin. »Nein, ich denke, Sie bewerten die kleine Szene viel zu stark. ... Ja, da bin ich mir ganz sicher, das wird morgen niemand mehr wissen, alle werden nur sagen, oh, Ihr Sohn war doch im Fernsehen. ... Nein, das wird keine Nachteile für Ihren

Sohn haben, glauben Sie mir, ich spreche aus Erfahrung. ... Gut. Dann wünsche ich Ihnen noch einen schönen Tag.«

Sie legte den Hörer auf.

»Ärger?« fragte Janette.

»Nein, erledigt«, antwortete Yvonne schnell. Mit Nebensächlichkeiten belastete sie sich möglichst nicht. »Wie lief es in Burbach?«

»Nicht gut«, gestand die freie Mitarbeiterin.

»Oh, oh«, schnaufte Yvonne und sah die junge Frau nachdenklich an. »Was ist schief gelaufen?«

»Alles«, antwortete Janette trocken. »Die Firma produziert den Stahl für die Haken nicht. Sie betreibt so etwas wie die Endmontage. Wer immer den Haken behandelt hat, er hat es nicht in dieser Firma getan.«

»Und? Wie geht es weiter? Was hat Maurizius vor?« schossen die Fragen aus Yvonne heraus.

»Ich weiß es nicht genau«, Janette zuckte mit den Schultern. »Wir haben sechs Zuliefererfirmen genannt bekommen. Vielleicht will er die alle befragen.«

»Und was willst du unternehmen?« Yvonne ahnte, dass Janette einen anderen Weg einschlagen wollte.

»Ich finde, dieser Haken ist eine Sackgasse«, sagte sie überzeugt.

»So?«

»Ja, das Ding hat seinen Geist aufgegeben! Gut. Wir sollten uns fragen, warum der Haken seinen Geist aufgeben sollte.«

»Na, um David zu töten«, ergänzte Yvonne und war von Janettes Einfall gar nicht begeistert. »Das war nicht besonders erbaulich!« warnte sie.

»Verstehe.« Janette nickte und hob den linken Zeigefinger. »Ich will auf das Motiv hinaus.«

»Das klingt schon besser«, lächelte die Studioleiterin. »Und, was könnte das Motiv gewesen sein?«

»David hat etwas herausgefunden und deshalb musste er sterben«, antwortete Janette eisig.

»Ja, den Gedanken habe ich auch schon gehabt«, nickte Yvonne. »Er arbeitete an der EIDEA-Geschichte.«

»Ich weiß.« Janette sah ihre Chefin nachdenklich an. »Weißt du, dass Frieder Sagenmüller der uneheliche Sohn und Erbe von Manfred Dachdecker, dem Möbelhausbesitzer, ist?«

Yvonne runzelte die Stirn und brauchte einen Augenblick, um die Information in den Gesprächszusammenhang zu stellen. Dann schien eine ihrer grauen Zellen die Verbindung herzustellen.

»Das ist wahr?« Zum ersten Mal schien Yvonne überrascht zu sein.

»Aus sicherer Quelle«, nickte Janette, »und weißt du was, ich habe Thomas und Frieder heute bei einem Streit beobachtet.«

»Die beiden sind Freunde«, staunte Yvonne. »Ich habe sie noch nie streiten sehen.«

»Die beiden waren das bevorzugte Team von David«, dachte Janette laut, »und sie waren bei allen seinen Interviews dabei und wussten wahrscheinlich auch, was er noch plante. Kurz, beide kannten jeden Schritt und jedes Ergebnis seiner Recherchen.«

»Wenn du Recht behalten solltest, dann wäre das für den Sender sehr kompromittierend«, antwortete Yvonne langsam, als legte sie jedes Wort auf die Goldwaage. »Du solltest vorsichtig vorgehen.«

»Keine Sorge«, grinste Janette, »meine Beute werde ich mir nicht verscheuchen.«

Yvonne nickte und dachte: Die Kleine muss ich im Auge behalten.

10

Die Sonne verschwand hinter der Marienkirche, als Helga mit ihrem kleinen Panda vor Tristans Haus parkte. Tristan und Marlowe saßen auf der Bank und beobachteten, wie die Freundin den Wagen auszuladen begann und mit zwei Taschen voller Lebensmittel auf sie zukam.

»Hallo Schatz«, grüßte Helga und setzte mit einem erleichterten Stöhnen die Taschen ab. »So, das ist geschafft.«

»Was ist in den Taschen?« Tristan lugte an ihr vorbei zu den Taschen.

»Lebensmittel, die ich in der Pension nicht mehr verwenden kann«, erklärte sie und wollte nicht weiter auf das Thema eingehen. Deshalb fragte sie. »Wie war dein Tag?«

»Oh, frag nicht«, antwortete Tristan und schüttelte den Kopf.

»So?« Helga wurde neugierig und lehnte sich an ihn. »Na, dann erzähl mal.«

Das tat der Detektiv dann auch.

»Sie haben dich aus dem Möbelhaus geworfen!« rief sie aufgeregt und sah ihren Freund verständnislos an. »Was hast du denn angestellt?«

»Nichts«, antwortete Tristan, der sich wie ein Schuljunge vorkam, den man beim Marmeladenaschen erwischt hatte. »Ich habe zusammen mit Frau Jansen recherchiert.«

»Ich gehe jetzt schon seit Jahren bei Dachdeckers einkaufen«, erklärte Helga mit der Gewissheit, eine anerkannte Autorität als Handelspartner des Möbelhauses zu sein, »und in all den Jahren ist noch niemand des Platzes verwiesen worden. Selbst Eltern nicht, die ihre Kinder mit Schokolade in der Hand über weiße Teppiche klettern ließen.«

»Helga«, sagte Tristan ruhig, »ich glaube, Manfred Dachdecker hat etwas zu verbergen.«

Die Lebensabschnittsgefährtin sah Tristan nachdenklich an. Dann huschte ein leichtes Grinsen über ihre Mundwinkeln.

»Das hast du alles mit Absicht gemacht«, sagte sie herausfordernd, »damit du mich in Zukunft nicht begleiten musst, wenn ich neue Dekorationen für meine Pension kaufen muss.«

»Sicher«, lächelte der Detektiv und gab Helga einen Kuss. »Du weißt doch, wie liebend gerne ich mich in Kaufhäusern aufhalte.«

»Was, glaubst du, hat Dachdecker zu verbergen?«

»Das einzige, was Sinn machen würde«, erklärte der Detektiv, »wäre, eine größere Fläche für das Randsortiment zu verwenden, als es ihm durch die Regelungen im Einzelhandelserlass NRW erlaubt ist.«

»Aber das kreidet er doch gerade den Schweden an«, sagte Helga.

»Das macht die Sache ja so brisant«, grinste Tristan, »und liefert darüber hinaus auch noch ein fettes Tatmotiv.«

»Aber wie sollte Dachdecker an David herankommen?«

»Das habe ich dir ja noch gar nicht gesagt«, Tristan löste sich von Helga. »Frieder Sagenmüller, der Kameramann im Team, ist ein unehelicher Sohn von Dachdecker und momentaner Alleinerbe.«

»Wie geht es Cordelia?«

»Den Umständen entsprechend gut«, meinte Tristan. »Ich habe sie nach dem Besuch auf der Friedrichshöhe nach Hause gefahren. Sie will sich das Band ebenfalls noch einmal anschauen und heute Abend im Sender nachhören, was die Recherchen dort ergeben haben.«

»Dann seid ihr ja doch etwas weiter gekommen, und du hast heute noch dazu eine einmalige Erfahrung gemacht«, lächelte Helga und stand auf. »Es wird Zeit, etwas zu essen.«

Darauf reagierte Marlowe sofort und spreizte seinen Kamm. Helga nahm die Taschen und verschwand im Haus. Der Kakadu folgte ihr. Tristan blieb auf der Bank sitzen und kramte in den Taschen seiner Strickjacke, die neben im lag, nach seiner Pfeife und dem Tabaksbeutel. Als er beides zusammen hatte, begann er die Pfeife zu stopfen. Drinnen hörte er, wie Helga etwas in eine Pfanne warf.

Bratkartoffeln, roch er und freute sich auf ein deftiges Abendessen.

11

Cordelia saß neben Peter im Regieraum und verfolgte über Monitore die Sendung. Der Senderedakteur war zu beschäftigt, als dass ein Gespräch möglich gewesen wäre. Kurze Kommentare und kleine Frotzeleien waren alles, was die Mannschaft im Regieraum von sich gab. HG saß an der MAZ, Thomas überwachte den Ton und bediente die ferngesteuerten Kameras, während Peter die Verantwortung inne hatte. Erst als der Abspann über den Sender lief, entspannte sich das Team.

»Das haben wir geschafft«, rief er zufrieden. »Fahrt alles herunter, dann sehen wir uns morgen wieder. Cordelia, lass uns in mein Büro gehen.«

Peter und Cordelia ließen die Techniker zurück und gingen durch ein Labyrinth von Gängen hinauf in Peters Büro.

»Wie geht es dir?« fragte Peter.

»Danke, den Umständen entsprechend, du weißt schon«, antwortete Cordelia.

»Verstehe«, nickte er und schweigend gingen sie weiter.

Im Büro angekommen, setzte sich Cordelia auf den Platz der Sekretärin, während Peter die auf seinem Schreibtisch abgelegten Nachrichten schnell überflog.

»Was hat Maurizius bis jetzt herausgefunden?« fragte Cordelia schließlich.

»Das kann ich dir gar nicht sagen«, antwortete Peter ehrlich.

»Er wollte doch heute zu dieser Firma nach Burbach?« hakte sie nach.

»Ja, das stimmt ...«

»Die Firma war ein Flop.« Yvonne betrat das Büro. »Hallo, Cordelia, Hallo Peter. Maurizius und Janette waren heute dort. Aber diese Spur ist eine Sackgasse.«

»So?«

»Ja, die Firma erhält Rohlinge und baut nur noch den Verschluss ein. Die härten das Material nicht und hätten einen fehlerhaften Haken sofort ausgemustert.« Yvonne ließ sich müde in einen Stuhl fallen.

»Dann kommen wir dort nicht weiter«, nickte Cordelia. »Weshalb ist Janette dabei gewesen?«

»Maurizius ist ein netter Junge, begabt, aber ihm fehlt der Biss«, antwortete Yvonne.

»Verstehe.« Cordelia überlegte, ob sie über ihren Besuch bei Dachdecker berichten sollte, doch Yvonne nahm ihr die Entscheidung ab.

»An was hatte David zuletzt gearbeitet?« fragte die Fernsehleiterin.

»An der EIDEA-Geschichte«, antwortete Cordelia.

»Okay, das hatte ich auch in Erinnerung. Hast du dir überlegt, ob der Anschlag vielleicht mit dieser Recherche zu tun haben könnte?« Yvonne sah sie ernst an.

»Ja, das habe ich«, gestand die Moderatorin, »und wir, das heißt Irle und ich, waren heute zu Besuch im Möbelhaus Dachdecker.«

»Und?« Yvonne wurde nervös, während Peter schweigend das Gespräch verfolgte.

»Wir sind rausgeschmissen worden«, grinste Cordelia und erzählte, wie sie in die peinliche Situation gelangten. Zum Schluss sagte sie: »Der Mann hat etwas zu verbergen.«

Da hatte dieses kleine Bist doch die richtige Ahnung, dachte Yvonne und sagte laut: »Es könnte gut sein, dass einer aus dem Sender deinen Freund umgebracht hat.«

Jetzt zuckte Peter zusammen und fragte: »Wie kommst du denn darauf?«

»Frieder ist der Sohn von diesem Manfred Dachdecker«, erklärte Yvonne ohne eine weitere Erklärung.

»Ich weiß«, nickte Cordelia, was wiederum Yvonne und Peter überraschten.

»Du weißt das? Wieso hast du nichts gesagt?« Die Fernsehleiterin wirkte ungehalten.

»Solange kein Motiv vorhanden ist, werde ich einen Kollegen nicht beschuldigen«, erklärte Cordelia aufgebracht. »Frieder und David waren Freunde. Da muss ich schon etwas mehr in den Händen halten als die Tatsache, dass Frieder mit diesem Dachdecker verwandt ist.«

»Und hast du noch mehr in der Hand?« wollte Peter wissen und fixierte Cordelia.

»Momentan nicht«, gestand die Moderatorin.

12

Thomas war der letzte, der den Regieraum verließ. HG hatte sich bereits verabschiedet, und auch die Maske lag bereits im Dunklen. Im Untergeschoss herrschte gespenstische Stille. Thomas war diese Stille gewohnt, konnte sich aber nie so richtig mit ihr anfreunden. Pfeifend schaltete er das Licht im Regieraum aus und schloss ab. Niemand schien sich mehr im Untergeschoss aufzuhalten. Die Lampen in den Fluren waren erloschen, und eigentlich wäre Thomas gleich nach links zum Ausgang gegangen und mit wenigen Schritten im Hof angekommen, hätte da nicht ein klirrendes Geräusch seine Aufmerksamkeit geweckt. Neugierig blieb er stehen.

»Ist da jemand?« rief er in den Flur.

Keine Antwort, nur wieder dieses klirrende Geräusch.

»Hallo!« rief er lauter, und mit einem Mal war alles wieder ruhig.

Thomas wurde nervös, konnte seiner Neugier jedoch nichts entgegensetzen und ging weiter bis zur Studiotür. Plötzlich war es wieder da, das klirrende Geräusch. Es kam eindeutig aus dem Studio.

»Was ist hier los?« flüsterte er und nahm den Türgriff in die Hand.

Die Tür hätte eigentlich verschlossen sein müssen, doch jetzt ließ sie sich öffnen. Vorsichtig blickte er in einen pechschwarzen Raum.

»Ist hier jemand?« fragte er und kam sich dabei albern vor.

»Wahrscheinlich Ratten, die ihre Abendsendung moderieren«, scherzte er und suchte einen Lichtschalter. Etwas unbeholfen tapste er in das dunkle Studio, bis seine Hand den Schalter fand.

Die Halogenbirnen gaben einen surrenden Ton von sich und leuchteten schließlich auf.

»Was ist denn hier passiert!?« rief er überrascht.

4. Die Wettervorhersage ...

Samstagmorgen

Die Wettervorhersage versprach einen sonnigen und warmen Samstag. Peter vertraute der Wetterprognose und betrat in sommerlicher Kleidung das Sendegebäude. Mit einem grimmigen Gesichtsausdruck empfing ihn die Empfangsdame.

»Morgen«, sagte Peter vorsichtig.

»Guten Morgen, Herr Papst«, erwiderte Martha ganz höflich.

Wer Martha kannte, ahnte, dass ihr bei so viel Höflichkeit etwas gegen den Strich ging.

Peter grübelte einen Moment, ob er ihr Gelegenheit geben sollte, ihren Grimm loszuwerden, entschied sich aber dagegen und schob sich eilig an der Informationstheke vorbei. Er glaubte sich schon in Sicherheit, als Martha hinter ihm räusperte und sagte: »Herr Papst, könnten Sie den Kollegen nochmals sagen, dass sie sich bitte austragen, wenn sie das Haus verlassen.«

Peter drehte sich herum und lächelte Martha an.

Jeder Sendemitarbeiter, egal ob er in der Technik oder in einer der Redaktionen tätig war, wurde beim Betreten des Hauses erfasst und in eine Liste eingetragen, die, sofern sie anwesend war, genauestens von Martha geführt wurde. Da Martha auch einmal Feierabend hatte, kam es vor, dass in den Abendstunden die Liste verwaist an der Theke lag. Eine interne Anweisung verpflichtete jeden Mitarbeiter und jede Mitarbeiterin, sich möglichst selbstständig aus der Liste aus- bzw. einzutragen. Nun, das funktionierte nicht immer, und dann meldete sich Martha mal höflich, mal verärgert zu Wort.

»Wer hat sich denn nicht ausgetragen?« fragte Peter, der ahnte, worum es der Empfangsdame ging.

»So wie es aussieht, hat unser Herr Thomas Zöller die Nacht im Haus verbracht«, sagte sie in einem scharfen Tonfall.

»Ich werde es ihm sagen«, lächelte Peter, »sobald ich ihn sehe.«

»Gut. Vielleicht sollten Sie es allen Ihren Kollegen noch einmal mitteilen«, mahnte sie. »In der letzten Zeit häufen sich diese Fälle.«

»Das werde ich in der nächsten Konferenz weitergeben«, antwortete Peter, »ganz bestimmt.«

Martha nickte und richtete ihre Aufmerksamkeit auf ein klingelndes Telefon. Der Senderedakteur nutzte die Gelegenheit und verschwand im Büro des Planungsredakteurs. Er warf einen kurzen Blick auf die für heute vorgesehenen Beiträge und ging dann in sein Büro. Dort empfing ihn Lara Weber, die Nachrichtenredakteurin.

»Morgen, Peter. Auch von Martha aufgehalten worden?« fragte sie und musste ein Gähnen unterdrücken.

»Morgen, Lara. Ja!« Peter legte seine Autoschlüssel und einige persönliche Dinge auf den Schreibtisch und dachte nach.

»Lara«, sagte er schließlich, »das ist doch eigentlich gar nicht Thomas' Art?«

»Was meinst du?« Sie sah zu ihm auf.

»Ich finde, dass sich Thomas immer den Vorschriften entsprechend verhält.«

»Er hatte eine Verabredung«, grinste Lara.

»Und?«

»Nichts und«, sie zuckte mit den Schultern. »Er kam gestern nach dem Besuch in Burbach total aufgedreht herein. Ich fragte, was ihm fehle. Er grinste und meinte, er habe eine Verabredung.«

»Du meinst«, checkte Peter endlich, »dass er vergessen hat, sich auszutragen?«

»Ja. Männer haben einfach zu wenig Blut im Körper«, sagte Lara trocken. »Schwillt unterhalb der Gürtellinie etwas an, dann fehlt Blut, um das Gehirn weiter mit genügend Sauerstoff zu versorgen. Die Folge: Nach und nach schalten sich eure grauen Zellen ab.«

»Das meinst du doch nicht im Ernst«, antwortete Peter beleidigt.

»Bloß eine Theorie«, grinste Lara, »die sich leider immer wieder bestätigt.«

»Frauen«, schüttelte Peter den Kopf. »Ich gehe in den Regieraum.«

»Hier liegt ein Haufen Nachrichten, die durchgeschaut werden müssen«, rief sie ihm nach, »Faulenzen gilt nicht.«

Peter hatte keine Lust, sich den schönen Morgen durch brutale Nachrichten verderben zu lassen. Dazu würde später noch genügend Zeit bleiben. Jetzt wollte er sich noch einmal die Sendung von gestern in Ruhe anschauen. Ihm war aufgefallen, dass hier und da die Schnitte zwischen Moderator und Beitrag zu hart waren.

Er schlenderte gelassen die kleine Wendeltreppe hinunter und wunderte sich, keinen seiner Kollegen in den Fluren des Untergeschosses anzutreffen. Dann wurde ihm bewusst, dass Samstag war und die Leute erfahrungsgemäß später im Sender eintrudelten. Er trat in den Flur zum Regieraum und blieb plötzlich stehen.

Die Tür zum Sendestudio stand einen Spalt offen und Licht drang durch diesen Spalt.

»Ist da jemand?« rief Peter neugierig und näherte sich dem Studio.

»Hallo!« wiederholte er und öffnete die Tür. Vorsichtig blickte er sich um und erkannte Thomas.

»Oh, mein Gott, mein Gott!« schrie er.

2

Tristan und Helga saßen zusammen am Frühstückstisch, als das Telefon im Wohnzimmer klingelte. Der Detektiv beeilte sich, den Hörer abzunehmen.

Schweigend lauschte er dem Anrufer, dann legte er auf.

»Das war Cordelia. Es hat einen Mord im Sender gegeben«, sagte er fassungslos. »Thomas Zöller, der Tontechniker, ist vor einer halben Stunde im Fernsehstudio mit eingeschlagenem Schädel gefunden worden.«

»Das ist furchtbar«, flüsterte Helga. »Willst du gleich los?«

»Ja«, nickte Tristan. »Bleibst du bei Marlowe?«

»Ja«, nickte sie, »komm aber zur Mittagzeit vorbei.«

»Ich versuche es.«

Schnell steckte er seine Pfeife und den Tabak ein, dann ging er in die Diele und zog sich eine Strickjacke über, doch als er die Haustür öffnete, schlug ihm bereits eine Hitze entgegen, die ihn stöhnen ließ. Er zog die Strickjacke wieder aus und hängte sie an einen Kleiderhaken.

»Ich gehe!« rief er und schloss die alte Eichenhaustür.

Wieso gerade Thomas Zöller? überlegte er auf dem Weg die Einkaufsstraße hinab. Sollte er etwas gewusst haben, schließlich gehörte er zum Team, genauso wie Frieder. Dieser Frieder ist jetzt als einziger des Dreier-Teams übrig, dachte Tristan.

Könnte es sein, dass hinter den Morden mehr steckte, als er annahm? Oder ermittelte er in die falsche Richtung?

Und was war an Thomas so Gefährliches, fragte sich der Detektiv, das den Mörder zu einem zweiten Mord trieb?

Viele Fragen, die auf Antworten warteten. Er überquerte die Sandstraße und schließlich die Siegplatte, dann stand er vor dem Eingang des RDW.

Hauptkommissar Pfeiffer und Kommissar Holzbaum waren ebenfalls schon da. Die beiden Beamten standen zwischen einer Gruppe uniformierter Kollegen und besprachen sich. Eine Reihe von Streifenwagen versperrten die Fürst-Johann-Moritz-Straße. Tristan schlängelte sich durch eine Schar Schaulustiger und erreichte schließlich Pfeiffer.

»Morgen, Pfeiffer«, sagte er und nickte den anderen Herren freundlich zu.

»Morgen, Irle«, nuschelte der Hauptkommissar. »Ich habe wohl keine Chance, Sie hier rauszuhalten?«

»Ich denke, nein«, antwortete Tristan hart. Er hatte im Moment keine Lust auf Spielchen.

Pfeiffer nickte, ihm ging es ähnlich.

»Dann lassen Sie uns mal reingehen«, seufzte Pfeiffer und marschierte voran.

Elena Menn, die Studioleiterin, und Yvonne erwarteten die Detektive und führten sie in das Fernsehstudio hinunter.

Die Damen blieben am Eingang des Studios stehen. Sie mussten sich den Anblick nicht noch einmal zumuten. Pfeiffer, Holzbaum und Tristan ahnten bereits, was sie zu sehen bekamen, dennoch meldete sich beim Anblick des Toten ein flaues Gefühl im Magen.

Vor ihnen lag Thomas in einer großen Blutlache, daneben lag ein zerbeulter großer Scheinwerfer, und überall auf dem Boden waren Glasscherben verteilt.

»Das Ding hat ihm den Schädel zertrümmert«, sagte Holzbaum.

Tristan nickte und blickte nach oben unter die Decke.

»Was denken Sie?« Pfeiffer folgte seinem Blick. »Von alleine fällt so ein Scheinwerfer doch nicht herunter?«

»Sehen Sie, wie viele das sind. Wir sollten kontrollieren lassen, ob es nicht noch mehr lose gibt, die herunterfallen könnten«, sagte Tristan.

»Gute Idee.« Pfeiffer rief nach der Studioleiterin.

»Wir haben alle Scheinwerfer überprüft«, sagte sie am Eingang. »Die anderen sind fest.«

»Und wieso konnte der herunterfallen?« Pfeiffer deutete auf den zerstörten Scheinwerfer vor ihm.

»Der wurde absichtlich aus seiner Verankerung gelöst«, erklärte Elena. »Wie genau, das kann Ihnen Heinz-Georg Feldmann erklären. HG, kommst du mal?«

»Muss das sein?« hörten sie eine Männerstimme aus dem Hintergrund fragen.

»Nein, das muss jetzt nicht sein«, rief Tristan und gab Pfeiffer ein Zeichen.

»Wir lassen uns das später erklären«, sagte der Hauptkommissar.

»Diese Scherben hier«, Tristan nahm eine vorsichtig mit seinem Taschentuch auf, »die stammen nicht von dem Glas des Scheinwerfers.«

»So? Woher wollen Sie das wissen?« Pfeiffer sah sich die Scherbe an.

»Der Scheinwerfer hat ein gelbes Glas und das hier sind blaue Scherben«, antwortete Tristan.

»Was soll das nun wieder«, fluchte der Hauptkommissar.

Holzbaum blickte auf den Studioboden und dann kam ihm eine Idee.

»Das sind die Logofarben des Schwedenkaufhauses.«

Pfeiffer glotzte seinen Partner an, als hätte er gerade festgestellt, dass Hustensaft nicht schmeckte. Tristan, dem das Logo des Schweden nicht bekannt war, runzelte die Stirn.

»Ich denke, ich hab genug gesehen«, sagte Pfeiffer und ging zur Tür. »Kommen Sie, lassen wir den Leichenwagen nicht länger warten.«

Tristan nickte und folgte dem Hauptkommissar.

»Wenn das mit dem Logo zutrifft«, sagte Tristan im Flur zu Holzbaum, »dann ist das schon sehr dreist von dem Mörder.«

»Er fühlt sich sicher«, zischte Pfeiffer. »Aber nicht mehr lange, dafür werde ich sorgen!«

»Haben Sie etwas über die genehmigten Flächen im Möbelhaus Dachdecker herausbekommen?« fragte Tristan.

»Ja«, Holzbaum zog sein Notizbuch aus der Tasche. »Er hat genau 10 Prozent von der gesamten Verkaufsfläche nach den Regelungen des Einzelhandelserlasses NRW beantragt und auch bewilligt bekommen. Wir haben uns die Bauzeichnungen angesehen und waren sogar noch vor Ort – was haben Sie eigentlich gemacht, dass Herr Dachdecker so wütend auf Sie ist?«

»Nichts, Herr Holzbaum, absolut nichts«, antwortete Tristan.

»Jedenfalls scheinen die Verkaufsflächen in Ordnung zu sein.« Holzbaum klappte sein Notizbuch zu.

»Dann haben wir kein Motiv«, stöhnte der Detektiv.

Hinter ihnen wurde Thomas' Leiche herausgetragen.

»Wo ist eigentlich Cordelia Jansen?« fragte Pfeiffer. »Die hat Sie doch sicher benachrichtigt.«

»Frau Jansen ist oben«, erklärte Yvonne, die mit einem Ohr das Gespräch der Detektive verfolgte. »Sie unterhält sich mit Peter Papst. Der Arme hat Zöller gefunden.«

»Dann sollten wir einmal zu den beiden gehen«, schnaufte Pfeiffer.

»Wenn Sie mir folgen würden.« Yvonne ging voraus und nahm die Abkürzung über die kleine Wendeltreppe.

Im Büro des Senderedakteurs hatten sich mittlerweile Cordelia, Janette, Maurizius und Lara eingefunden. Von Frieder fehlte jede Spur.

»Morgen zusammen«, rief Pfeiffer. »Wer mich noch nicht kennt, Mordkommission.«

»Lassen Sie es.« Tristan klopfte dem Hauptkommissar von hinten auf die Schulter. »Die Leute kennen Sie!«

»Umso besser«, strahlte er. »Hat irgendjemand etwas zu sagen?«

Na Klasse, dachte Tristan, wie in einem schlechten Hollywood-Krimi.

3

Natürlich hatte niemand etwas zu sagen, und so verzog sich der Hauptkommissar unverrichteter Dinge. Tristan blieb im Sender zurück und saß nun allein mit Cordelia in deren Büro.

»Schlimme Sache«, flüsterte sie. »Was hat David herausbekommen, dass deswegen jetzt sogar Thomas sein Leben verliert?«

»Wenn wir das wüssten, wären wir ein gutes Stück weiter.«

»In den Filmen sieht das immer so einfach aus«, sagte Cordelia. »Die Beamten verhören Leute und bekommen Hinweise, denen sie nachgehen, und am Ende wissen sie dann, wer der Mörder ist. – Aber wir, wir haben außer einer Vermutung nichts!«

»Und selbst die ist höchst zweifelhaft.« Tristan informierte die Moderatorin über Pfeiffers Nachforschungen.

»Dieser Dachdecker hat etwas zu verbergen«, schimpfte Cordelia. »Der Mann war aalglatt. Ganz sicher hat der keine – ich wiederhole – keine weiße Weste.«

»Nur wissen wir nicht, wo wir suchen müssen.«

»Frieder, wir sollten Frieder fragen«, meinte sie. »Ich hatte die ganze Zeit das ungute Gefühl, Frieder zu hintergehen.«

»Er ist noch nicht da«, sagte Tristan, »vielleicht kommt er gar nicht mehr.«

»Sie denken doch nicht, dass Frieder die beiden Morde begangen hat?«

»Ehrlich gesagt«, Tristan blickte über den Rand seiner Halbbrille, »ich weiß momentan gar nicht, was ich denken soll. Dieser Zöller war für den Ton zuständig. Könnte er etwas Wichtiges aufgenommen haben?«

»Durchaus«, nickte Cordelia. »Der Ton läuft manchmal schon, wenn die Kamera noch gar nicht fertig ist. Das kriegen die Interviewpartner meist gar nicht mit, weil sie sich zu sehr auf die Kamera konzentrieren.«

»Nur schade, dass wir nicht wissen, bei welchen Aufnahmen Thomas überall dabei gewesen ist.«

»Das ist nicht richtig«, korrigierte Cordelia. »Es gibt Pläne, dort sind alle Einsätze der Technik sowie der Redakteure aufgezeichnet.«

»Dann könnten wir herausbekommen, wo Thomas in den letzen Wochen gearbeitet hat?«

»Ja, aber das können Dutzende von Beiträgen sein«, warnte die Moderatorin.

»Wir suchen nach Hinweisen, Frau Jansen, genauso wie im Film. Vielleicht führen die uns weiter.«

»Dann sollten wir uns ganz schnell mit Gerd Rabenau treffen, der hat die Pläne der letzten vier Wochen.«

Sie fanden Gerd in seinem Büro, das nicht weit von Peters Büro am Fluranfang lag. Er knallte gerade den Telefonhörer auf den Apparat.

»Was für Geschichten passieren hier nur?« lamentierte er, als Tristan und Cordelia eintraten. »Wie sollen wir das alles nur schaffen? Mittlerweile haben zehn Sender angerufen und wollen Material zu diesem Mord. Könnt ihr mir sagen, wer Beiträge dazu liefern kann? Zudem fragen immer mehr Kollegen von der Schreiberzunft an, ob es einen Zusammenhang zwischen dem Unfall – oder doch Mord – an David gibt? Und jetzt taucht ihr noch auf. Na, was soll ich denn für euch tun?«

Gerd schien dringend Unterstützung zu brauchen. Seine Assistentin, Ariadne Lutter, tippte unermüdlich irgendwelche Daten in den Computer, um allen Anfragen gerecht zu werden.

»Wir haben keine Leute da«, sagte sie zu Cordelia gewandt, »und das Studio hat die Polizei erst einmal gesperrt. Wir wissen nicht, ob wir heute Abend auf Sendung gehen.«

»Wir wollen auch nicht stören«, beruhigte Cordelia, »eigentlich brauchen wir nur den Einsatzplan der letzten vier Wochen.«

»Na, wenn's nicht mehr ist«, tönte Gerd, »dann lasse ich mal gerade alles liegen und stehen und komme deinem Wunsch nach. Das könnte aber einen halben Tag in Anspruch nehmen, und den habe ich leider nicht!«

»Ich könnte ihnen eine Diskette geben«, meinte Ariadne besänftigend, »dann bist du sie los.«

»Gute Idee«, nickte Gerd, »daran habe ich nicht gedacht.«

Vor ihm begann das Telefon zu klingeln.

»Wieder einer, der etwas will. Das höre ich schon am Klingelton.« Er nahm ab und verdrehte die Augen.

»Wenn ihr einen Moment Zeit habt, dann kopiere ich euch den Monatsplan«, sagte Ariadne leise und deutete auf den Bildschirm. »Ich muss nur noch das hier fertig machen.«

»Wir sind in meinem Büro«, flüsterte Cordelia.

Sie ließen die beiden allein.

»Wow«, stieß Tristan aus, »der stand aber unter Strom.«

»Der schlimmste, undankbarste und wichtigste Job im ganzen Sender«, erklärte sie auf dem Weg in ihr Büro. »Ohne den Planungsredakteur bricht das Chaos aus und wir bekommen keine Sendung zusammen. Außerdem verdient er als einziger im Sender Geld.«

»So?«

»Er verkauft Beiträge an andere Fernsehstationen. Deshalb hat er auch gerade eine Menge Stress.«

»Das kann ich verstehen«, nickte der Detektiv.

·

Sie befanden sich wieder im ersten Stock und gingen gerade an Yvonnes Büro vorbei, als diese hinter ihnen her rief: »Wartet mal!«

Tristan blieb stehen, während Cordelia auf ihre Chefin zuging.

»Komm mal einen Moment in mein Büro«, forderte sie die Moderatorin auf. »Es dauert nicht lange. Herr Irle, warten Sie doch bitte so lange in Cordelias Büro.«

»Kein Problem«, antwortete der Detektiv und schlenderte den Flur entlang auf dem Weg zu Cordelias Büro.

Neugierig betrachtete er den Flur, der zwischen den einzelnen Bürotüren mit allerlei Plakaten beklebt war. Mal baumelten Plakate mit Eselsohren an der Wand, die ein Rockfestival oder einen Interpreten, der im Rahmen einer RDW-Sendung aufgetreten war, bewarben, mal waren ordentlich mit Tesastreifen Plakate befestigt, die auf klassische Konzerte hinwiesen. Zwei Plakate fielen ihm jedoch sofort auf. Sie hingen gleich vor Cordelias Büro zur linken und zur rechten Seite des Flures. Sie schienen vom gleichen Künstler entworfen zu sein. Einem Künstler, der ganz offensichtlich bei Dalí geklaut hatte. Neugierig betrachtete er das aktuellere der beiden Plakate, als Frieder plötzlich hinter ihm auftauchte.

»Toller Wettbewerb«, sagte er leise, »den hat David schon zweimal gewonnen.«

»Morgen«, erwiderte Tristan ruhig. »Wo kommen Sie denn so überraschend her?«

»Ich habe auf Sie, nein eigentlich auf Cordelia gewartet«, antwortete der Kameramann. »Ist es wahr?«

Frieder schien schlecht geschlafen zu haben. Seine Augen waren rot unterlaufen. Er war nicht rasiert, und seine Haare hatten an diesem Morgen noch keinen Kamm gesehen. Zudem wirkte er aggressiv. Tristan schätzte das Körpergewicht des jungen Kameramannes und kam zu der Erkenntnis, mit dem Mann fertig zu werden, sollte er unerwartet handgreiflich werden. Jetzt zahlte sich sein ständiges Aikido-Training aus. Selbstsicher sah er Frieder in die Augen und fragte: »Was soll wahr sein?«

»Ist Thomas ermordet worden?« flüsterte er.

»Ja«, nickte der Detektiv.

»Mist, so ein Mist«, jammerte Frieder. »Ich muss mit Ihnen sprechen, jetzt sofort!«

»Gehen wir doch in Cordelias Büro«, bot Tristan an.

Frieder folgte dem Detektiv und ließ sich matt auf einen Stuhl fallen. Dann suchte er in seiner Jeansjacke eine Schachtel Zigaretten und ein Feuerzeug. Mit zitternder Hand klaubte er eine Zigarette aus der Schachtel und steckte sie schließlich an.

»Sie waren bei meinem Vater«, begann Frieder ruhig, fast nachdenklich.

»Ja, gestern. Wir haben uns das Randsortiment angesehen«, antwortete Tristan, der sich ebenfalls auf einen Bürostuhl setzte.

»Sie wussten also schon gestern, dass ich der uneheliche Sohn von Manfred Dachdecker bin«, lächelte Frieder schief. »Wer weiß das noch?«

»Keine Ahnung!« Tristan zuckte mit der Schulter.

»Glauben Sie, dass ich meinen Freund David umgebracht habe?«

»Ich glaube nicht«, erklärte Tristan, »ich halte mich an Fakten. Leider habe ich im Moment nicht gerade viel davon.«

Frieder zog kräftig an der Zigarette und blies den Rauch genauso kraftvoll aus.

»Sie sind in Ordnung«, meinte er. »Wissen Sie, dass Sie meinem Alten einen ganz gehörigen Schrecken eingejagt haben? Vor der Polizei hat er keinen Bammel, aber vor Ihnen.«

»Weshalb sollte Ihr Vater Angst vor mir haben, wenn er nichts zu verbergen hat?«

Frieder grinste. »Sie haben Ihn doch kennen gelernt. Glauben Sie wirklich, mein Vater wäre ohne den einen oder anderen Trick so erfolgreich?«

»Vielleicht nicht«, sagte Tristan, »aber man muss ihm erst etwas nachweisen, bevor man ihn verurteilen kann.«

»David hatte eine Idee«, begann Frieder zu erzählen, »und ich sollte ihm dabei helfen. Durch die mögliche Ansiedlung von EIDEA kam das Ganze ins Rollen.«

»Das Randsortiment«, murmelte Tristan.

»Ja, dieses blöde Randsortiment. Alle Welt regt sich über dieses Randsortiment auf und beobachtet gar nicht mehr, was im eigentlichen Möbelverkauf stattfindet.«

»Was findet denn da statt?«

»Das tut jetzt nichts zur Sache«, entgegnete Frieder scharf. »Ich mag zwar meinen Vater nicht besonders, aber schaden werde ich ihm bestimmt nicht. Das war auch der Grund, weshalb ich David bei dieser Recherche nicht helfen wollte.«

»Welcher Recherche?« hakte Tristan nach.

»Es ging um Flächen! Verkaufsflächen und so weiter.«

»So, wie es aussieht, sind die bei Ihrem Vater alle in Ordnung. Das haben wenigstens Pfeiffer und Holzbaum so herausgefunden.«

Frieder grinste den Detektiv an.

»Dann ist ja alles in Ordnung«, sagte er schließlich.

»Nicht ganz«, meinte Tristan, »wir haben zwei Tote und wissen immer noch nicht, weshalb man sie getötet hat. Sie gelten als einer der Hauptverdächtigen.«

»Das habe ich mir gedacht.« Frieder drückte die Zigarette auf einem Papierfetzen aus. Dann warf er die Kippe in den Papierkorb. »Aber warum sollte ich David oder Thomas umbringen wollen?«

»Sie schützen Ihr Erbe.«

»Welches Erbe?«

»Das Möbelhaus. Es dürften für die Branche schwierige Zeiten anbrechen, sollte EIDEA in Siegen aufmachen. Es ist verständlich, dass man seine Pfründe verteidigt.«

»Ich bin kein Kaufmann, Herr Irle«, antwortete Frieder. »Mir ist es ziemlich egal, was mit dem Möbelhaus passiert – oder weshalb sollte ich hier arbeiten und nicht auf der Friedrichshöhe?«

»Klingt einleuchtend, aber dennoch wird man Sie nach einem Alibi fragen für gestern Abend.«

»Ich habe keines. Ich war alleine zu Hause und habe mir die Nacht um die Ohren gesoffen. Sehen Sie, ich habe meinen besten Freund verloren. Und dann giftet mich auch noch Thomas an, als ob ich an seinem Tod schuld wäre.«

»Sie hatten einen Streit? Hoffentlich hat den niemand mitbekommen.«

»Weshalb?«

»Das bringt Sie nicht gerade in eine vorteilhafte Position. Hat den Streit jemand mitbekommen?«

»Ja«, nickte Frieder und zum ersten Mal schien ihm eine Ahnung zu sagen, dass er mächtig in der Scheiße saß.

»Wer war das?« fragte Tristan.

»Das war Janette«, antwortete Cordelia, die im Türrahmen stand. »Hallo, Frieder.«

»Hallo, Cordelia, ich habe David nichts angetan«, schoss es aus ihm heraus. »Das kannst du mir glauben.«

»Ich glaube dir.« Sie berührte ihn kurz an der Schulter. »Yvonne hat mir gerade den Stand der Dinge mitgeteilt.«

»Den Stand der Dinge?« Tristan sah sie verblüfft an.

»Ja, sozusagen die Großwetterlage.«

»Und, wie sieht die aus?« Tristan wurde neugierig.

»Ein Sturmtief braust heran.«

Cordelia berichtete von der missglückten Recherche in Burbach, von den Verdächtigungen gegenüber Frieder und der Tatsache, dass nur ein Eingeweihter, sprich: Angestellter des Senders, gestern Abend Zutritt zum Studio haben konnte. Kurz: Alles sprach gegen Frieder.

»Das sieht düster aus«, meinte der Kameramann und dachte, wenn die jetzt auch noch herauskriegen, was mein Vater wirklich treibt, dann bin ich im Arsch. Doch noch war nichts verloren. »Aber wirkliche Beweise hat keiner von euch. Das sehe ich doch richtig, oder?«

Da hatte Frieder Recht. Momentan waren es Hinweise, bestenfalls Indizien, die einer genaueren Überprüfung erst noch standhalten mussten.

»Also wird mich dieser Pfeiffer auch nicht festnehmen, höchstens zu einem Gespräch einladen.«

»Nun, da wäre ich mir nicht sicher«, überlegte Tristan, »aber lange könnte er Sie nicht festhalten. Es sei denn, man findet etwas Belastendes bei Ihnen.«

Frieder starrte zur Tür hinaus geradewegs auf das Plakat und überlegte: Im Moment dürfte das nicht der Fall sein. Plötzlich kam ihm der Gedanke, dass der Teufel selbst ihm ein Bein stellen könnte und er wurde blass.

»Was ist los mit dir?« fragte Cordelia besorgt.

»Hat jemand Maurizius heute schon gesehen?« Frieder stand auf. »Ich muss unbedingt mit ihm sprechen.«

»Nein, ich habe ihn noch nicht gesehen«, antwortete Cordelia. »Was weiß Maurizius?«

»Nur eine Vermutung«, beeilte sich Frieder zu sagen. »Ich bin zu Hause, wenn ihr mich sucht.«

Er eilte aus dem Büro.

Tristan schüttelte den Kopf. »Was halten Sie von dem Burschen?«

»Gestern hätte ich gesagt, dass Frieder ein Freund ist, aber er spielt nicht mit offenen Karten«, antwortete Cordelia traurig.

»Das würde ich genauso sehen«, nickte Tristan, dann sagte er mit etwas mehr Elan: »Lassen Sie uns die Diskette holen, vielleicht hilft sie uns weiter.«

4

»Diese Fernsehleute verarschen uns, während wir dabei sind«, schimpfte Pfeiffer im Auto.

»Das tun doch deiner Meinung nach alle«, antwortete Holzbaum.

»Die werden noch sehen, mit wem sie sich angelegt haben«, knurrte der Hauptkommissar, »das Studio bleibt vorerst gesperrt.«

»Wieland 15 an Zentrale«, quäkte es aus einem Lautsprecher.

Holzbaum antwortete.

»Kommen Sie in die Zentrale, der Chef will Sie sehen.«

»Das jetzt auch noch«, fluchte Pfeiffer und startete den Motor.

Holzbaum schnallte sich hastig an.

Die Fahrt war kurz und rasant. Mit quietschenden Reifen stoppte Pfeiffer den Wagen auf dem Deck der Polizeiparkhauses und sprang heraus.

»Was will Flender am lieben Samstag von uns?« nörgelte er.

»Sicher nichts Gutes«, schwante es Holzbaum. »Wir haben nicht viel vorzuweisen.«

»Erinnere mich nicht daran«, wiegelte Pfeiffer ab.

Die Kreispolizeibehörde an der Weidenauer Straße wirkte an diesem Samstag ganz und gar nicht so, als sei Wochenende. Der Mord an Zöller sowie eine Großveranstaltung im Leimbachstadion sorgten für ein geschäftiges Treiben auf den Gängen. Pfeiffer und Holzbaum beeilten sich, in Flenders Büro zu gelangen.

»Da sind Sie ja endlich«, brüllte Flender hinter seinem Schreibtisch, als wären die Beamten schwerhörig. »Das nenne ich eine Pleite nach der anderen!« dröhnte es durch das Zimmer, und hätten die Seelen der toten Tiere an den Wänden nicht schon in Walhalla geweilt, bei der Wut, die in Flenders Worten mitschwang, hätten sie die Reise freiwillig angetreten.

»Was regt Sie denn so auf?« erdreistete sich Pfeiffer zu fragen.

»Das wissen Sie nicht?« Der Polizeidirektor erhob sich und stampfte um den Schreibtisch, direkt auf den viel kleineren Hauptkommissar zu. »Zuerst erzählen Sie mir, dass David Daub durch einen Unfall ums Leben gekommen sei und dann korrigieren Sie sich vor laufender Kamera, als wären Sie ein Fernsehstar. Darüber hinaus haben Sie die Dreistigkeit, sich nicht bei mir blicken zu lassen und heute Morgen höre ich im Lokalradio, dass ein weiterer toter Fernsehmann gefunden worden ist. Wissen Sie, wer mich gerade angerufen hat?«

Das wusste Pfeiffer natürlich nicht, aber er konnte es sich denken.

»Staatsanwalt Büdenbender?« sagte er vorsichtig.

»Büdenbender, pah, diese Pfeife doch nicht«, schmetterte Flender.

Oh, oh, dachte Holzbaum, der jetzt endlich wusste, was Flender von Büdenbender hielt.

»Nicht Büdenbender?« wiederholte Pfeiffer völlig aus dem Konzept gebracht.

»Nein, Sie Volltrottel, das war der Innenminister von NRW persönlich!« stöhnte Flender und hätte seinem Hauptkommissar am liebsten einen Ohrfeige gegeben.

»Der Innenminister?« staunte Pfeiffer.

Holzbaum schaltete schneller.

»Hat er Sie wegen des geschlossenen Studios angerufen?«

»Nicht allein deswegen«, knurrte der Polizeidirektor auf dem Weg zurück hinter seinen Schreibtisch. »Jetzt klären Sie mich bitte über die Einzelheiten auf.«

»Nun ja«, begann Pfeiffer und setzte sich in einen der tiefen Ledersessel vor Flenders Thron. »Wir haben einen erschlagenen Tontechniker im Sendestudio gefunden, und wir vermuten, dass eine Vertuschungsaktion im Gange ist.«

»Sie vermuten?« Flender zog seine buschigen Augenbrauen nach oben. »So etwas wie Beweise gibt es also noch nicht?«

»Nein«, nickte Pfeiffer und es war ihm sichtlich peinlich, mit leeren Händen dazustehen.

»Indizien, gibt es denn die wenigstens?« flehte Flender fast.

»Ja«, mischte sich Holzbaum ein und setzte sich in den zweiten Sessel.

»Ich höre!«

Holzbaum klärte Polizeidirektor Flender über die Personenkonstellation im Sender und die verwandtschaftlichen Beziehungen auf. Dann äußerte er: »Wir haben Grund zur Annahme, dass der Möbelhausbesitzer etwas zu verbergen hat und sein unehelicher Sohn ihm dabei hilft.«

»Dieser Frieder so und so ist also Ihr Hauptverdächtiger?« polterte Flender.

»Sagenmüller«, ergänzte Holzbaum.

»Meinetwegen Sagenmüller, sehe ich das richtig?«

Holzbaum sah seinen Partner fragend an.

»Ja, der Kameramann ist unser Hauptverdächtiger«, wiederholte der Hauptkommissar, der bis zu dem Zeitpunkt gar nicht wusste, dass sie überhaupt einen Hauptverdächtigen hatten.

»Na, und was sitzen Sie dann noch hier herum?« bellte Flender von neuem los. »Nehmen Sie diesen Mann fest, aber schnell. Und was das gesperrte Studio betrifft, lässt sich das nicht ändern?«

»Mal sehen, Chef«, sagte Pfeiffer und stand auf.

Flender schüttelte den Kopf. Diesem Pfeiffer gehörte eine Ladung Schrot in den Allerwertesten geschossen, dachte er, beließ es aber bei der Geste.

»So wütend habe ich Flender ja noch nie gesehen«, staunte Pfeiffer, als sie wieder auf dem Parkdeck standen.

»Wir sollten aufpassen«, mahnte Holzbaum, »sonst ist unsere Pension in Gefahr.«

»Darüber machst du dir heute schon Sorgen?« Pfeiffer steckte sich eine Zigarette in den Mund. »Ich wusste gar nicht, dass wir diesen Frieder als Hauptverdächtigen jagen.«

»Ja, komisch was, sonst bin ich derjenige, der Bedenken hat«, antwortete Holzbaum, doch ihm war gar nicht wohl in seiner Haut.

»Es kann nicht schaden, dem Jungen mal auf die Zähne zu fühlen«, grinste Pfeiffer. »Na, dann zurück zum Sender, die vermissen uns doch sicher.«

5

Nun, das war natürlich Pfeiffers Wunschdenken. Im Sender vermisste man eigentlich fähige Leute, denn die wenigen, die da waren, konnten sich vor Aufgaben kaum retten.

Janette stöhnte auf, als ihr Yvonne eine ganzen Stapel Nachrichten auf den Schreibtisch warf. »Die sind alle von dpa«, sagte sie kurz angebunden, »sieh nach, ob wir da erwähnt werden und wenn ja, wie!«

»Muss das sein?« nörgelte Janette. »Ich habe da gerade einen Kontakt herstellen können.«

Yvonne war schon fast wieder aus dem Büro, doch jetzt drehte sie sich abrupt um.

»Was für einen Kontakt?«

»Na, ich kenne da einen Jungen«, erklärte sie, »der arbeitet oben auf der Friedrichshöhe.«

»Weiß der Junge etwas?« hakte Yvonne nach.

»Keine Ahnung«, Janette zuckte mit der Schulter, »das wollte ich ja herausbekommen. Aber jetzt platzt das Treffen wohl.«

»Wieso?«

»Er hat nur noch bis Mittag Zeit, dann macht er längere Zeit Ferien.«

»So?« Yvonne sah zu dem Stapel, vom dem sie gehofft hatte, ihn endlich los zu werden. »Okay, sprich mit dem Typ«, und dann erzählte ihr Yvonne, was Cordelia und Tristan bereits herausbekommen hatten. Janette hörte aufmerksam zu und machte sich Notizen. »So, jetzt bist du auf dem neuesten Stand.«

Yvonne nahm den Stapel wieder an sich.

»Dann muss jemand anders das hier nachsehen«, zischte sie.

Janette packte ihre Sachen und machte sich auf den Weg. Im Treppenhaus traf sie auf Maurizius, der aufgeregt die Treppe herauf gelaufen kam.

»Was ist denn mit dir los?« fragte sie neugierig.

»Keine Zeit!« Er holte schnell Luft und hastete an ihr vorbei.

»Na, dann bis später«, rief sie ihm hinterher.

Sie ging langsam die Stufen hinunter, denn immer wieder rannte einer ihrer Kollegen an ihr vorbei. Schließlich erreichte sie die Information, von der aus Martha das ganze Treiben aufmerksam verfolgte.

»Ich verlasse den Sender«, sagte Janette zu der Empfangsdame.

»Gehen Sie besser hinten raus, da draußen steht noch eine ganze Horde Journalisten.«

Janette sah zum Eingang und lächelte.

»Danke für den Tipp.«

»Ist doch selbstverständlich«, erwiderte Martha.

Janette stieg ins Untergeschoss Richtung Hinterausgang. Unverhofft traf sie auf Frieder, der gerade aus der Maske geschlichen kam.

»Frieder?! Was machst du hier?«

Frieder blieb wie ertappt stehen.

»Schrei nicht so laut«, mahnte er.

»Was soll diese Maskerade?« Janette deutete auf einen falschen Bart und eine schreckliche Perücke.

»Das brauche ich dir doch nicht zu erklären«, fauchte Frieder, »du hältst mich doch auch für einen Mörder.«

»Ich?« entrüstete sich Janette. »Wie kommst du auf diesen Gedanken?«

Frieder sah Janette böse an und schüttelte den Kopf.

»Wir sehen uns!« sagte er und es klang wie eine Warnung.

Im zweiten Stock erreichte Maurizius außer Atem seinen Büroplatz. Etwas ausgepowert warf er seinen Rucksack auf den Boden und ließ sich in seinen Stuhl fallen. Neben dem Computer stand ein Faxgerät, eines von zweien, die der Redaktion zur Verfügung standen. Aufgeregt starrte er das Gerät an und schwor, sich vom nächsten Weihnachtsgeld ein eigenes anzuschaffen. Denn anders als Janette fand er es wichtig, die angegebenen Zulieferfirmen zu kontaktieren und sich über Behandlungsverfahren von Metall zu informieren. Und auch anders als die Beamten Pfeiffer und Holzbaum stellte er Fragen, die den Zuhörern am anderen Ende der Leitung keine Probleme bereiteten. Sie alle hatten Antworten. Dadurch gewann er ein sehr genaues Bild, wie man diese unlegierten Stähle behandelte. Allerdings fehlte ihm immer noch ein wichtiges Verfahren. Informationen darüber erhoffte er sich nun von einem Fax, das der Chef einer Zulieferfirma aus Olpe zusenden wollte.

Nervös klopfte er mit der Handfläche auf den Schreibtisch.

»Nun mach schon«, murmelte er vor sich hin.

»Alles in Ordnung?« fragte Lara, die plötzlich im Zimmer stand.

»Ja«, antwortete Maurizius überrascht. »Was machst du hier oben bei den Freien?«

»Ich wollte ein paar Faxe loswerden«, antwortete sie. »Unten ist die Hölle los, und das Hauptfaxgrät ist ständig belegt.«

»So?« Maurizius schielte immer wieder zu der Anzeige des Faxgerätes.

»Ist mit dir wirklich alles in Ordnung?«

»Ja, ich warte auf eine Nachricht«, er deutete auf den Apparat. »Die müsste jetzt jeden Moment kommen, könntest du so lange warten?«

»Wenn es keine Ewigkeit dauert«, nickte Lara und setzte sich auf Janettes Platz.

Sie starrten eine Weile auf das Gerät, aber dort regte sich nichts.

»Wie kommst du eigentlich mit Janette klar?« fragte Lara neugierig.

»Es geht«, antwortete Maurizius. »Sie ist ehrgeizig und knallhart, wenn sie mal ein Ziel ins Auge gefasst hat. Da kann ich nicht mithalten. Außerdem hat sie einen Blick für die Kamera. Ihr Beitrag für diesen Wettbewerb, der ist klasse.«

»Ja, da ist was dran«, nickte Lara. »Du solltest wirklich etwas härter werden, sonst wirst du in diesem Job keine Freude haben.«

»Ich denke, dass Yvonne Janette für das Volontariat vorschlagen wird«, sagte er nachdenklich.

»Ja, das wird sie. Aber die ganze Redaktion wird gefragt, und nicht jeder findet die Art von Janette positiv.«

»Aber die meisten.«

Lara nickte.

»Dann werde ich nächstes Jahr dran kommen«, stöhnte Maurizius und starrte wieder auf das Gerät.

»Wenn das jetzt noch länger dauert«, mahnte Lara, »dann hast du Pech gehabt.«

Sie wedelte mit den Faxnachrichten.

»Es ist wirklich wichtig«, flehte Maurizius.

Das Faxgerät klingelte.

»Es kommt«, rief er aufgeregt.

Kurz darauf spuckte es zwei Blätter aus.

»Ja, das ist es«, freute sich der freie Mitarbeiter.

»Darf ich?« fragte Lara und legte eines ihrer Blätter in den Schacht. »Was hast du denn da so Wichtiges?«

»Kann ich noch nicht verraten«, tat Maurizius geheimnisvoll, »vielleicht später. Ich muss jetzt los. Ach, weißt du, ob Cordelia und der Detektiv noch im Haus sind?«

Er schnappte seinen Rucksack, steckte die beiden Faxnachrichten hinein und stand auf.

»Ja, sie sind fort. Vor einer halben Stunde etwa«, antwortete sie.

»Meinst du, sie sind zu diesem Detektiv in die Oberstadt gegangen?«

»Keine Ahnung«, amüsierte sich Lara, »bin ich Hellseherin? Aber ich denke, ja. Ich habe gesehen, wie Ariadne Cordelia eine Diskette gab. Vielleicht wollen sie den Inhalt überprüfen.«

»Danke, Lara«, lächelte Maurizius, »du hast mir sehr geholfen.«

Mit einem Satz verschwand er aus dem Zimmer, hetzte dieses Mal die Treppe hinunter und rief Martha am Eingang zu, dass er jetzt das Gebäude verlassen werde.

»Als ob ich das nicht sehe«, brummte sie. Doch da war Maurizius schon zwischen den wartenden Journalisten auf dem Bürgersteig verschwunden.

6

Der kleine Spaziergang von der Siegplatte zur Marienkirche tat Tristan und Cordelia gut. Langsam schlenderten sie die Kölner Straße hinauf.

»Wissen Sie eigentlich, dass ich gar nicht in Ihre Sendung kommen wollte?« fragte Tristan.

»So? Wieso nicht?«

»Ich wollte nicht einkaufen gehen«, lächelte der Detektiv verschmitzt.

»Wie soll ich das verstehen?«

»Sie haben ja Helga kennen gelernt. Mir war sofort klar, dass sie darauf bestehen würde, einen neuen Anzug zu kaufen. Das wollte ich verhindern.«

»Dann hätten Sie deswegen auf das Interview verzichtet?« Cordelia schüttelte den Kopf. »Ihr Männer seid sonderbare Geschöpfe. – Wie kommen Sie eigentlich gerade jetzt auf das Thema?«

Tristan deutete auf das Modehaus MCL. Cordelia grinste und folgte Tristan an Karstadt vorbei durch die Alte Poststraße.

»Der Anzug stand Ihnen aber großartig«, sagte die Moderatorin plötzlich, als sie die Löhrstraße überquerten.

»Dann hat sich das ja gelohnt«, antwortete er und fragte: »Wer kommt bei Ihnen denn für die Kleidung auf?«

»Ich selbst. Und ich sage Ihnen, was ich anziehe, kann Zuschauer zum Telefonieren reizen.«

»Sie wollen damit sagen, dass Menschen anrufen und sich über Ihre Kleidung aufregen?«

»Ja«, nickte Cordelia.

»Dann geht es uns in Deutschland ja nicht schlecht«, sagte Tristan, währenddessen sie den kleinen Hof hinter der Marienkirche erreichten, »wenn die Menschen für einen solchen Anruf Zeit und Energie verschwenden.«

»Ich nehme das schon sehr ernst«, erklärte sie. »Aber für jeden Tag eine andere Bluse oder eine neue Jacke, das ist finanziell gar nicht drin, zumal ich meine Klamotten nicht wie ein Handwerker bei der Steuer absetzen kann.«

»Na, machen Sie sich mal keine Sorgen«, lächelte der Detektiv, »mir haben Sie bis jetzt immer gut gefallen.«

»Oh«, Cordelias Wangen färbten sich, »danke für das Kompliment.«

Sie standen vor Tristans Haustür.

»Bitte, treten Sie ein.« Der Detektiv öffnete die Tür und rief noch in der Diele. »Helga, ich bringe Besuch mit.«

»Kommt herein«, rief Helga aus der Küche, »ich kann im Moment nicht.«

Marlowe kletterte auf seiner Stange herum und achtete nicht auf Tristan und Cordelia, die die Küche aufsuchten.

»Hallo, Frau Jansen«, begrüßte Helga. »Verzeihen Sie die Unordnung, aber wie Sie sehen, backe ich gerade.«

»Was wird das?« fragte die Moderatorin.

»Ein gedeckter Apfelkuchen«, erklärte Helga und wischte sich etwas Mehl aus dem Gesicht. »Der braucht jetzt eine Stunde, dann ist er gut.«

»Ich dachte, du hättest ein Mittagessen vorbereitet«, sagte Tristan enttäuscht.

»Männer«, scherzte Helga, »erkennt man an zwei Dingen.«

»So?« Cordelia sah die ältere Helga neugierig an.

»Ja!« erwiderte sie und erklärte: »Erstens: Sie erledigen nie drei Dinge gleichzeitig, das würde ihre Motorik nicht verkraften. Und zweitens: Sind sie einmal wie die pawlowschen Hunde trainiert, dann bekommen sie immer um die gleiche Zeit Appetit.«

»Jetzt beleidige nicht das starke Geschlecht«, verteidigte Tristan. »Wir haben einen Gast und es ist Mittagszeit, da sollten wir doch etwas zu essen anbieten. Das müsstest du als Gastronomieexpertin doch wissen.«

Helga sah ihn verliebt an und grinste.

»Im Gegensatz zu euch Männern«, sagte sie zu Cordelia gewandt, »können wir Frauen mehrere Dinge gleichzeitig machen. Und deshalb habe ich bereits einen *Riwekoche* gebacken und *Doffelsalot* vorbereitet. Jetzt muss ich nur noch die *Schnetzel* in die Pfanne legen, dann können wir essen.«

»Ist sie nicht großartig«, strahlte der Detektiv. »Können wir noch irgendetwas helfen?«

»Wie wäre es, wenn du den Tisch decken würdest?«

»Kein Problem«, nickte der Detektiv.

»Aber bitte nicht in der Küche«, mahnte Helga, »ich schlage vor, wir nutzen den Esstisch draußen im Wohnzimmer.«

»Wenn man schon eine so berühmte Persönlichkeit im Haus hat«, lobte Tristan, »dann können wir auch mal den Esstisch benutzen. Der wird sowieso viel zu selten gebraucht.«

»Du meinst zum Essen«, korrigierte Helga, »als Buchablage und als Zeitungstisch ist er ja ständig in Gebrauch.«

Die kleinen Wortgefechte amüsierten Cordelia, ließen sie sie doch für einen Augenblick die tiefe Leere vergessen, die sie seit Davids Tod fühlte. Helga bereitete in der Küche die Schnitzel vor, während Tristan als erstes den Tisch von Büchern und Zeitschriften befreite, wobei er aufmerksam von Marlowe beobachtet wurde. Der Detektiv stapelte der Einfachheit halber alle Bücher aufeinander und stellte sie neben dem Kamin auf den Boden. Mit den Zeitschriften und Zeitungen verfuhr er ähnlich, und nachdem er den Tisch kräftig abgewischt hatte, legte er eine Decke darüber und begann den Tisch zu decken.

Cordelia untersuchte inzwischen Tristans Bücherregal, das die gegenüberliegende Wand vollständig einnahm.

»Eine Menge Bücher haben Sie hier«, sagte sie beeindruckt. »Haben Sie die auch alle gelesen?«

»Außer den Nachschlagewerken, ja«, antwortete Tristan. »Allerdings sind ein paar darunter, die ich nicht zu Ende gelesen habe.«

»So?« staunte die Moderatorin.

»Wissen Sie, ich finde, man sollte die einem von Gott gegebene Zeit nicht damit vergeuden, langweilige Bücher zu lesen.«

»Verstehe, aber geht Ihnen da nicht etwas verloren?« warf sie ein. »Ich meine, manche Bücher fangen lahm an, werden dann aber immer besser. Wollte man gleich nach den ersten Seiten aufgeben, würde man nie erfahren, wie gut sie sind.«

»Da haben Sie Recht. Deshalb gebe ich jedem Buch oder, besser gesagt, jeder Geschichte mindestens ein Drittel des Umfanges Zeit, mich zu fesseln. Wenn sie mich nicht fesseln: Ab auf den Stapel oder ins Regal.«

»Das klingt vernünftig«, antwortete sie.

»Das Essen ist fertig«, rief Helga aus der Küche und trat mit einem Teller heißer Schnitzel an den Esstisch.

7

Maurizius schlängelte sich durch eine neugierige Menge von Schaulustigen, die sich vor dem Sender eingefunden hatten. Er fragte sich, was die alle wollten, denn zu sehen gab es rein gar nichts. Dennoch schienen die Menschen in fröhlicher Event-Stimmung. Er schüttelte den Kopf und streifte den Rucksack über. An der Kreuzung zur Brüder-Busch-Straße blieb er stehen und überlegte, ob er den Berg hinauf zu Tristan Irle gehen oder ein Experiment wagen sollte. Jetzt, wo er alle nötigen Informationen besaß, konnte er versuchen, einen Stahl so zu behandeln, dass er – sollte alles richtig gemacht werden – brechen müsste.

Allerdings brauchte er für das Experiment Hilfe. Er wog in Gedanken Für und Wider ab, als ihm von hinten Janette auf den Rucksack klopfte.

»Du hier?« fragte sie überrascht. »Ich dachte, du hättest etwas Wichtiges im Sender zu erledigen.«

»Habe ich schon«, antwortete Maurizius, »du scheinst aber auch nicht weit gekommen zu sein.«

»Ich bin gerade auf dem Weg«, erklärte sie.

»Etwas Wichtiges?« Maurizius hatte das Gefühl, dass Janette ihm etwas verheimlichte.

»Nun, wahrscheinlich nicht wichtiger als das, was du so treibst«, lächelte sie.

»Okay, ich sage dir, was ich herausgefunden habe und du sagst mir, was du herausgefunden hast. Ist das ein Deal?«

»Du fängst an«, erwiderte sie selbstsicher.

»Du bist wirklich ein Biest«, schüttelte Maurizius den Kopf und nahm den Rucksack vom Rücken. »Sieh dir mal das Fax hier an.«

Janette nahm das Papier entgegen und überflog es.

»Wow, gute Arbeit, aber das heißt noch lange nicht, dass es auch funktioniert.«

»Das weiß ich«, antwortete Maurizius, »deshalb wollte ich ein kleines Experiment machen, aber dazu brauche ich Hilfe.«

Janette überlegte eine Weile und sagte dann: »Na, wann willst du mich endlich fragen?«

»Ich hatte gehofft, du steigst von deinem hohen Ross herunter und bittest mich«, grinste er.

»Mann, träum weiter«, fauchte sie und schien immer noch auf seine Frage zu warten.

»Und, was hast du herausbekommen?« fragte er ungeachtet der noch offenen Frage.

Janette erzählte von ihrem Bekannten, den sie unbedingt noch in dieser Stunde treffen müsse.

»Und warum stehst du dann noch hier herum?« fragte Maurizius, dem Janettes Haltung völlig unverständlich war.

»Ich bin in einer Viertelstunde auf der Friedrichshöhe. Jetzt beruhige dich. Also, du fragst mich nicht?« Janette reichte ihm das Fax zurück.

Maurizius schwieg und steckte das Papier in den Rucksack.

»Also schön, kann ich dir bei dem Experiment helfen?« gab sie mit verdrehten Augen von sich.

»Sicher. Wann wollen wir uns treffen?« strahlte er.

Zum ersten Mal hatte er Janette in die Defensive drängen können, ein gutes Gefühl.

»Sagen wir um drei«, überlegte sie.

»Gut, ich muss noch ein paar Dinge im Baumarkt besorgen«, überlegte Maurizius, »du weißt, wo ich wohne?«

»Nein, aber Kollegen, die schon einmal bei dir waren, sprachen von einer einsamen Hütte, irgendwo im Niemandsland zwischen Banfe und Hesselbach.«

»Es ist schön da oben«, verteidigte sich Maurizius und gab ihr eine genaue Wegbeschreibung. »Wirst du das finden?«

»Denke schon«, nickte Janette. »Also bis heute Nachmittag.«

Janette rauschte los. Maurizius sah ihr eine Weile nach und dachte, was für einen tollen Hintern sie hatte.

Polizeisirenen holten ihn wieder in die Wirklichkeit zurück. Instinktiv suchte er die Quelle des Lärms und sah, wie ein Zivilwagen mit Blaulicht über die Hindenburgstraße zum Sender fuhr.

»Na, was ist denn da wieder passiert?« murmelte er und überlegte, ob er nicht doch besser mit Cordelia sprechen sollte, bevor er mit dem Experiment begann. Er blickte den Burgberg hinauf und stieß schließlich aus: »Ach was soll's, ein wenig Bewegung tut mir ganz gut.«

8

Pfeiffer fuhr mitten in die wartende Menge, die aufgeschreckt auseinander stob.

»Muss das sein?« schimpfte Holzbaum.

»Ist doch nichts passiert«, antwortete Pfeiffer, »außerdem haben die hier nicht herumzulungern. Demonstrationen müssen angemeldet werden.«

Holzbaum schnaufte und stieg aus. Sofort wurde ihm ein Mikrofon unter die Nase gehalten.

»Was können Sie zu den Morden sagen?« fragte ihn ein junger Mann.

»Was für Morde?« antwortete Holzbaum, und plötzlich war aus dem einen Mikrofon ein ganzes Bündel geworden.

»Holzbaum, halt den Mund«, warnte Pfeiffer, der die Journalisten grob zur Seite drängte.

»Ist es wahr, dass ein Serienkiller Journalisten umbringt?« rief eine Frau.

»Wer erzählt denn so was?« Holzbaum schüttelte den Kopf und bewegte sich langsam durch die Menge.

Pfeiffer stand vor der Sendertür und hämmerte auf den Klingelknopf.

»Bist du endlich soweit?« rief er Holzbaum zu, der hartnäckig von einer Horde Journalisten umlagert wurde.

»Ich komme«, antwortete Holzbaum und setzte sein ganzes Körpergewicht ein, um durch den Wall von fragenden Presseleuten zu gelangen.

Drinnen drückte Martha einen Knopf, und das elektrische Türschloss sprang auf. Beide beeilten sich, in das Gebäude zu gelangen.

»Viel los da draußen«, bemerkte Martha trocken. »Mussten Sie mit Blaulicht kommen?«

»Das nächste Mal erkundige ich mich bei Ihnen«, erwiderte Pfeiffer, dem die Fernsehleute langsam mächtig auf den Senkel gingen.

»Ich werde froh sein, wenn wir diesen Fall hinter uns haben«, schnaufte er und sah Holzbaum fragend an. »Wo müssen wir eigentlich hin?«

»Zur Studioleiterin.«

»Dann werde ich mal nachhören, ob Frau Menn anwesend ist«, sagte Martha aus dem Hintergrund.

Pfeiffer schüttelte den Kopf und hätte am liebsten seine Dienstwaffe gezogen und den einen oder anderen Kopfschuss verteilt. So etwas endete jedoch in einer vier mal vier Meter kleinen Zelle und, wenn es ganz schlimm kam, bei einem Psychiater. Dieser Gedanke war abschreckend genug, um Pfeiffers Wutanfälle in verbalen Attacken enden zu lassen.

»Frau Menn kommt herunter«, sagte Martha mit einem süffisanten Grinsen.

»Wir führen hier Ermittlungen durch«, brüllte der Hauptkommissar, »da warte ich doch nicht!«

»Da kann ich auch nichts machen«, beharrte Martha, »aber ohne Durchsuchungsbefehl warten Sie hier. Oder haben Sie einen Durchsuchungsbefehl?«

Pfeiffer starrte die Empfangsdame an, als wollte er ihr gleich an die Kehle springen.

»Nein, den haben wir nicht«, antwortete Holzbaum, weil sein Chef im Augenblick nicht in der Lage dazu war.

Zum Glück eilte die Studioleiterin herbei.

»Hallo, Herr Pfeiffer«, begrüßte sie den Hauptkommissar freundlich.

Dessen Wut verrauchte, und nachdem er einmal tief durchgeatmet hatte, sagte er: »Wir suchen Frieder Sagenmüller.«

»Oh«, antwortete Elena, »ich schlage vor, wir gehen in mein Büro.«

»Finden wir Herrn Sagenmüller dort?« hakte Pfeiffer nach, während sie der Studioleiterin folgten.

»Nein, aber dort können wir ungestört reden.«

Verstand denn in diesem Laden keiner Deutsch?, dachte Pfeiffer und zwang sich zu Ruhe.

»Ich wollte mich eigentlich nicht unterhalten«, knurrte der Hauptkommissar.

Sie erreichten die Etagentür im ersten Stock.

»Wir müssen uns aber unterhalten«, erwiderte Elena mit Nachdruck. »Und brüllen Sie ja nicht noch mal in meinem Sender so herum.«

Pfeiffer machte den Mund auf, doch Holzbaum klopfte ihm von hinten auf die Schulter. Schweigend legten sie die letzten paar Meter bis zum Büro zurück.

»Also, was wollen Sie uns mitteilen?« Pfeiffer steckte sich eine Zigarette an.

Elena ging hinter ihren Schreibtisch, setzte sich jedoch nicht.

»Sie kennen die verwandtschaftlichen Verhältnisse von Sagenmüller?«

»Ja, die sind uns bekannt«, antwortete Pfeiffer und blies eine fette blaue Wolke Qualm auf ein Schild, das eindeutig das Rauchen verbot.

Die Studioleiterin ignorierte das Verhalten. Sie schien mit einem anderen Problem zu kämpfen.

Er hatte eine zweite fette Rauchwolke im Mund gebildet und wollte sie gerade loswerden, da sagte Elena: »Herr Pfeiffer, wir haben die Anwesenheitsliste von gestern Abend untersucht und festgestellt, dass Frieder nach der Sendung „Lokalzeit“ das Gebäude noch einmal betreten hat.«

Pfeiffer verschluckte sich und hustete plötzlich, während eine kleine Qualmwolke aus seiner Nase aufstieg.

»Sie haben einen Beweis, dass Frieder Sagenmüller gestern Abend im Gebäude war?« ächzte er.

»Ja, so wie es aussieht«, gab die Studioleiterin zu. »Und das ist ein Problem.«

»Wieso haben Sie das heute Morgen noch nicht gesagt?« nörgelte Pfeiffer.

»Mensch, Mann«, fauchte Elena zurück, »weil ich es da auch noch nicht wusste.«

»Okay, okay«, zuckte der Hauptkommissar zusammen. »Ist dieser Beweis auch zu gebrauchen?«

»Jeder Mitarbeiter trägt sich in eine Liste ein. Wenn Martha an der Informationstheke sitzt, dann macht sie es. Dort stehen die Namen, Uhrzeit des Kommens und des Gehens, quittiert mit einer Unterschrift. Entweder die von Martha oder die individuelle desjenigen, der sich austrägt. Die Unterschrift von gestern Abend scheint die von Frieder zu sein.«

»Sehr clever ist das nicht« bemerkte Holzbaum. »Ich meine, ich bringe doch keinen um und hinterlasse dann noch eine dicke fette Spur?«

»Gewohnheit«, zuckte Elena mit den Schultern

»Und wo ist er jetzt?« fragte Pfeiffer.

»Ich weiß es nicht«, antwortete die Studioleiterin.

»Holzbaum, wir rufen eine Ringfahndung aus!« Pfeiffer war entschlossen. »Bitte zeigen Sie uns diesen Plan – und hoffentlich ist diese Unterschrift echt.«

»Was ist mit dem geschlossenen Studio?« fragte Elena. »Wir haben heute noch eine Sendung!«

»Ich denke, dass die Spurensicherung nichts dagegen hat«, antwortete Pfeiffer und erwähnte nicht, dass Polizeidirektor Flender ihm die Order gab, das Studio wieder freizugeben.

Erleichtert atmete die Studioleiterin durch und lächelte.

»Dann kann es ja weitergehen«, sagte sie.

9

Mit vollem Magen arbeitete es sich nicht so gut, doch Tristan bot noch einen Kaffee an, und danach rafften sich die beiden auf, die Diskette unter die Lupe zu nehmen.

»Ich sehe überhaupt keinen Computer«, bemerkte Cordelia kritisch.

»Na, warten Sie mal«, sagte Tristan verheißungsvoll.

Er ging zu einer niedrigen Truhe, die neben der Wohnzimmertür stand, und nahm dort ein flaches Notebook heraus. »Und, was sagen Sie nun?«

»Tolles Gerät«, staunte Cordelia.

»Das ist meines«, rief Helga aus der Küche. Sie nahm gerade den Apfelkuchen aus dem Ofen.

»Ihres?« Cordelia schielte zu Helga hinüber.

Tristan zuckte mit den Schultern.

»Ich habe mich noch nicht durchringen können, ein eigenes zu kaufen«, lächelte er.

»Aber Sie können damit umgehen?«

»So lala«, grinste der Detektiv. »Im Notfall haben wir ja noch Helga.«

Er steckte das Stromkabel in das Notebook, schloss die Maus an und klappte den Rechner auf. Es dauerte einen Moment, bis das Gerät eingeschaltet war, aber plötzlich begann die Festplatte zu summen, und auf dem flachen Bildschirm erschien ein Logo.

»So, das wäre schon mal geschafft«, strahlte der Detektiv. »Wo ist die Diskette?«

Cordelia reichte sie ihm.

»Hoffentlich hat Ihre Freundin ein Tabellenprogramm auf dem Rechner?« fragte sie.

»Helga, hast du ein Tabellenprogramm auf dem Rechner?« rief der Detektiv.

»Ja, so etwas ist installiert«, rief sie aus der Küche zurück.

»Na, dann kann ja nichts schief gehen«, meinte Cordelia und war guter Dinge.

Tristan war sich da nicht so sicher und steckte die Diskette in das dazugehörige Laufwerk.

»So, was muss ich jetzt machen?«

»Klicken Sie auf das Zeichen oben links.«

Tristan führte etwas unbeholfen den Maus-Pfeil in die obere linke Ecke und klickte auf das Symbol.

»Jetzt auf „A" klicken«, sagte Cordelia.

Das Diskettenlaufwerk klickte, und auf dem Bildschirm erschien ein Datei-Name. Tristan klickte diesen Namen ebenfalls an, und wie von Geisterhand geführt öffnete sich ein Programm und mit dem Programm eine Tabelle.

»Da haben wir es«, freute sich der Detektiv.

»Können wir die Tabelle ausdrucken?« fragte Cordelia.

»Momentan nicht«, gestand Tristan, »aber ich könnte Erich bitten, mir seinen Drucker auszuleihen.«

»Wenn das keine Umstände macht. Papier wäre schon besser als dieser Bildschirm.«

»Gut, dann sehen Sie sich die Tabelle schon mal an, ich suche Erich.«

Tristan sagte Helga Bescheid und eilte über den Hof zu seinem Nachbarn und Freund. Zum Glück war der Diakon zu Hause. Nach einer kurzen Darstellung der Lage nickte Erich und holte einen kleinen Tintenstrahldrucker.

»Hast du Papier?« fragte der Diakon, während sie über den Hof gingen.

»Ja, davon habe ich genug«, antwortete Tristan.

»Ich meine nicht Papier in Form von Blöcken«, schränkte Erich ein. »Ich meine Schreibmaschinen- oder Kopierpapier.«

»Nein, das habe ich nicht«, antwortete der Detektiv verärgert.

»Macht nichts, ich habe genug davon. Schließen wir den Drucker erst mal an.«

»Was für ein Aufwand«, murmelte Tristan und öffnete dem Diakon die Haustür.

Der Drucker war schnell angeschlossen, das nötige Papier herbeigeholt und eilig eingelegt.

»So, dann drucken Sie mal die Liste aus«, bat die Moderatorin Tristan. »Am besten gleich zweimal.«

Tristan nickte, und nach einem weiteren Klick begann der Drucker zu arbeiten. Während ein bedrucktes Blatt nach dem anderen aus dem Gerät rutschte, klärte Tristan seinen Freund über den Stand der Ermittlungen auf.

»So wie es aussieht«, sagte der Detektiv, »haben wir Grund zu der Annahme, dass Möbelhausbesitzer Manfred Dachdecker etwas Illegales unternommen hat. Wir vermuten, dass David dies herausfand und deswegen umgebracht wurde. Die Einsatzliste soll uns nun bestätigen, dass Thomas Zöller zusammen mit David alle Termine besucht hat. Wenn das der Fall ist, dann können wir davon ausgehen, dass er wahrscheinlich aus dem gleichen Grund umgekommen ist.«

»Dann bliebe nur noch Frieder übrig«, sagte Cordelia traurig.

»Und der hätte ein Motiv«, ergänzte Tristan.

»Dauert das noch lange im Wohnzimmer?« fragte Helga und hielt den gedeckten Apfelkuchen in der Hand.

»Eine Weile schon. So wie es aussieht, sind das eine Menge Daten«, antwortete Tristan.

»Dann lasst uns erst Kaffee trinken«, beschloss Helga. »Tristan, schlägst du die Sahne?«

»Kein Problem«, erwiderte der Detektiv.

Marlowe, der die ganze Zeit neugierig das Treiben im Wohnzimmer beobachtet hatte, folgte mit einem Flügelschlag seinem Herrchen in die Küche und landete auf einer Stuhllehne. Tristan nahm einen Becher Sahne aus dem Kühlschrank, holte den Mixer und eine große Schüssel. Kurz bevor Tristan den Mixer anschaltete, krächzte Marlowe: »Der Menschenkopf ist voller List / Und voll der schönsten Kniffe; / Er weiß, wo was zu kriegen ist / Und lehrt die rechten Griffe.«

In diesem Moment klopfte es draußen an der Haustür.

10

Die Perücke roch und Frieder schwitzte unter ihr. Möglichst unauffällig versuchte er sein Auto zu erreichen.

Die Welt um ihn herum verfiel mehr und mehr dem Wahnsinn. Er sollte seine besten Freunde umgebracht haben. So ein Unsinn!

Aber betrachtete man die Fakten, dann sah es für ihn wirklich nicht gut aus. Schließlich war er als Einziger des Teams noch am Leben. Frieder beschlich das Gefühl, ein Opfer zu sein. Er sollte den Sündenbock für etwas spielen, was er nicht getan hatte. Nur ein paar Menschen waren in der Lage, alle Hinweise so zu drehen, dass sie gegen ihn sprachen.

Er blieb stehen und zählte sie auf:

Da waren die Studioleiterin, die Fernsehleiterin, der Senderedakteur und der Planungsredakteur.

Wenn er nur wüsste, was sein Vater auf der Friedrichshöhe zu verbergen hatte? Dann könnte er etwas zu seiner Verteidigung unternehmen.

Ein kleines Kind ging mit seiner Mutter an ihm vorüber.

»Mami, was hat der Mann denn für komische Haare?« fragte es laut und holte damit Frieder aus seinen Gedanken zurück.

Frieder lächelte das Kind an und ging weiter.

Wie er schon ahnte, ging es wahrscheinlich um das Randsortiment. Plötzlich kam ihm ein Gedanke.

»Er wird doch nicht?« fragte er sich.

Nun, das ließe sich herausbekommen, aber zuerst musste er mit Maurizius sprechen. Dem jungen Mann vertraute er noch als Einzigem im Sender.

Sein Auto stand versteckt im Kirchweg. Ohne von irgendjemand behindert zu werden, erreichte er den Wagen. Er schloss ihn auf und stieg ein. Hastig griff er zu seinem Handy und hoffte, dass die Polizei noch nicht so weit war, seine Gespräche abzuhören. Zum Glück hatte er Maurizius' Nummer gespeichert. Ungeduldig wartete er auf Antwort, doch am anderen Ende schaltete sich die Mail-Box ein. Frieder war zu verdutzt, um eine Nachricht zu hinterlassen. Er legte auf.

»So ein Mist«, fluchte er und startete den Wagen. »Dann muss ich jetzt also zuerst zur Friedrichshöhe.«

Die Ringfahndung war noch nicht sehr weit fortgeschritten, so dass Frieder mit seinem Auto bis zur Friedrichshöhe kam, ohne von der Polizei aufgegriffen zu werden. Er stellte den Wagen inmitten der vielen Besucherfahrzeuge ab. Dann machte er sich über den Hintereingang auf den Weg zu seinem Vater, die Perücke samt falschem Schnurrbart ließ er im Auto. Während er durch einen langen Flur am Lager vorbei eilte, hörte er eine bekannte Stimme und blieb stehen.

»Da ist doch Janette«, murmelte er und schlich vorsichtig der Stimme entgegen.

Er kannte sich in dem Gebäude nur grob aus, so schlich er erst einmal in die falsche Richtung und stand vor einer Mauer. Schnell ging er zurück und fand eine Lücke zwischen verpackten Möbeln, die ihn in die Nähe der Stimme führte.

Da stand sie an der Rampe mit einem jungen Lagerarbeiter, den Frieder nicht kannte. Leider hatten sich die beiden von ihm entfernt, so dass er das Gespräch nicht mehr verfolgen konnte. Aber eines war Frieder sofort klar: Dass Janette mit diesem Lagerarbeiter sprach, konnte nichts Gutes für ihn bedeuten.

Am liebsten wäre er auf die beiden zugestürmt. Aber dann hätten die höchstwahrscheinlich die Polizei gerufen. Nein, er musste erst mit seinem Vater sprechen.

Leise zog er sich zurück.

Er fand seinen Vater in dessen Büro. Manfred Dachdecker sah Frieder verblüfft an.

»Die Polizei hat angerufen: Sie sucht dich«, sagte Dachdecker kalt. »Was hast du angestellt?«

»Die glauben, ich hätte zwei Morde begangen«, erklärte Frieder und lief unruhig hin und her. »Vater, hast du etwas zu verbergen? Hast du Scheiße gebaut?«

»Was redest du da?« empörte sich Dachdecker.

»Irgendetwas hat David doch herausgefunden, sonst wäre er doch nicht ein zweites Mal bei dir gewesen.«

»Es ist alles in Ordnung«, wiederholte er, »ich mache keine krummen Sachen.«

»Unten im Lager steht Janette Schusse, die redet mit einem Lagerarbeiter.«

»Na, soll sie doch«, lächelte der Vater.

»Du verstehst nicht, wenn dieses Biest mit einem Lagerarbeiter redet, dann hat der Lagerarbeiter etwas zu sagen.«

Dachdecker wurde allmählich ungehalten.

»Frieder, bist du eigentlich schwerhörig?« Dachdecker erhob sich. »Ich weiß nicht, was diese Schusse da unten will, aber hier gibt es nichts Illegales.«

Frieder musterte seinen Vater.

»Wenn das wahr ist«, sagte Frieder langsam, »dann gibt es auch kein Motiv für mich und ich wäre aus dem Schneider. – Aber ich traue dir nicht.«

»Jetzt lass doch die alte Geschichte ruhen. Deine Mutter wollte mich nicht heiraten, sonst wäre ich heute dein gesetzlicher Vater.«

»Weißt du, was ich mich frage?«

»Nein, ich bin doch kein Hellseher«, grinste Dachdecker.

»Warum stehen im vierten Stock so viele Kartons herum?«

Dachdecker fror das Lächeln im Gesicht ein.

»Siehst du«, Frieder sah seinen Vater angewidert an, »also doch.«

11

Maurizius stand an der Tür und lächelte.

»Hallo, Herr Irle«, sagte er, »ich müsste dringend mit Cordelia sprechen.«

»Kommen Sie herein«, antwortete Tristan. »Wir wollen gerade Kaffee trinken.«

»Oh, da komme ich ja genau richtig«, strahlte der junge Mann.

Tristan stellte Helga und Erich den freien Mitarbeiter vor, dann besorgte Helga noch einen Teller und eine Tasse.

»Was führt Sie zu uns?« fragte sie.

»Ich wollte mit Cordelia sprechen«, antwortete Maurizius und nahm einen kräftigen Schluck Kaffee.

»Du kannst offen reden«, sagt Cordelia, »wir haben keine Geheimnisse.«

Maurizius sah sich in der Runde um und nickte.

Er berichtete, dass er den gestrigen Nachmittag und einen Teil des heutigen Morgens damit verbracht hatte, die angegebenen Zulieferererfirmen anzurufen.

»Und was sollte das bezwecken?« fragte Cordelia.

»Ich wollte mehr über die Behandlung von Stahl herausbekommen«, antwortete Maurizius.

»Und, hast du etwas gelernt?« hakte sie nach.

»Ich denke, ja«, nickte der junge Mann.

»Was genau wollten Sie herausbekommen?« Tristan wurde neugierig.

»Ich habe mich gefragt, wie man diesen Haken so spröde bekommt, das er bei der kleinsten Belastung bricht.«

»Nun, das geschieht dadurch«, erklärte Tristan, »dass man den Stahl aufheizt. Dadurch verspannen die Gefüge, eine Kristallstruktur, und der Stahl wird brüchig.«

»Richtig«, unterbrach ihn Maurizius, »dieser Stahl wird dann noch mal erwärmt, das nennt man dann ...«

»... Anlassen«, ergänzte Tristan.

»Ja, genau, das war der Begriff. Ich habe dieses Gutachten, das du mir gestern gegeben hast, genau gelesen. Danach war die Gefügestruktur des Hakens so spröde, als ob er nie angelassen worden sei.«

»Das wissen wir«, sagt Cordelia enttäuscht.

»Nun überleg doch mal zu Ende«, sagte Maurizius aufgeregt. »Wir wissen, dass dieser Haken in der Burbacher Firma hergestellt wurde. Wir wissen aber auch, dass dieser Haken zu dem Zeitpunkt in Ordnung war. Also muss jemand den Haken danach noch einmal behandelt haben. Da ich nicht weiß, wie man so etwas anstellen muss, habe ich die Zulieferfirmen gefragt. Und vor nicht ganz einer Stunde habe ich endlich von einer Olper Firma erfahren, was man machen muss.«

»Das ist gut«, nickte Tristan. »Das ist wirklich gute Arbeit.«

Cordelia sah den jungen Mann zufrieden an.

»Ich brauche allerdings Hilfe, um das Experiment durchzuführen«, sagte er. »Janette hat mir schon zugesagt, aber ich weiß nicht, ob sie die Richtige ist. Schließlich wird hier mit heißer Flamme gearbeitet.«

»Wir helfen dir.« Cordelia sah Tristan an.

»Natürlich«, nickte der.

»Ich brauche jetzt so einen Haken«, erklärte Maurizius. »Kannst du einen besorgen, Cordelia?«

»David hatte mehr als einen«, nickte sie. »Ich denke, das ist kein Problem.«

»Wie sieht es mit der Hitze aus?« fragte Tristan.

»Das ist kein Problem. Ich wohne auf einem alten Bauerhof. Die Scheune ist meine Werkstatt, und ich habe alles, was man braucht, um ein Feuer zu machen, das die Gefüge des Stahls zum Kochen bringt.«

Im Hintergrund spuckte der Drucker die letzte Seite aus und verstummte.

»Was machen wir mit der Liste?« fragte Cordelia.

»Die schauen wir uns später an«, meinte Tristan, den das Experiment mehr interessierte.

»Wenn Sie meinen«, nickte die Moderatorin.

»Gut«, Maurizius erklärte Tristan, wie er zu seinem Bauernhof gelangte. »Dann sehen wir uns dort.«

5. Was sollte er ...

Samstag – spätnachmittags

Was sollte er jetzt unternehmen?

Frieder stand vor dem Hintereingang des Möbelhauses und erwartete jeden Moment die Polizei. Mit seinem Auto konnte er nicht mehr weiterfahren, das wäre zu gefährlich. Also musste er sich einen Ersatzwagen beschaffen. Er blickte über den Parkplatz und grinste. Ein Firmenwagen fuhr gerade vor. Der kleine Van mit Firmenlogo hielt vor einer Laderampe, die nicht weit entfernt zum Lager gehörte. Ein kräftiger Mann stieg aus und öffnete die Heckklappe. Frieder wartete, bis der Mann mit einem großen Karton in den Armen auf die Laderampe zuging, dann schlich er um den Van zur Fahrertür und stieg ein. Verdutzt starrte der Mann am Karton vorbei, als Frieder den Motor startete. Hastig setzte der Kameramann mit dem Wagen zurück, so dass die Heckklappe ins Schloss flog, schaltete in den ersten Gang und verließ mit quietschenden Reifen den Parkplatz.

»Das ist geschafft«, sagte er und gab Gas.

Doch kaum war Frieder auf der Hauptstraße, beschlich ihn ein ungutes Gefühl. Er hatte gerade einen Firmenwagen geklaut, den man anhand seiner knalligen Werbeaufschrift und der äußeren Form sehr leicht erkennen konnte. Ihm fiel nur eine Lösung ein: Sein Vater musste ihn decken. Etwas umständlich zog er sein Handy aus der Hosentasche und wählte ihn an.

»Ich habe einen deiner Wagen ausgeliehen«, sagte er wild entschlossen, ohne seinen Vater zu Wort kommen zu lassen, »jetzt mach einmal in deinem Leben etwas Anständiges und ruf nicht die Polizei an. Den Wagen bringe ich wieder zurück!«

Er beendete das Gespräch, noch bevor sein Vater antworten konnte und hoffte, dass ihn sein Vater wenigstens in Ruhe ließ.

Frieder überlegte, wie er am besten nach Hesselbach gelangte. Momentan fuhr er in Richtung Kreuztal. Hesselbach lag im äußersten Osten des Siegerlandes in der Nähe von Bad Laasphe. Es war ein gutes Stück bis dorthin, und instinktiv blickte er zur Tankanzeige. Der Zeiger kratzte bereits an der roten Marke, was tanken bedeutete.

»Okay, in Kreuztal wird getankt«, sagte er sich. »Dann über Dreis-Tiefenbach nach Netphen und weiter über Deuz, Walpersdorf Richtung Bad Laasphe.«

Mit dem neuen Wagen und der Verkleidung würde die Polizei ihn nicht finden, vorausgesetzt, sein Vater verhielt sich anständig.

Kurz vor der Tankstelle in Kreuztal versuchte er, Maurizius nochmals am Handy zu erreichen, doch wieder hatte er nur Verbindung mit der Mail-Box. Dieses Mal sprach er den Grund seines Besuches an:

»Hallo, Maurizius, ich komme heute vorbei. Mir ist etwas eingefallen, das ich unbedingt mit dir besprechen muss. Ich glaube, ich weiß jetzt, wer hinter all den Morden steckt. Bitte melde dich, meine Handynummer hast du ja.«

Frieder beendete das Gespräch und sah auf die Batterieanzeige.

»So ein Mist«, fluchte er, als ihm bewusst wurde, dass der Akku seines Handys keine Verbindung mehr zur Außenwelt herstellen würde.

2

Janette klopfte sich innerlich auf die Schulter. Jetzt hatte sie Munition und konnte sich im wahrsten Sinne des Wortes den Weg freischießen. Sie sah auf die Uhr, als sie vor ihrem kleinen Polo stand und überlegte.

»Soll ich?« fragte sie sich und griff zum Handy. Sie tippte die Kurzwahl von Maurizius ein und wurde mit der Mail-Box verbunden.

»Hallo, ich bin's, Janette, ich kann heute nicht mehr vorbeikommen.«

Sie machte eine kurze Pause und fügte triumphierend hinzu: »Ich habe etwas Entscheidendes herausbekommen!«

Sie drückte das Handy aus.

»Das wird ihm zu denken geben«, grinste sie und setzte sich in ihren Wagen. Nachdenklich fuhr sie los und hörte plötzlich einen Mann um Hilfe rufen. Ein Van mit der Werbeaufschrift des Möbelhauses setzte zurück und raste mit quietschenden Reifen vom Parkplatz. Sie bremste, sonst wäre der Wagen in sie hineingerast. Janette erkannte Frieder am Steuer.

»Dieser Kameramann ist doch ein Trottel«, grinste sie und beeilte sich, in den Sender zu gelangen.

Ihr Informant war die Fahrt mehr als wert gewesen. Sie ärgerte sich nur, keine Kamera dabei zu haben, dann wäre der Fall jetzt schon aufgeklärt. Darüber wollte sie gar nicht nachdenken, noch war sie nicht am Ziel.

Auf direktem Weg, das hieß über die Freudenberger Straße, lenkte sie den Polo zurück nach Siegen. Es war Samstag spätnachmittags und die Straßen waren frei. Nach knapp 15 Minuten parkte sie hinter dem Gebäude und eilte durch den Seiteneingang, an Martha vorbei, hoch zu Yvonne. Aufgeregt platzte sie in deren Büro.

»Du glaubst nicht, was ich herausgefunden habe«, überfiel sie die Fernsehleiterin, die mit Elena, der Studioleiterin, anscheinend in einer Besprechung saß.

»Oh, Entschuldigung«, stotterte Janette.

»Macht nichts«, antwortete Elena, »was hast du herausbekommen?«

Yvonne erklärte Elena, woran die freie Mitarbeiterin arbeitete.

»Haben wir eigentlich noch jemanden, der nicht mit diesen Morden beschäftigt ist?« beschwerte sich Elena und ließ keinen Zweifel daran, dass ihr diese Konzentration an Human-Power nicht gefiel.

»Momentan ist das der heißeste Fall«, gab Yvonne zu bedenken, »und wir als Sender stecken mittendrin.«

»Ja, ja, ich verstehe«, nickte die Chefin und sagte zu Janette: »Also, was hast du herausbekommen?«

»Ich weiß jetzt, was Manfred Dachdecker verbirgt«, strahlte sie.

»So, dann erklär mal.« Yvonne ahnte eine Sensation.

»Warte«, unterbrach Elena, »bevor du anfängst, sollten wir Peter, Lara und Gerd dazuholen.«

»Wieso?« fragte Janette biestig. »Was sollen die dabei?«

»Wenn du wirklich etwas Brauchbares herausgefunden hast«, belehrte Elena die junge Mitarbeiterin, »dann müssen wir uns überlegen, wie wir weiter vorgehen, und dafür brauchen wir das ganze Team, klar!?«

»Dürfen wir wieder senden?« fragte Janette. Ihre größte Sorge war, dass ihr jemand die Geschichte wegschnappte.

»Ja, dieser Pfeiffer hat das Studio freigegeben«, antwortete Elena.

»Dann haben sie einen anderen Verdächtigen?« fragte Janette.

»Wieso anderen Verdächtigen?« bemerkte Yvonne. »Sie halten Frieder für den Mörder.«

»Ach so, den habe ich aber oben bei seinem Vater gesehen«, erwiderte sie schnell. »Deshalb dachte ich ...«

»Na, das sind ja wirklich Neuigkeiten«, raunte Elena, »dieser Hauptkommissar Pfeiffer sucht Frieder.«

»Dann sollten wir den Polizisten mal anrufen«, meinte Yvonne, »damit schuldet er uns etwas.«

»Okay«, nickte Elena, »mach du das. Ich rufe die Redakteure zusammen.«

Elena stand auf und ging in ihr Büro, während Yvonne die Kreispolizeibehörde anrief.

Janette setzte sich derweil an Yvonnes kleinen Besprechungstisch und begann sich Notizen für einen Beitrag zu machen. Nach ein paar Minuten füllte sich das kleine Büro und Janette bekam ihren großen Auftritt.

»Also«, begann sie mit einem frechen Grinsen, »ich habe da einen Freund, der wiederum einen Kumpel hat, der hin und wieder als Aushilfe bei Dachdeckers auf der Friedrichshöhe jobt. Mein guter Freund hat mir einen Termin mit diesem Bekannten gemacht, und ich habe ihn heute gesprochen. Leider steht uns der Junge nicht zur Verfügung, denn er ist jetzt bereits auf dem Weg in den Süden. Er macht da Urlaub, deshalb können wir ihn nicht filmen.« Janette fühlte sich in ihrem Element.

»Wir haben uns ja immer gefragt, was der Grund für die Anschläge auf David und Thomas sein könnte. Wie ihr wisst, recherchierte David für die EIDEA-Geschichte, aber der Schwede hätte wohl keinen Grund, das Leben des Redakteurs Daub zu beenden, da David ein bekennender EIDEA-Fan war. Also habe ich mir überlegt, nachdem die Geschichte mit dem Haken dank Maurizius in die Hose ging, wer noch ein Motiv haben könnte. Leider hat mir Yvonne erst später mitgeteilt, dass dieser Detektiv und Cordelia in die gleiche Richtung ermitteln.«

Yvonne ließ diese kleine Frechheit über sich ergehen, gab Janette aber mit einem eiskalten Blick zu verstehen, den Respekt vor der Vorgesetzten beizubehalten.

»Jedenfalls, es geht um das Randsortiment. Für alle, die mit dem Begriff nichts anfangen können: Damit sind Waren gemeint, die man in einer City erwerben kann, also eigentlich nicht in ein Möbelhaus gehören. Die Fläche, die ein Möbelhaus für das Randsortiment belegen darf, ist im Einzelhandelserlass NRW festgeschrieben. Die Fläche darf nicht mehr als 10 Prozent der gesamten Verkaufsfläche ausmachen. Das bedeutet, wenn ein Möbelhaus 100 m^2 Verkaufsfläche hat, dann dürfen 10 m^2 davon für das Randsortiment belegt werden. Da schummelt Dachdecker!

Das Brisante an der Geschichte ist, dass Manfred Dachdecker dem Schweden die größere Fläche für das Randsortiment ankreidet. Die Leute von EIDEA sagen offen, dass sie größer planen. Dachdecker macht es heimlich. Wenn wir das publik machen, dann ist ein Motiv gefunden und ein Möbelhausbesitzer in Erklärungsnot.«

»Wie macht er das?« fragte Peter. »Cordelia sagte uns, dass die Pläne und die ordnungsamtlichen Papiere in Ordnung seien.«

»Das mag ja stimmen, aber ob die sich auch in der vierten Etage umgesehen haben?«

»Was ist in der vierten Etage?« wollte Yvonne wissen.

Janette erklärte es.

»David hat dort oben Filmaufnahmen gemacht«, sagte Janette. »Wenn ich die haben könnte, dann dürften wir es beweisen können. Ein Band liegt unten bei Ruth.«

»Davon weiß ich ja gar nichts«, empörte sich Yvonne.

Janette zuckte mit den Schultern.

»Cordelia hat sicherlich vergessen es zu sagen«, meinte sie.

»Ja, ganz sicher«, antwortete Yvonne scharf.

»Also, darf ich das Band benutzen?« hakte Janette nach.

»Okay«, nickte Yvonne und sah in der Runde keinen Widerspruch. Fremde Bänder gab man nicht so einfach frei. Dass war so, als ob man jemanden bei einem wichtigen Test abschreiben ließe.

3

»Meinen Sie nicht«, fragte Cordelia nachdenklich, »wir hätten uns erst die Liste ansehen sollen?«

Tristan saß mit Cordelia im Borgward. Sie verließen gerade die Stadtgrenze in Richtung Netphen.

»Nein«, antwortete Tristan. »Sehen Sie«, er deutete auf einen Haken, den Cordelia in der Hand hielt, »wenn wir wissen, wie man dieses Ding spröde bekommt, und zwar mit handelsüblichen Dingen, dann haben wir eine Spur.«

»Sie meinen, diese Spur wäre besser als Dachdecker unter Druck zu setzen oder ihn weich zu klopfen?«

»Ja«, nickte Tristan und ließ den Motor schnurren. »Wissen Sie, was ich mich frage?«

Cordelia schüttelte den Kopf, obwohl sie die rhetorische Frage verstanden hatte.

»Weshalb sollte jemand für ein paar Quadratmeter Verkaufsfläche töten?«

»Aus Habgier«, antwortete Cordelia umgehend.

»Meinen Sie, das wäre das Risiko eines Mordes wert?«

»Hier geht es aber um mehr als nur um ein paar Quadratmeter. Wenn EIDEA kommt, dann kann Dachdecker dicht machen.«

»Das glaube ich nicht«, antwortete Tristan nachdenklich. »Als wir gestern dort oben auf der Friedrichshöhe durch die Räume geführt wurden, haben Sie da junge Leute gesehen?«

»Nein, die kaufen da doch nicht«, antwortete Cordelia belustigt.

»Sehen Sie, das habe ich mir auch gedacht.« Tristan bremste den Borgward an der Ortseinfahrt Netphen ab. »Wenn diese jungen Leute heute schon nichts bei Dachdecker kaufen, dann werden sie wohl morgen, wenn ein EIDEA in Siegen ist, auch nichts bei ihm kaufen. Oder?«

»Da ist was dran«, überlegte Cordelia. »Aber warum hat er sich dann so verdächtig benommen?«

»Hat er sich denn verdächtig benommen? Wir haben uns in sein Möbelhaus geschlichen und rumgeschnüffelt. Da kann man doch einmal die Haltung verlieren.«

»Weshalb dann die ganze Geschichte mit dem Randsortiment? Manfred Dachdecker wehrt sich gegen EIDEA, als käme der Teufel persönlich zu Besuch.«

»Ein Mitbewerber mehr«, bemerkte Tristan und hielt in Netphen an der Ampel. »Den mag keiner. Wie geht es jetzt weiter?«

Cordelia kramte einen Zettel aus ihrer Hosentasche.

»Nach rechts über Deuz nach Walpersdorf«, sagte sie.

Tristan setzte den Blinker und schlängelte den Oldtimer an einem wartenden Auto vorbei Richtung Deuz.

»Also ein Mitbewerber mehr, ist das ein Grund für einen Mord?«

»Dachdecker hat etwas zu verbergen«, beharrte Cordelia, »da bin ich mir ganz sicher.«

»Ja, das glaube ich auch, aber ob das mit den Morden zusammenhängt, da bin ich mir nicht sicher.«

Cordelia musterte den Detektiv überrascht.

»Weshalb haben wir denn die letzten beiden Tage in diese Richtung recherchiert?«

»Nun, erstens recherchieren wir nicht alleine, soll heißen: Zum ersten Mal habe ich ein Team, das ich kaum kenne, und das unabhängig von meinen Gedanken intuitiv das Richtige unternimmt.«

»Sie sind von sich ja nicht gerade eingenommen«, scherzte die Moderatorin.

»Ja, das bin ich, aber zurück. Wie gesagt, es recherchieren viele. Deshalb haben wir uns auch nicht um diesen Haken gekümmert. Das können Pfeiffer und Holzbaum besser, und wenn Maurizius' Experiment funktioniert, war es jedenfalls sinnvoll, Ihren Sender bei den Firmen recherchieren zu lassen. Also blieb uns nur das Möbelhaus übrig.«

»Wovon Sie jetzt aber nicht mehr sehr überzeugt sind«, maulte Cordelia.

»Wenn man etwas Abstand nimmt, seine Gedanken neu sortiert, dann befallen Zweifel das schöne Gedankengerüst.«

Sie durchquerten Deuz und bogen links nach Walpersdorf ab.

»Wenn Frieder und dieser Dachdecker nichts mit den Morden zu schaffen haben«, Cordelia wurde bei diesem Gedanken schlecht, »wer hat die beiden dann umgebracht?«

»Das versuchen wir ja herauszubekommen«, lächelte Tristan. »Dachdecker bliebt weiter verdächtig. Ich habe nur zu verstehen gegeben, dass sein Motiv vielleicht nicht ausreichend sei, um einen Mord zu begehen.«

Der Borgward rollte gemütlich über die Asphaltdecke. Der Verkehr auf der Straße bestand nur aus ihnen, und als sie Walpersdorf erreichten, zeigte Tristan der Moderatorin, wo seine Schwester wohnte.

»Haben Sie eigentlich einmal etwas über einen echten Köhler gedreht?« fragte der Detektiv, als sie vorbei am alten Sägewerk in Richtung Siegquelle fuhren.

»Nein, das habe ich noch nicht«, gestand die Fernsehfrau.

»Das ist eine aufregende Sache«, erzählte Tristan eifrig. »Ich meine, Holzkohle herzustellen. Warten Sie, wir fahren gleich an einem Meiler vorbei, der gehört meinem Schwager.«

»Sie sind in der Gegend hier tief verwurzelt«, lächelte sie.

»Ja, ich könnte mir keine andere Landschaft vorstellen, in der ich leben möchte.«

Links von der Straße ragten zwei große Kohlenmeiler auf. Tristan erklärte ihr, wie so ein Kohlenmeiler aufgebaut war und welcher Arbeit es bedurfte, bis man ordentliche Holzkohle sozusagen ernten konnte. Bei dem ganzen Gerede über Hitze fragte Cordelia plötzlich: »Wie, meinen Sie, will Maurizius diesen Haken erhitzen?« Sie betrachtete den Haken nachdenklich.

»Ich könnte mir vorstellen, dass er ein Gas-Sauerstoff-Gemisch nehmen wird. Damit bekommt er genügend Hitze.«

»Aber der Haken darf nicht schmelzen, oder?«

»Nein, die Form muss er behalten«, antwortete Tristan. »Lassen wir uns überraschen.«

Sie fuhren durch Volkholz in Richtung Feudingen. Von da waren es nur noch ein paar

Kilometer bis nach Banfe und bis Maurizius' Bauernhof.

4

Der Bauernhof lag in einer Senke. Nicht weit entfernt gurgelte der Boxbach, und rund um den alten Bauernhof breiteten sich Wiesen und brachliegende Felder aus. Maurizius hatte den Hof von seinem Großvater geerbt. Seine Mutter stammte aus der Gegend, während sein Vater aus Holland kam. Von Landwirtschaft verstand der freie Mitarbeiter nicht viel, aber er liebte es, an alten Autos herumzuschrauben, und deshalb hatte er sich in der Scheune eine komplette Werkstatt eingerichtet.

Ständig nur mit dem Kopf zu arbeiten, das machte Maurizius mürrisch. Die Hände mussten ab und zu auch etwas zu tun haben, dann fühlte er sich ausgeglichener.

Maurizius stand in der Scheune vor einem Gestell, in dem zwei mannshohe Gasflaschen befestigt waren. Er schloss zwei Schläuche an die Flaschen an und überprüfte am Manometer, ob genügend Gas vorhanden sei. Als er zufrieden feststellte, dass die Flaschen noch voll waren, ging er vor die Scheune zu seinem Auto und öffnete den Kofferraum. Dort lagen zwei Dutzend extra feuerfeste Ziegelsteine, die er von einem Baumarkt in Siegen mitgebracht hatte. Bevor er anfing, das Auto auszuladen, zog er sich das gute Hemd aus. Dabei fiel ihm sein Handy aus der

Brusttasche. Überrascht fiel ihm auf, dass das Gerät gar nicht am Netz war. Verärgert über seine eigene Dusseligkeit schaltete er es an und bekam von seinem Netzanbieter gleich die Nachricht, dass Mitteilungen eingegangen seien.

»Na, klasse«, fluchte er und hoffte auf belanglose Nachrichten.

Als Erstes hörte er ab, wie Frieder ihm aufgeregt mitteilte, den Mörder zu kennen. Das war ein Schock, er nahm das Handy vom Ohr und bekam gerade noch mit, dass Janette sich ausklinkte und ihm einen weiteren Nadelstich verpasste. Auch sie hatte etwas Wichtiges herausbekommen.

»Ich bin ein Loser«, flüsterte er und blickte in den Kofferraum. Sein ganzer Enthusiasmus war gerade durch Handyfunkwellen verdampft worden.

Zum Glück trafen Tristan und Cordelia ein. Sie sahen, wie Maurizius etwas gedankenverloren in seinen Kofferraum starrte.

»Kommt da etwas Lebendiges heraus?« rief Cordelia, während Tristan zwischen zwei alten Wassertrögen den Wagen parkte.

»Hallo, Cordelia«, antwortete Maurizius und ging auf die beiden zu.

»Frieder weiß, wer der Mörder ist«, schoss es aus ihm heraus. »Er hat es mir auf die Mail-Box gesprochen.«

Cordelia brauchte einen Augenblick, bis sie verstand, was Maurizius gerade gesagt hatte.

»Hat er einen Namen genannt?« hakte Tristan nach.

»Nein«, antwortete der junge Mann.

»Dann wissen wir also nichts«, stellte der Detektiv fest. »Sicher hat er nur eine Vermutung.«

»Janette hat auch noch etwas Wichtiges herausgefunden«, berichtete er enttäuscht. »Ich scheine der Einzige zu sein, den man getrost außer Acht lassen kann.«

»Nun, lass den Kopf nicht hängen«, mahnte Cordelia, »wir sollten in jedem Fall dieses Experiment machen.«

»Auf jeden Fall« bestätigte Tristan. »Wir brauchen Beweise, und wenn du Recht haben solltest, Maurizius, dann wäre das der überführende Beweis.«

»Der überführende Beweis«, wiederholte Cordelia und zog die Augenbraue nach oben, »so wie der schwarze Rappe, oder der weiße Schimmel. Was ist das denn für ein Deutsch?«

»Danke, junge Frau«, grinste Tristan. »Der Beweis, der uns den Tathergang verdeutlicht. Besser, Frau Moderatorin?«

»Viel besser«, nickte Cordelia. »Also, Maurizius, wo können wir anpacken?«

Das kleine Wortgeplänkel und die aufmunternde Art, wie die beiden Älteren miteinander umgingen, steckte Maurizius an. Er wollte jetzt erst recht etwas zu der Auflösung des Falles beitragen und sagte: »Als Erstes müssen die Ziegel in die Scheune.«

»Welche Ziegel?« fragte Cordelia, und Maurizius führt sie zu seinem Kofferraum.

»Die hier!«

»Na, dann mal los. So viele sind es ja nicht«, schnaufte Tristan und schnappte sich drei Ziegel.

»Hast du versucht, Frieder zurückzurufen?« fragte Cordelia, die sich mit zwei Ziegeln zufrieden gab.

»Nein«, er schlug sich gegen den Kopf und griff zum Handy.

»Es meldet sich nur seine Mail-Box«, sagte er schließlich enttäuscht. »Warten wir, bis er herkommt.«

»Er wollte hier vorbeikommen?« Tristan nahm die nächsten drei Ziegel.

»Ja, das hat er hinterlassen«, nickte Maurizius und nahm weitere drei Ziegel.

»Bis dahin haben wir etwas zu tun«, grinste Cordelia und begnügte sich mit einem Ziegel.

»Was soll das?« maulte Maurizius.

»Meine Fingernägel«, antwortete die Moderatorin und hielt ihm die freie Hand hin.

Als alle Ziegel aus dem Kofferraum in der Scheune lagen, begann Maurizius, daraus einen kleinen Ofen zu bauen.

»Fallen die Steine nicht auseinander?« fragte Cordelia.

»Nein«, erklärte Maurizius, »das Eigengewicht hält sie da, wo ich sie hinlege. Ich baue eigentlich einen kleinen Ofen, den wir später mit der Eisenplatte von da hinten«, er deutete auf eine runde Eisenplatte, die an einer Werkbank lehnte, »abdecken werden. In die Mitte legen wir den Haken, und durch die Öffnung, die ich hier lasse, führe ich später eine Flamme ein.«

»Wie weißt du, dass die Flamme heiß genug ist?« fragte Tristan.

»Das weiß ich nicht, das müssen wir ausprobieren«, antwortete Maurizius.

»Wir haben aber nur einen Haken«, erinnerte Tristan.

»Sehen Sie mal in meinem Auto auf dem Beifahrersitz nach«, lächelte der freie Mitarbeiter, »dort habe ich ähnliche Karabinerhaken aus dem Baumarkt mitgebracht. Die können wir als Versuchskaninchen benutzen.«

»Der Junge ist doch zu etwas zu gebrauchen«, lobte Tristan und ging die Haken holen.

5

Pfeiffer war hocherfreut über Yvonnes Anruf. Jetzt hatte er ein Motiv. Doch er traute den Journalisten nur so weit, wie er ohne Brille sehen konnte. Pfeiffer war sehr, sehr „weitsichtig".

»Wir sollten diese Angabe überprüfen«, dachte er laut und sah Holzbaum dabei an.

»Wir sollten«, nickte der Kommissar. »Aber wir sollten das freundlich angehen. Schließlich steht dieser Verdacht noch auf sehr wackeligen Beinen.«

»Da stimme ich zu«, nickte der Hauptkommissar und griff nach den Autoschlüsseln.

»Vielleicht solltest du dich mit deiner Freundin in Verbindung setzen«, sagte Holzbaum auf dem Weg ins Treppenhaus.

»Wieso?«

»Sie kennt doch diesen Dachdecker«, meinte Holzbaum. »Vielleicht hat sie einen Vorschlag, wie wir an ihn herankommen könnten.«

»Du hast Angst, dass ich mich vergesse«, grinste Pfeiffer.

»Nun, aber meine Pension ist mir schon wichtig«, entgegnete der Kommissar. »Außerdem möchte ich irgendwann im Rang aufsteigen.«

»Und du meinst«, erwiderte Pfeiffer bissig, »dass ich dir dabei mit meiner Art, Verhöre zu führen, im Weg stehe.«

»Nein, es ist nicht deine Art, Verhöre zu führen«, antwortete Holzbaum und dachte: Wenn er ja wenigstens mal einen richtig verhören würde.

»So, was ist es denn dann?« Pfeiffer blieb stehen.

»Die Art, wie du auf die Menschen zugehst«, antwortete er vorsichtig.

»Nun, freundlich«, grinste Pfeiffer. »Oder soll ich meine Dienstwaffe ziehen?«

Holzbaum schüttelte den Kopf und gab es auf.

»Nein, lass die Waffe stecken.« Er ging weiter. »Dachdecker ist der Vater von Frieder Sagenmüller, dem Kameramann von David Daub.«

»Ist mir klar«, nickte Pfeiffer. »Und wie es aussieht, haben beide gemeinsame Sache gemacht.«

»Äh, Chef«, da war sie wieder, Pfeiffers einmalige Art, Tatsachen zu benennen, wo jeder vorsichtige Detektiv leise Ahnungen sehr vorsichtig äußern würde. »Wir wissen nicht, ob Manfred

Dachdecker seinen unehelichen Sohn dazu angestiftet hat, Morde zu begehen.«

»So?« Pfeiffer blickte überrascht seinen Partner an. »Das sehen die Journalisten anders.«

»Wir sollten vorsichtig sein«, mahnte Holzbaum.

»Werden wir«, grinste Pfeiffer und drückte auf den elektronischen Schlüssel. Vor ihnen auf dem Parkdeck blinkten die Lichter des Dienstwagens auf. »Ich liebe es, wenn der Wagen mich so begrüßt.«

Mit Blaulicht schossen sie aus Siegen heraus der Friedrichshöhe entgegen. Ungeachtet des großen Besucherstroms im Möbelhaus parkte Pfeiffer mitten vor dem Haupteingang und blockierte damit die Ausfahrt parkender Autos.

»Chef«, bemerkte Holzbaum, »wenn wir hier stehen bleiben, dann könnte das zu einem Chaos führen.«

Pfeiffer taxierte den Abstand zwischen dem Dienstwagen und den parkenden Autos und kam zu dem Schluss: »Wir werden eh nicht lange hier blieben. Solange können die Besucher warten.«

»Ich werde meine Pension nie ausgeben können«, stöhnte Holzbaum und folgte seinem Chef, der bereits zielsicher auf die Information zusteuerte.

»Wir hätten gerne Ihren Chef gesprochen«, sagte Pfeiffer und hielt der verblüfften Frau seine Dienstmarke unter die Nase.

»Äh, einen Moment«, ihre Stimme überschlug sich fast, »ich höre mal nach, ob er im Hause ist.«

»Ist er«, prophezeite der Hauptkommissar.

»Warten Sie einen Moment«, sagte schließlich die Dame, »Herr Dachdecker wird jeden Augenblick herunterkommen. Sie sind aber schnell gekommen.«

»So?«

»Ja, uns wurde doch eben erst ein Auto gestohlen. Man sagt, es war der Sohn des Chefs. Stellen Sie sich das mal vor!«

6

Tristan und Maurizius deckten mit der Metallplatte den Ofen ab. In der Mitte lag ein Haken aus dem Baumarkt. Der junge Mann rollte die Schläuche an den Gasflaschen auseinander und schloss am anderen Ende der Schläuche einen Schweißbrenner an.

»Cordelia, reichst du mir mal die Schutzbrille«, bat Maurizius und deutete auf eine nicht mehr fabrikneue Brille, die auf der Werkbank lag.

»Danke«, nickte er.

Neben ihm lag das Fax aus dem Büro.

»Hier hat mir die Olper Firma genau aufgeschrieben, worauf ich zu achten habe.«

Tristan trat näher heran und las die Anweisungen.

»Das Mischungsverhältnis sollte zu Gunsten des Gases eingestellt sein, dann müsste der Flammenkegel flattern und grünlich aussehen. Die Flamme führt freien Kohlenstoff mit, der von dem glühenden Haken aufgenommen werden soll.«

»Was bedeutet das?« Cordelia sah Tristan fragend an.

»Das Stahlgefüge wird durch Zuführung von Kohlenstoff hart und spröde«, erklärte Tristan.

»So, jetzt wird es ein wenig laut«, warnte Maurizius und griff nach einem Feuerzeug.

Damit entzündete er das Sauerstoff-Gas-Gemisch. Es gab einen lauten Knall. Tristan und Cordelia traten beiseite, als Maurizius den Brenner in die Ofenöffnung hielt. Er musste sich auf den Boden legen, um genau sehen zu können, wo die Flamme den Haken erwärmte. Es dauerte gut eine Viertelstunde, bis der Haken zu glühen begann. Schnell zog Maurizius den Brenner aus der Öffnung und schloss die Ventile, so dass die Brennerflamme erlosch.

»Nummer eins ist fertig«, sagte er schweißgebadet. »Wir müssen jetzt den Haken schnell herausnehmen und in dem Wasserbottich draußen abkühlen.«

Er ging zur Werkbank und kam mit zwei Paar feuerfesten Handschuhen zurück.

»Für den Deckel«, sagte Maurizius, und zusammen hoben sie die heißgewordene Metallplatte vom Ofen. Dann nahm Maurizius eine lange Zange und griff nach dem Haken. Mit dem rotglühenden Stück ging er vor die Scheune und ließ es mit einem lauten Zischen in den Wasserbottich fallen.

»Jetzt müssen wir einen Moment warten«, sagte Maurizius, mit sich zufrieden. »Möchte jemand etwas zu trinken? Ich könnte ein Bier vertragen.«

»Gerne«, nickte Cordelia, »ich trinke eins mit.«

»Mir lieber ein Wasser«, sagte Tristan. »Ich muss ja noch fahren.«

Maurizius führte sie in die Küche.

»Wie lange muss der Haken abkühlen?«

»Nach den Angaben der Olper Firma mindestens zehn Minuten, besser wäre aber eine halbe Stunde.«

»Dann warten wir so lange«, meinte Tristan. »Uns läuft ja nichts weg.«

Maurizius verteilte Gläser und schenkte dann Cordelia Bier und Tristan Wasser ein. Er selbst trank aus der Flasche.

»Sie reparieren Autos?« fragte Tristan, nachdem der Durst gestillt war.

»Ja, mit Vorliebe. Sie haben einen schönen Oldtimer.«

»Danke, der braucht auch seine ganz besondere Pflege«, lächelte Tristan. »Vielleicht können Sie mir ja mal bei einer Reparatur behilflich sein.«

»Kein Problem, würde ich gerne«, nickte Maurizius und sah auf die Uhr. »So, dann lassen Sie uns mal sehen, was aus dem Haken geworden ist.«

Sie gingen wieder nach draußen. Maurizius nahm die Zange und stocherte in dem Bottich, bis er den behandelten Haken endlich gepackt hatte.

»Vorsicht, das Ding ist immer noch heiß«, warnte Maurizius.

»Wir sollten ihn in eine Tiefkühltruhe legen«, meinte Cordelia, »bei den Außentemperaturen kann es ja ewig dauern.«

»Gute Idee«, grinste Maurizius. »Zum Glück besitze ich eine.«

Mit dem Haken in der Zange gingen sie zurück zum Haus.

»Die Truhe ist im Keller. Jemand muss mir die Tür aufmachen«, bat er und balancierte den Haken durch den Flur.

Tristan öffnete eine Kellertür.

»So, da ist sie!«

Mit einem leisen Zischen legte Maurizius den Haken in ein Eisfach.

»Hoffentlich schmilzt der Haken nicht durch den Kunststoff«, überlegte er und sah Tristan dabei nachdenklich an. »Geld für eine neue Truhe habe ich nämlich nicht.«

»Das übernehme ich«, antwortete Tristan. »Aber ich denke nicht, dass der Haken noch heiß genug ist, um das ganze Eis und den Kunststoff zu schmelzen.«

»Und wie lange jetzt?« fragte Cordelia, die nicht wusste, was sie mit ihren Händen anfangen sollte.

»Keine Ahnung«, zuckte Maurizius mit den Schultern. »Warten wir fünf Minuten.«

»Okay«, meinte Tristan. »Hier unten?«

»Warum nicht?« lächelte Maurizius. »Ist doch schön morbide hier, oder?«

Darüber konnte Cordelia nicht lachen.

»Ich mag keine Spinnen«, antwortete sie.

Nach fünf Minuten öffnete Maurizius die Truhe und fasste vorsichtig mit den Fingern nach dem Haken.

»Es hat geklappt«, sagte er triumphierend. »Ich kann den Haken anfassen. Er ist überhaupt nicht mehr heiß.«

»Noch warm?« fragte Tristan.

»Ein wenig.« Maurizius nahm den Haken aus der Truhe und hielt ihn, immer noch vorsichtig und jederzeit bereit, ihn fallen zu lassen, in der Hand. »Er wird nicht wärmer.«

»Gut, dann dürften wir es geschafft haben«, freute sich Cordelia.

»Noch nicht ganz«, bremste Tristan ihren Frohmut. »Jetzt müssen wir sehen, ob er seine Zähigkeit verloren hat und dafür spröde wie Porzellan geworden ist.«

»Gehen wir in die Scheune«, meinte Maurizius und trug den Haken, als wäre er eine Kostbarkeit, aus dem Keller zurück in die Werkstatt.

»Wie machen wir es?« fragte er Tristan.

»Ich schlage vor, wir belasten ihn.« Tristan deutete zu einem Flaschenzug, den Maurizius für den Ausbau von Motoren installiert hatte.

»Gute Idee, dann haben wir gleich eine ähnliche Situation simuliert.«

Maurizius nahm zwei Seile, band sie zu zwei Schlaufen, befestigte eins am Flaschenzug und das andere an einem Werkzeugkasten.

»Der ist zwar nicht so schwer wie ein Mensch, aber müsste vom Gewicht ausreichen, den Haken zu zerstören.«

Tristan nahm den behandelten Haken und hängte ihn vorsichtig an das Seil des Flaschenzuges.

Maurizius trat mit dem Werkzeugkasten heran und hängte das zweite Seil ebenfalls an den Haken, so dass er jetzt das Verbindungsstück zwischen dem Seil des Flaschenzuges und dem Seil an dem Werkzeugkasten bildete. Um den Haken nicht zu früh zu belasten, hielt Maurizius den Werkzeugkasten hoch.

»So, Achtung«, stöhnte er. Der Kasten wurde langsam schwer.

Er hob mit seiner letzten Kraft den Werkzeugkasten noch ein Stück und ließ ihn dann los.

Der Kasten fiel einen halben Meter nach unten, dann straffte sich das Seil, und der Haken wurde belastet. Einen Sekundenbruchteil hing der Werkzeugkasten in der Luft, dann zerbrach der Haken und der Werkzeugkasten krachte zu Boden.

Sie hatten es geschafft.

7

Manfred Dachdecker blickte kalt an Pfeiffer vorbei. Seine Höflichkeit beschränkte sich auf das Notwendigste. Regungslos hörte er den Ausführungen des Hauptkommissars zu. Das meiste, was ihm der Polizist vortrug, erinnerte ihn an die Inhaltsangabe eines Kriminalromans. Er hatte Schwierigkeiten, einen Zusammenhang zwischen dem Gesagten und seinem Unternehmen herzustellen. Sie saßen in Dachdeckers Büro und waren ungestört. Hier hatte ihn sein Sohn, keine zwei Stunden war das her, mit einem Gesichtsausdruck angesehen, als wäre er ein Mörder. Und jetzt saßen zwei Beamte der Mordkommission vor ihm und erzählten ihm, er und sein Sohn ständen unter dringendem Tatverdacht. Was für ein Blödsinn!

Pfeiffer endete mit seiner Ausführung.

»Und was sagen Sie zu diesen Vorwürfen?« Pfeiffer steckte sich eine Zigarette an.

»Hier wird nicht geraucht«, befahl Dachdecker.

Pfeiffer grinste und steckte sich die Zigarette in den Mund, ohne sie anzuzünden.

»Ich wiederhole, was haben Sie zu diesen Vorwürfen zu sagen?«

»Gar nichts, denn sie sind nicht zutreffend. Ich kenne diesen David gar nicht, sieht man mal vom Interview ab. Es ist richtig, dass ich gegen die Ansiedlung des schwedischen Möbelhauses bin, aber deshalb würde ich bestimmt keinen Mord begehen. Und was das Randsortiment betrifft, das müssen Sie mir erst einmal beweisen. Haben Sie einen Durchsuchungsbefehl?«

»Brauchen wir den denn?« Pfeiffer nahm die Zigarette aus dem Mund und klemmte sie sich hinters Ohr. »Wo Sie doch behaupten, dass Sie ganz unschuldig sind.«

»Haben Sie sonst noch etwas zu sagen?«

»Wir würden gerne wissen, wo wir Frieder Sagenmüller finden?«

»Das kann ich Ihnen nicht sagen«, antwortete Dachdecker, »ich weiß selbst nicht, wo mein Sohn sich aufhält.«

»Und dass er Ihnen ein Auto gestohlen hat, das macht Sie nicht nachdenklich?«

»Woher wissen Sie von dem Diebstahl?« Dachdecker wurde nervös.

»Ist das wichtig? Wir sind die Polizei, wir müssen so etwas wissen«, grinste Pfeiffer. »Also? Keine Ahnung, wo wir Ihr gestohlenes Auto finden könnten?«

Pfeiffer sah zu Holzbaum, der zuckte mit den Schultern.

»Sie haben doch nichts dagegen, wenn wir uns ein wenig umsehen?«

»Solange Sie in der Ausstellung bleiben, nein. Sollten Sie jedoch den Bereich verlassen, dann zeige ich Sie an.«

»Wir sind die Polizei«, antwortete Pfeiffer, »uns kann man nicht anzeigen.«

»Oh doch«, antwortete Dachdecker und war nicht zum Spaßen aufgelegt, »das kann man schon.«

»Wir wollen uns ja nur im vierten Stock umsehen«, sagte Pfeiffer und stand auf. »Sie dürfen gerne mitkommen.«

Dachdecker stand auf. Ihm zitterten die Knie.

»Was haben Sie, ist Ihnen nicht gut?« fragte Holzbaum. »Sollen wir einen Arzt kommen lassen?«

»Nein danke, ich zeige Ihnen den vierten Stock«, sagte Dachdecker leise und atmete tief ein. »Bitte folgen Sie mir.«

Sie fuhren mit dem Lastenaufzug bis in den vierten Stock. Dachdecker blieb am Fahrstuhl stehen.

»Sehen Sie sich ruhig um«, meinte er. »Ich warte hier auf Sie.«

Pfeiffer und Holzbaum gingen los.

»Was meinst du?« fragte Pfeiffer, »sieht doch alles normal aus.«

»Hoffentlich haben die uns vom RDW nicht verkohlt«, sorgte sich Holzbaum.

»Siehst du irgendwelche Lagerbestände?«

»Nein«, schüttelte Holzbaum den Kopf. »Wir brauchen einen Durchsuchungsbefehl.«

»Ich glaube auch«, meinte Pfeiffer. »Lass uns abhauen und diesen Frieder suchen. Hier schicken wir die Kollegen her. Die sollen den Laden auf den Kopf stellen. Ich hab die Schnauze voll«, schnaufte Pfeiffer und stampfte zurück zum Fahrstuhl.

»Wir fahren!« knurrte er Dachdecker an. »Sie haben keine Ahnung, wo wir Ihren Sohn finden können?«

»Nein«, antwortete der Möbelhausbesitzer.

»Wir sehen uns noch«, drohte Pfeiffer.

Sie verließen das Möbelhaus und standen vor einer wütenden Menge von Autofahrern, die von Pfeiffers Dienstwagen blockiert wurden.

»Keine Aufregung, Polizei! Wir fahren!«

Holzbaum hielt es für ratsam, keine Diskussion zu beginnen, und setzte sich gleich auf den

Beifahrersitz. Doch Pfeiffer ließ sich Zeit und hätte dadurch fast eine Schlägerei verursacht.

»Musste das sein?« fragte Holzbaum.

»Was?« lächelte Pfeiffer und startete den Wagen.

»Manchmal frage ich mich, wie du die Aufnahmeprüfung bestehen konntest.«

»Vorsicht, noch bin ich dein Vorgesetzter«, antwortete Pfeiffer und schaltete das Blaulicht mit Sirene ein.

»Wie finden wir diesen Frieder?« Pfeiffer raste vom Parkplatz.

»Gib eine Beschreibung des Firmenwagens durch und dann warten wir«, meinte Holzbaum.

»Bitte schön, ich fahre, mach du das.«

Holzbaum griff zum Funkgerät und machte einen allgemeinen Aufruf an die Kollegen mit der Bitte, die Augen offen zu halten und einen Wagen mit Dachdeckers Werbeschriftzug zu melden.

»Wo fahren wir hin?« fragte Holzbaum und steckte das Mikrofon in die Halterung.

»Nach Siegen. Dort können wir warten.«

Pfeiffer bog auf die Autobahnzufahrt, als sich bereits ein Kollege meldete.

»Wir haben einen Van mit der genannten Beschriftung vor einer Viertelstunde durch Deuz fahren sehen. Er bog Richtung Nenkersdorf ab.«

Holzbaum griff erneut zum Mikrofon.

»Könnt ihr ihm folgen?« fragte er.

»Laut oder leise?« krächzte es aus dem Lautsprecher.

»Leise«, sagte Pfeiffer. »Wir wollen ihn nicht verscheuchen.«

»Leise«, gab Holzbaum weiter. »Wir sind auf dem Weg!«

»Pfeiffer, fahr den Wagen nicht zu Schrott«, mahnte der Lautsprecher.

»Ha, ha, ha«, erwiderte der Hauptkommissar und beschleunigte.

8

Zum ersten Mal fühlte Maurizius sich wie ein echter Journalist. Nachdem der Probehaken behandelt und zerstört worden war, versuchten sie die gleiche Behandlung bei dem Haken, den Cordelia mitgebracht hatte. Um dieses zweite Experiment zu dokumentieren, gab Maurizius Cordelia eine Digitalkamera, die genügend Auflösung besaß, so dass die Aufnahmen später für einen Fernsehbericht geeignet waren.

Maurizius stellte den Brenner wieder so ein, dass die Flamme grünlich leuchtete, dann hielt er die Flamme in den selbstgebauten Ofen und erhitzte den Haken, bis er rot glühte. Tristan half dem jungen Mann noch einmal, den Deckel vom Ofen zu heben, und vorsichtig griff Maurizius anschließend mit der Zange nach dem Haken. Wieder kühlte er den Haken zuerst in dem Wasserbottich und anschließend in der Kühltruhe ab. Danach säuberte und polierte er ihn, so dass er aussah, als sei er nie behandelt worden.

»Der Klappmechanismus geht etwas schwer«, bemerkte Tristan.

»Das hat David bestimmt nicht bemerkt«, antwortete Cordelia. »Er stand unter Stress, da der SAT-Wagen nicht pünktlich vor Ort war.«

»Lassen Sie uns den Bruchtest durchführen«, drängte Maurizius, »erst dann haben wir es geschafft.«

Wieder benutzten sie den Flaschenzug und den Werkzeugkasten, um den Fall zu simulieren.

»So, jetzt gilt es«, sagte Maurizius. »Wenn dieser Haken genauso zerbricht, dann wissen wir, wie Davids Haken behandelt wurde. Cordelia, bist du bereit mit der Kamera?«

»Bin bereit«, antwortete sie.

»Dann los!«

Maurizius hob den Werkzeugkasten und hängte den behandelten Haken zwischen die beiden Seile, dann ließ er den Werkzeugkasten fallen.

Das Seil straffte sich, und für einen Augenblick schien der Haken das Gewicht des Werkzeugkastens halten zu wollen, doch dann krachte der Kasten zu Boden.

»Ja, ja, ja«, schrie Maurizius. »Jetzt haben wir es!«

»Ja«, nickte Tristan nachdenklich. »Jetzt wissen wir, wie man einen spröden Haken herstellt.«

»He, Herr Irle«, Maurizius klopfte Tristan auf die Schulter, »warum so nachdenklich?«

»Nun, junger Freund. Jetzt wissen wir, wie der Mörder vorging. Nun müssen wir herausfinden, wer diese abscheuliche Tat begangen hat. Frieder Sagenmüller lässt sich ja nicht blicken.«

»Er wird bestimmt jeden Moment kommen«, meinte Maurizius.

»Ich traue der Sache nicht«, gestand Tristan.

»Mir geht es ähnlich«, sagte Cordelia und schaltete die Kamera ab. »Vielleicht will er nur ablenken.«

»Wollt ihr warten, bis er kommt?« fragte Maurizius. »Dann wissen wir es.«

»Ich denke, nein«, sagte Tristan.

»Ich stimme zu«, nickte Cordelia. »Wir sollten selbst weiterforschen. Schließlich kommt nur jemand aus dem Sender in Frage, der Erkenntnisse über Metallbehandlung gesammelt hat.«

»Dann sollten wir uns schnellstens auf die Suche nach diesem Jemand machen«, sagte Tristan mit einem Funkeln in seinen lindgrünen Augen. »Denn wenn dieser Jemand herausbekommt, dass wir ihm auf der Spur sind, dann wird er sich wehren.«

»Herr Irle, Sie haben einen Plan?«

»Ja, in der Tat, Frau Jansen«, nickte er, »wir sollten zurückfahren und uns diese Einsatzliste genau ansehen.«

»Natürlich.« Cordelia war sofort klar, was Tristan beabsichtigte. »Wenn es ein Mitarbeiter des Senders ist, dann finden wir vielleicht einen Hinweis in der Liste.«

»Und was ist mit Frieder?« fragte Maurizius.

»Hast du meine Handynummer?« fragte Cordelia.

»Nein«, antwortete Maurizius.

Cordelia gab sie ihm und sagte: »Wenn Frieder einen begründeten Verdacht hat, dann ruf sofort an.

»Okay«, nickte Maurizius, »und was mach ich bis dahin?«

»Ich würde sagen, aufräumen«, lächelte Tristan. »Ihre Arbeit ist fürs Erste erledigt. Genießen Sie das Wochenende.«

»Okay«, nickte er. »Die Kamera nehmt ihr mit.«

»In Ordnung, wir melden uns, wenn wir etwas mehr wissen«, versprach Cordelia, die Tristan zum Borgward folgte.

Maurizius winkte den beiden nach, als sie den Hof verließen. Aufräumen war zwar nicht seine Stärke, aber das Fach in der Tiefkühltruhe hatte doch etwas gelitten. Er ging in den Keller und nahm es heraus, um es anschließend richtig zu säubern. Eine Lebensmittelvergiftung wollte er sich nämlich nicht zuziehen. Im gleichen Raum befand sich ein altes Waschbecken, in dem er das Fach auswusch. Anschließend trocknete er es ab, dann schob er es zurück in die Truhe.

»Jetzt könnte Frieder langsam auftauchen«, sagte er und stieß mit dem Kopf gegen die Kellertür.

»Scheiße, was ist das?« Er rüttelte an der alten Holztür, doch die öffnete sich nicht.

Frieder parkte den Van genau dort, wo wenige Minuten vorher Tristans Borgward gestanden hatte.

»Maurizius!« rief er und sah, dass das Scheunentor offen stand.

Mit schnellen Schritten ging er zur Scheune.

»Maurizius, wo steckst du?« wiederholte er und blieb in der Scheune überrascht stehen, als plötzlich ein bekanntes Gesicht hinter den Gasflaschen auftauchte.

»Du, was machst du denn hier?« fragte er entsetzt.

»Mit Feuer spielen!« war die Antwort.

Frieder starrte auf den Brenner, dann begriff er, doch es war schon zu spät. Eine mächtige Flamme schoss aus dem Brenner und hüllte ihn ein. Sofort fing seine Kleidung Feuer.

Eingesperrt im Keller hörte Maurizius den Freund schreien und er roch den Qualm. Panik ergriff ihn und er warf sich mit aller Macht gegen die Kellertür. Er nahm mehrmals Anlauf und verstauchte sich dabei die Schulter, bis das Schloss endlich nachgab. Ohne weiter zu überlegen, rannte er aus dem Haus zur Scheune. Dort schrie niemand mehr. Das Feuer breitete sich auf dem Boden der Scheune aus, und alte Ölreste heizten den Brand noch an. Maurizius versuchte in die Scheune vorzudringen, doch eine breite Flammenwand verhinderte das. Verzweifelt sah er sich um.

Wie aus dem Nichts hörte er plötzlich eine Sirene, und Pfeiffer fuhr mit dem Dienstwagen in den Hof.

»Oh, Scheiße«, fluchte Holzbaum, als sie vor der brennenden Scheune standen.

Noch bevor Maurizius registrierte, dass die Polizei da war, rief Holzbaum über Funk die Feuerwehr. Pfeiffer sprang aus dem Wagen und zerrte den unter Schock stehenden Maurizius von der Scheune weg.

Das Feuer fraß sich langsam zum Dach vor. Immer größere Stücke fielen herunter.

»Was ist denn hier passiert?« stöhnte Pfeiffer. »Und wo zum Teufel ist dieser Frieder jetzt hin?«

9

Frieder war tot. Das teilte Pfeiffer dem Detektiv persönlich mit.

Fassungslos saß Tristan zusammen mit Holzbaum und Helga in seiner Küche. Der Detektiv war erst seit einer halbe Stunde zu Hause. Zuvor hatte er Cordelia vor ihrer Wohnung abgesetzt. Sie wollten sich später wegen des Einsatzplanes nochmals bei ihm treffen. Cordelia würde vorher beim Sender vorbeigehen und die neuesten Nachrichten mitbringen.

»Was für eine schrecklicher Tod.« Es fror Tristan bei dem Gedanken an Feuer. »Wir hätten warten sollen.«

»Dann wären Sie vielleicht ebenfalls umgekommen. Wir kamen jedenfalls zu spät, und die Feuerwehr konnte auch nichts mehr retten«, erklärte der Hauptkommissar.

»Wie geht es Maurizius?«

»Den Umständen entsprechend. Er liegt im Marienkrankenhaus. Zum Glück ist das Feuer nicht aufs Haus übergesprungen.«

»Und er hat keine Ahnung, wer ihn in dem Keller eingesperrt hat?«

»Nein«, antwortete Pfeiffer enttäuscht. »Dieser Frieder war unser Hauptverdächtiger. Was haben Sie mittlerweile herausgefunden?«

»Wir wissen, wie man diesen Haken behandelt hat«, antwortete Tristan. »Aber Frieder schien eine Ahnung zu haben, wer hinter den Morden steckte.«

»Das dürfte ihn das Leben gekostet haben«, meinte Holzbaum.

»Höchstwahrscheinlich«, nickte Tristan.

»Wie wurden die Haken behandelt?«

Tristan erklärte den Beamten, wie man die Haken erhitzen musste.

»Daher also das Feuer«, sagte Pfeiffer und stand auf. »Wir konnten noch nicht ausgiebig mit Maurizius sprechen.«

»Was werden Sie jetzt unternehmen?« fragte Tristan.

»Dem Sender haben wir bereits alles Wichtige mitgeteilt. Leider haben wir einige Kollegen zur Friedrichshöhe geschickt, die sollen sich da mal genau umsehen«, stöhnte Pfeiffer, »jetzt müssen wir auch noch da hoch und in dem ganzen Wirrwarr dem Vater mitteilen, dass er keinen Sohn mehr hat.«

»Unangenehm«, meinte Tristan.

»Das geht mir bei meinem Job auf den Senkel«, antwortete Pfeiffer, und Tristan spürte, dass dieser Schritt dem Hauptkommissar nicht leicht fiel. »Aber was hilft es?«

»Jedenfalls können wir mit großer Wahrscheinlichkeit davon ausgehen«, meinte Tristan, der die beiden Beamten zur Haustür begleitete, »dass Manfred Dachdecker nicht in die Morde verwickelt ist.«

»Wenn er nicht ein absolutes Monster ist«, sagte Pfeiffer nachdenklich, »dann nicht.«

Die Beamten verließen Tristans Haus.

Ja, dachte Tristan, wenn er kein Monster ist. Aber wer war ein Monster und wer nicht? In einer Welt, in der Menschen ihre Artgenossen skrupellos und grausam umbrachten?

»Soll ich das Fernsehen anstellen?« fragte Helga, als Tristan zurück in die Küche kam. »Die Lokalzeit beginnt gleich.«

»Ja, schalt ihn an«, Tristan setzte sich auf die Eckbank. »Ein wenig Zerstreuung kann nichts schaden.«

Helga nahm die Fernbedienung und schlängelte sich ebenfalls auf die Eckbank. »Wenn wir in Zukunft mehr fernsehen sollten«, meinte sie zärtlich, »dann sollten wir im Wohnzimmer einen Apparat aufstellen.«

»Dir ist die Eckbank zu unbequem?«

»Zum Kuscheln allemal«, erwiderte sie und schaltete den Fernseher an.

Im Vorspann ging der Moderator weder auf den Brand in der Nähe Hesselbachs ein noch auf den Tod des Kameramannes. Auch die Hausdurchsuchung des Möbelkaufhauses Dachdecker hatte Yvonne sicherheitshalber aus der Sendung genommen. Stattdessen kündigte der Vorspann einen Ausflug über den Rothaarsteig, einen Beitrag zum Drachenfliegen im Sauerland und die schwierige Aufzucht von Falken an.

»Hm«, brummte Tristan entspannt, »keine Morde, keine Überfälle, keine Brände. Das wird ein ruhiger Abend.«

Die laufenden Bilder lenkten Tristans Gehirn ab. Er bewunderte die Landschaftsaufnahmen und nahm sich vor, zusammen mit Helga einmal den Rothaarsteig abzuwandern. Der Beitrag über das Drachenfliegen animierte ihn, diesen Sport doch mal auszuprobieren. Helga schüttelte nur den Kopf und meinte, er solle erst einmal ein paar Kilo abnehmen, bevor er sich in das Gurtzeug schnallte. Nach den Beiträgen folgte ein Nachrichtenblock, in dem ebenfalls nichts über die Morde erwähnt wurde. Nach den Nachrichten führte der Moderator ein Interview mit einem Hundebesitzer, der sich über die Verordnungen einer Stadt im Soester Raum aufregte.

»Nur gut, dass wir kein Haustier haben«, meinte Tristan und schaute instinktiv nach Marlowe, der ganz brav auf seiner Kletterstange döste.

»Ja, nur gut«, grinste Helga und erzählte Tristan: »Die Hitze gefällt Marlowe nicht. Er saß den ganzen Nachmittag nur in der Wohnung und ist kein einziges Mal zum Fliegen herausgekommen.«

»Ein schlauer Vogel«, antwortete Tristan und blickte wieder zum Fernsehen, wo gerade der letzte der angekündigten Beiträge abgespielt wurde.

»Schöne Aufnahme«, lobte Helga, während Tristan neben ihr das Gefühl hatte, seine Wirbelsäule würde gerade mit einem Eispickel behandelt.

»Was ist?« Helga sah ihren Freund ängstlich an.

»Nichts, Helga, alles in Ordnung«, antwortete Tristan langsam. »Ich glaube es nicht.«

Tristan starrte immer noch auf den Fernseher.

»Was ist, hast du einen Geist gesehen?«

»So etwas Ähnliches«, erwiderte Tristan und stand auf. »Ich sehe mir den Einsatzplan an.«

»Wolltest du das nicht zusammen mit Cordelia machen?«

»Ich kann nicht länger warten«, rief der Detektiv.

Hastig griff er sich die Blätter und sortierte sie nach Datum, dann suchte er einen Textmarker. Zuerst begann er alle Eintragungen mit dem Namen Thomas Zöller grün zu markieren, dann markierte er die Eintragungen mit dem Namen Frieder Sagenmüller blau. Als er damit fertig war, bat er Helga, die Liste noch einmal zu überprüfen und gegebenenfalls einen Namenseintrag zu markieren, falls er ihn übersehen hatte.

Während Helga mit dem Plan beschäftigt war, rief Tristan im Sender an und fragte nach Cordelia. Er erreichte sie im Büro von Yvonne.

Nachdem sie über den schrecklichen Anschlag auf Frieder gesprochen hatten, begann der Detektiv vorsichtig zu fragen: »Kann ich sprechen?«

»Ich bin alleine«, antwortete Cordelia überrascht. »Yvonne ist gerade runter in den Regieraum.«

»Haben Sie die Sendung gerade verfolgt?« Tristans Stimme zitterte.

»Nein«, antwortete sie und wurde nervös. »Was ist mit Ihnen, Herr Irle?«

»Bleiben Sie im Sender«, forderte Tristan. »Ich schicke Ihnen Erich. Der wird Sie beschützen. Bleiben Sie immer mit mindestens zwei Leuten zusammen. Verstehen Sie!«

»Ja«, sagte Cordelia, die spürte, wie die Nachricht ihr langsam den Hals zuschnürte.

Tristan legte auf und rief seinen Freund an.

»Kommst du bitte mal rüber«, bat er. »Ich habe einen ungewöhnlichen Auftrag für dich.«

»Was ist los?« Helga sah ihn verwundert an. »Weißt du, wer der Mörder ist?«

»Ja«, nickte Tristan. »Jetzt muss ich es nur noch beweisen.«

6. Bewaffnet mit ...

Samstagabend

Bewaffnet mit einem Wanderstab marschierte Erich Roth zum Fernsehsender. Der Zwei-Meter-Mann in schwarzer Kleidung wirkte bedrohlich auf Martha, die nur widerwillig die Tür für ihn öffnete.

»Guten Abend, ich möchte Frau Jansen sprechen«, forderte er höflich.

»Den Knüppel müssen Sie aber hier lassen«, befahl sie kleinlaut.

Der Diakon blickte auf sie nieder und behielt Tristans Warnung – traue niemandem, auch wenn er harmlos aussieht – im Gedächtnis und lächelte. Dieses Lächeln verriet der Betrachterin, dass er auf die Gewissheit einer göttlichen Macht baute, die dem dazugehörigen Körper schon in gefährlicheren Situationen beigestanden hatte. Der lange Wanderstab tat das Übrige, um zu signalisieren, dass Streithähne ihre Federn verlieren würden, sollten sie es drauf anlegen.

»Dieser Knüppel, wie Sie den Wanderstab nennen«, antwortete Erich ruhig, »ist ein Geschenk des Königs von ... Den lasse ich nirgends liegen.«

»Nun, dann warten Sie bitte hier«, schnaufte Martha. »Ich lasse Cordelia rufen.«

»Das ist gut so«, nickte der Diakon.

Erich blieb vor der Informationstheke stehen.

»Samstagabend«, brummte Martha, »und ich sitze hier und muss mich vor schwarz gekleideten Männern in Acht nehmen.« Sie griff zum Telefon.

Wenige Minuten später begrüßte Cordelia den Diakon und runzelte beim Anblick des Wanderstabes ihre Stirn.

»Sie sollten doch nicht alleine bleiben«, mahnte Erich.

»Was ist hier eigentlich los?« fragte Cordelia ungehalten. »Dieser Knüppel, wozu haben Sie den mitgebracht?«

»Als Erstes, Tristan Irle weiß, wer der Mörder ist, und bittet Sie, dafür zu sorgen, dass keiner den Sender verlässt«, erklärte Erich. »Und dieses Stück ist zu meiner und Ihrer Sicherheit notwendig.«

»Sie machen Scherze«, antwortete Cordelia ungläubig.

»Frau Jansen, sehe ich aus, als ob ich Scherze machen würde?« lächelte Erich.

Die Moderatorin schluckte und schüttelte dann den Kopf.

»Wir müssen mit der Studioleiterin sprechen!«

»Ab jetzt begleite ich Sie überall hin«, sagte Erich fest entschlossen. »Sie befinden sich in Lebensgefahr.«

»Wenn Sie das sagen«, nickte Cordelia. »Was hat Herr Irle denn eigentlich herausbekommen?«

»Alles, so wie es seine Art ist«, antwortete Erich auf dem Weg zu Elenas Büro. »Er wird mit der Polizei zu gegebener Stunde hier eintreffen. So lange müssen wir warten und dafür sorgen, dass sich keiner absetzt.«

»Das wird nicht leicht sein«, meinte sie. »Wir haben Samstagabend, und da wollen die Leute nach Hause.«

»Heute nicht«, Erich deutete auf den Wanderstab.

Sie erreichten Elenas Büro.

2

Der Einsatzplan lag vor Tristan auf dem Esszimmertisch. Jetzt, wo er ihn richtig interpretierte, war es, als lese er in einer Anleitung zum Töten. Ihm wurde klar, dass die Redakteure trotz ihrer Funktionen als Sendeleiter, Nachrichtenverantwortliche oder in der Planung auch weiterhin nach draußen gingen. Sie arbeiteten an Filmbeiträgen und suchten sich Themen, von denen sie hofften, dass sie eine Sendung interessant machen würden. Dem Detektiv zeigte der Plan, welche logistische Herausforderung zu bewältigen war, bevor überhaupt ein Beitrag filmreif gesendet werden konnte. Aber vor allem bewies er, wer hinter den Morden steckte.

»Du hast alle Namenseintragungen von Zöller und Sagenmüller markiert«, sagte Helga. »Ich habe keine weiteren gefunden.«

»Gut«, nickte Tristan. »Jetzt rufe ich Pfeiffer an, der muss uns helfen. Schreibst du bitte die Firmennamen heraus, die hinter diesem Namen auftauchen.«

»Ist das etwa der Mörder?« fragte Helga und begann zu frösteln.

Tristan nickte und ging zum Telefon. Es dauerte eine Weile, bis man den Detektiv mit dem Hauptkommissar verbunden hatte.

»Hallo, Herr Pfeiffer?« begann Tristan, »entschuldigen Sie die Störung, aber ich muss Sie sofort sprechen.«

»Nun, das machen Sie doch«, antwortete Pfeiffer etwas blechern.

»Können Sie kommen?« fragte Tristan ernst. »Ich weiß, wer die Morde begangen hat.«

»Sie haben den Mörder?« zischte es aus dem Hörer.

Tristan konnte sich gut vorstellen, wie Pfeiffer die Augen verdrehte. Schließlich sagte der Hauptkommissar zu.

Helga schrieb die Firmennamen auf einen Block. Tristan begann den dritten Namen rot zu markieren. Hier und da trafen in der Liste die vorher markierten Namen mit dem neuen zusammen. Das waren die Schnittstellen, die Tristan suchte.

»Es sind sechs Firmen.« Helga legte den Stift aus der Hand. »Wann wollte Pfeiffer kommen?«

»So schnell wie möglich«, antwortete Tristan. »Was unternehmen wir als Nächstes?«

»Wir rufen die Firmen an.« Tristan klopfte auf den Block.

»Weißt du, wieviel Uhr wir haben?« Helga schüttelte den Kopf. »Das macht man nicht. Außerdem wirst du in den Büros wohl kaum jemanden antreffen.«

»Dafür brauchen wir ja Pfeiffer, wenn er denn endlich da ist«, lächelte Tristan. »Ich kenne doch meine Grenzen.«

Zwanzig Minuten später klopfte es an der Haustür. Der Hauptkommissar sah müde aus, als er endlich in Tristans Wohnzimmer eintrat. Auch Holzbaum schien von den Ermittlungen geschlaucht. Nachdenklich nickte er Helga und Tristan zu, bevor er am Esszimmertisch Platz nahm.

Der unerwartete Besuch weckte Marlowes Interesse. Neugierig verfolgte er jede Bewegung der Gäste, und als der Hauptkommissar auf dem Weg zum Esstisch an Marlowes Kletterstange vorbei streifte, sträubte der Kakadu seinen Kamm und krächzte: »Er war nicht unbegabt. Die Geisteskräfte / Genügten für die laufenden Geschäfte.«

»Wissen Sie, Irle«, knurrte Pfeiffer und setzte sich, »diesem Vogel breche ich irgendwann einmal den Hals.«

»Nehmen Sie es nicht persönlich«, beschwichtigte Tristan, »Sie wissen doch, er plappert ständig dummes Zeug.«

»Ja, ja«, schnaufte der Hauptkommissar, »ich kann's heute nur nicht mehr vertragen. Ich hoffe, Sie haben wirklich gute Nachrichten.«

»Was gab es auf der Friedrichshöhe?« fragte Tristan.

»Wir wissen jetzt, was Dachdecker verbergen wollte«, antwortete Holzbaum.

»Und?« Tristan wurde neugierig.

»Lächerlich«, grinste Pfeiffer, und dieses Grinsen hatte etwas von einem Wahnsinnigen. »Um seine Betriebskosten zu senken, hat er die Ausstellungsfläche der vierten Etage geschickt verkleinert und den gewonnenen Raum als Lagerfläche genutzt. Dadurch hat er Verkaufsfläche verloren und hätte dementsprechend die Fläche des Randsortiments verringern müssen.«

»Um wie viel Quadratmeter hätte er verringern müssen?« wollte Tristan wissen.

»Ein Fünftel«, antwortete Holzbaum.

»Wie gesagt, eine lächerliche Fläche«, Pfeiffer kramte eine Zigarettenschachtel aus seiner Hosentasche und klaubte eine heraus. »Ich darf?«

»Bitte«, nickte Tristan und wurde sogleich animiert, sich seine Pfeife anzustecken.

»Die Lagerfläche nutzte er, um haufenweise Gläser, Tassen und anderes Geschirr einzukaufen, das er wiederum im Erdgeschoss verkaufte. Je mehr er unten verkauft, desto schneller ist oben das Lager leer, und er kommt wieder auf seine Gesamtfläche. Mit dem Massenkauf stimmen die Prozente, und durch geschickte Anordnung der Möbelausstellung fällt die kleinere Fläche gar nicht auf. Kurzum, ein Vergehen, das vielleicht moralisch nicht ganz sauber ist, aber eigentlich niemanden ernstlich stört.«

»Da wären wir aber ganz schön ins Messer gelaufen«, stöhnte Tristan erleichtert, »hätten wir Herrn Dachdecker als Mörder bezichtigt.«

»Das können Sie laut sagen.« Pfeiffer blies eine dicke Qualmwolke in Marlowes Richtung.

»Bitte, Herr Pfeiffer!« mahnte Helga.

»Schon gut«, sagte Pfeiffer, über seine eigene Tat verlegen. »Was haben Sie herausgefunden?«

»Ich habe den Fall gelöst«, antwortete Tristan, »aber ohne Ihre Hilfe werden wir die Beweise nicht zusammenkriegen.«

»Dann schießen Sie los«, Pfeiffer wirkte plötzlich wie ausgewechselt. »Sehen wir zu, dass dieser Fall endlich zu den Akten gelegt werden kann und der Mörder hinter Gittern kommt.«

Zuerst berichtete der Detektiv den Polizisten, was er bereits in die Wege geleitet und wie er den Fall gelöst hatte, und schließlich sagte er ihnen, was noch zu erledigen sei.

Mit Hilfe des Polizeiapparates konnten sie schnell die nötigen Informationen beschaffen. Hier und da verursachte ihre Aktion Herzklopfen, als die betroffenen Firmenbesitzer nichts ahnend an einem Samstagabend die Polizei am Telefon hatten, aber die gestandenen Mittelstandsunternehmer steckten das weg. Nach einer guten Stunde, mittlerweile war es 21 Uhr, hatten sie alle nötigen Aussagen und Beweise, um den Täter zu überführen.

»Dann lassen Sie uns zum Sender fahren«, forderte Pfeiffer voller Tatendrang.

»Ihre Kollegen sollten die Johann-Moritz-Straße im Auge behalten«, empfahl Tristan. »Sie kennen ja das Gebäude, nicht dass uns der Mörder flieht.«

»Das klären wir auf dem Weg zum Sender«, antwortete Pfeiffer.

»Wir müssen vorher noch mit Maurizius sprechen«, erklärte Tristan. »Ich brauche noch einige Bestätigungen.«

»Gut, das liegt auf dem Weg«, nickte der Hauptkommissar.

3

Erich nahm die bösen Blicke der „Gefangenen“, wie sich die Mitarbeiter des Senders bezeichneten, gelassen hin. Der Diakon stand neben Cordelia im Redaktionsflur. Die ganze Belegschaft hielt sich dort oder in den angrenzenden Büros auf. Die Türen standen offen, und so bekam ein jeder mit, was der andere tat.

»Was soll das hier eigentlich?« explodierte Peter an seinem Schreibtisch. »Wir haben nichts verbrochen und werden festgehalten!«

»Ja, das ist ein Skandal«, schimpfte Lara ihm gegenüber, »das ist Freiheitsberaubung.«

»Ich hätte schon längst im Biergarten sein können«, meinte HG traurig. Er stand an die Wand gelehnt.

»Leute, jetzt beruhigt euch«, mahnte Elena, die zwischen den Büros ungeduldig hin und her lief. »Keiner wird hier festgehalten, und Freiheitsberaubung, Lara, ist es auch nicht. Wir sind hier, weil uns Herr Roth auf Anweisung des Detektivs Irle darum gebeten hat.«

»Ich habe nun weiß Gott niemanden umgebracht«, zischte Ruth, die ihren Stuhl mitten in die Tür zum Archiv gestellt hatte. »Warum sollte ich auch?«

»Uns geht es ja nicht besser«, rief Ariadne, die Assistentin aus der Planung, vom anderen Ende.

»Wenn wir wenigstens etwas zu essen besorgen könnten«, dachte Martha laut. Sie saß am Eingang des Flures und behielt die Truppe sowie den Eingang im Auge.

»Gute Idee«, rief Janette, die neben Cordelia auf dem Boden saß. »Lasst uns Pizza bestellen.«

»Meinetwegen«, nickte Elena.

Janette nahm die Bestellung auf.

»Ruf Marco an«, empfahl Gerd, der Planungsredakteur, »der macht die besten.«

»Möchten Sie auch eine Pizza, Herr Roth?« fragte Janette, als alle ihre Wünsche geäußert hatten.

»Nein, danke, sehr liebenswürdig«, antwortete Erich freundlich.

»Verstehe, dann müssten Sie ja den Prügel aus der Hand legen.«

Erich nickte.

»Wo ist eigentlich Maurizius?« fragte Xenia, die Cutterin.

»Er liegt im Krankenhaus«, antwortete Marie Taupattel, Peters Assistentin.

»So?« staunte die Cutterin, »was hat er denn?«

»Einen Unfall«, mischte sich Yvonne ein. »Anscheinend bist du die Einzige, die noch nicht weiß, was heute alles passiert ist.«

»Wie sollte ich auch«, meckerte Xenia, »ich bin ja eigentlich nur auf einen Sprung hier reingekommen.«

HG, der neben Xenia stand, berichtete ihr, was den Tag über geschehen war.

»Schrecklich«, seufzte sie, »das ist ja alles so furchtbar.«

Lara verdrehte die Augen und sah auf die Uhr.

»Wenn in einer Stunde die Polizei nicht hier erschienen ist, dann gehe ich.« Sie sah ihre Chefin an. »Ist das klar!«

»So lange wird es nicht mehr dauern«, sagte Erich mit seiner wohlklingenden Baritonstimme.

»Wollen wir hoffen«, flüsterte Cordelia neben ihm.

»Ich bestelle jetzt die Pizza«, rief Janette und suchte sich ein Telefon.

4

Die Sonne ging unter, als Pfeiffer vor dem Sendegebäude den Motor abstellte.

»Zufrieden mit den Kollegen der Streife?« fragte Pfeiffer, während sie den Wagen verließen.

»Ja«, nickte Tristan.

Auf der Fahrt zum Sender waren sie an drei Polizeiwagen vorbeigefahren. Einer stand verdeckt auf der Hindenburgstraße, ein zweiter am Herrengarten, und ein dritter überwachte die Sandstraße. Zudem gingen mehrere Streifen durch die Bahnhofstraße und überwachten die Siegplatte. Sollte jemand versuchen, per Auto oder zu Fuß zu fliehen, dann würde er in die Arme der Polizisten laufen. Tristan war beruhigt.

»Holzbaum, Sie wissen, was Sie nachschauen sollen?« fragte Tristan.

Holzbaum lächelte und nickte.

»Nun, dann lassen Sie uns die Show beginnen.« Pfeiffer überprüfte seine Dienstwaffe und drückte die Schelle am Eingang.

»Da sind Sie ja endlich!« rief Martha erleichtert, ein Stück Pizza im Mund.

»Guten Abend«, grüßte Tristan.

Die beiden Kommissare nickten der Empfangsdame kurz zu.

»Sie finden alle im Flur oder in den Büroräumen«, nuschelte Martha.

»Sie können jetzt Ihren Platz verlassen«, sagte Holzbaum. »Ich passe hier so lange auf.«

Holzbaum trat hinter die Informationstheke.

Martha sah Holzbaum ängstlich an, dann packte sie den Rest ihrer Pizza.

»Ist das hier die Anwesenheitsliste?« Holzbaum tippte auf ein sehr großes Kalenderbuch.

»Ja«, antwortete Martha und suchte sich einen Platz zwischen ihren Kollegen.

Cordelia und Erich traten als Erste auf Tristan zu.

»Hat etwas gedauert«, stellte Erich trocken fest, »hatte die Lage aber unter Kontrolle.«

»Haben Sie für den Prügel einen Waffenschein?« fragte Pfeiffer und erntete einen beleidigten Blick.

»Das ist ein Wanderstab, Herr Pfeiffer.«

»Okay«, nickte der Hauptkommissar und schlich an Erich vorbei in eines der Büros.

»Die Kollegen sind unruhig«, erklärte Cordelia. »Ich hoffe, die Situation läuft nicht aus dem Ruder.«

»Ich denke nicht«, sagte Tristan und fuhr laut fort: »Guten Abend, mein Name ist Tristan Irle, ich bin Privatdetektiv, für alle, die mich noch nicht kennen. Verzeihen Sie mir diesen Auftritt, aber ich werde Ihnen gleich sagen, wer Ihre Kollegen umgebracht hat. Der Mörder weilt unter uns.«

»Da bin ich aber gespannt«, giftete Peter und musterte den Detektiv. »Jetzt wird sich zeigen, ob Sie wirklich so gut sind, wie man behauptet.«

Pfeiffer, der sich neben HG einen Stehplatz gesucht hatte, grinste und sagte: »Er ist es!«

»Oh, danke, Herr Pfeiffer«, staunte Tristan.

»Nichts zu danken«, erwiderte Pfeiffer und behielt die Fernsehleute im Auge.

»Dass Sie alle hier versammelt sind«, sein Blick wanderte langsam von links nach rechts, so dass er allen einmal in die Augen schaute, »hat einen einfachen Grund. Der eine oder andere von Ihnen wird die eine oder andere von mir geäußerte Aussage bestätigen müssen. Es erspart uns Zeit und viel Mühe, wenn wir das gleich vor Ort erledigen können. Außerdem hat diese Zusammenkunft etwas von der guten alten Tradition, wie Miss Marple sie inszenierte.«

»Solange mich am Ende keiner verhaftet«, warf Yvonne ein, »meinetwegen.«

»Schöner Witz«, gab Lara von sich.

»Also, lassen Sie mich anfangen«, sagte Tristan.

»Wir hindern Sie nicht«, brummte Gerd vor sich hin.

»Ein schwieriges Volk«, meinte Elena achselzuckend.

»Es ginge schneller«, mahnte Tristan, »wenn Sie die ständigen Zwischenrufe bleiben ließen.«

»Wie in der Schule«, kam es prompt von Peter.

»Es ist jetzt gut!« schimpfte Elena.

Die Anwesenden senkten betroffen ihre Köpfe. Dann begann Tristan von Neuem.

»Am Mittwochabend betrat ich wohlgelaunt Ihr Studio und merkte doch gleich, dass etwas nicht stimmte. Sie, Herr Papst, liefen aufgeregt zwischen Ihrem Büro und dem Regieraum hin und her. Nur Frau Jansen schien mir konzentriert und ruhig auf den Sendebeginn zu warten.«

»Sie verdächtigen mich«, knurrte Peter.

»Jetzt lass ihn doch ausreden«, fauchte Cordelia den Senderedakteur an.

»Mir war zu diesem Zeitpunkt nicht klar, dass Sie ein Problem hatten.«

HG nickte mit dem Kopf und brummte gelassen: »Der SAT-Wagen hatte ein Panne.«

»Genau, Herr Feldmann, der SAT-Wagen hatte eine Panne, und es schien so, als würde der Übertragungswagen nicht rechtzeitig zum Live-Termin in Netphen erscheinen. Das machte Sie nervös.«

Peter nickte und atmete erleichtert auf.

»Damit begann ein teuflisch ausgeklügelter Mordplan«, Tristan sah sich erneut in der Runde um. »Herr Feldmann, was für eine Panne hatte der SAT-Wagen eigentlich?«

»Eine Reifenpanne, irgendeiner hat den Vorderreifen zerstochen«, antwortete HG.

»Eine Reifenpanne«, wiederholte Tristan, als wäre es etwas Besonderes. »Ersatzreifen sind in so einem Wagen vorhanden?«

»Klar!« nickte HG.

»So eine Reifenpanne ist etwas Ausgezeichnetes, wenn man einen Wagen aufhalten möchte. Und es erlaubt einem sogar, ein relativ genaues Zeitfenster festzulegen, in dem der Reifen gewechselt werden kann und der Wagen wieder fahrbereit ist. Das war eine Voraussetzung für den Mord an David Daub. Der Redakteur musste unter Druck gesetzt werden, damit er nicht bemerkte, dass an seiner Ausrüstung manipuliert wurde. Die Reifenpanne erfüllte genau diesen Zweck. Knapp, aber noch früh genug für die Live-Sendung erreichte der SAT-Wagen den Bestimmungsort. Wie Thomas Zöller uns noch mitgeteilt hat, ging dann in Netphen alles sehr schnell. David schnallte sich das Gurtzeug über und kletterte die Wand hinauf, und schon war er auf Sendung. Der schmerzliche Rest ist jedem bekannt.«

»Das war alles?« nörgelte Gerd.

»Nein, Herr Rabenau, leider nicht«, gestand Tristan. »Wir wissen, dass ein Sicherungshaken brach. Da aber ein normaler Haken nicht brechen soll, gingen wir davon aus, dass dieser gebrochene Haken manipuliert wurde. Seit heute Nachmittag wissen wir, wie dieser Haken höchstwahrscheinlich behandelt wurde. In einem aufwändigen Experiment haben Maurizius, Frau Jansen und ich nachgewiesen, wie man einen Haken behandeln muss. Wir haben es auf einem Videoband dokumentiert. Um einen solchen Haken richtig spröde zu bekommen, benötigt man einiges Wissen über Metallverarbeitung. Dieses Wissen kann man sich nicht nur anlesen. Es muss auf Erfahrungen aufbauen, die Profis gesammelt haben. Der Mörder musste an diesem Wissen partizipiert haben. Kurz: Er sprach mit den Fachleuten. Anhand Ihrer ausführlichen Planungsliste habe ich ermittelt, wer von Ihnen ein verstärktes Interesse an Metall verarbeitenden Firmen zeigte. Es taucht immer nur ein Name auf.

Das allein wäre jedoch nicht Beweis genug.

Erinnern wir uns noch mal an den verspäteten SAT-Wagen. Ich sah also in dieser Liste nach, wer den SAT-Wagen vor David Daub benötigte und siehe da, der gleiche Name.

Gut, dachte ich mir, das kann Zufall sein, deshalb habe ich mir alle Einsätze von Frieder Sagenmüller und Thomas Zöller angeschaut. Schließlich mussten die beiden etwas wissen, was dem Mörder gefährlich werden könnte. Die beiden toten Fernsehleute haben in den letzten vier Wochen jeweils nur einmal nicht mit David Daub gearbeitet. Es konnte ein weiterer Zufall sein, dass wieder dieser eine Name erschien.

Okay, dachte ich, Zufälle gibt es manchmal zuhauf, also ermittelte ich weiter.

David, der passionierte Kletterer, benutzte sein eigenes Gurtzeug am Mittwoch. Da er tags zuvor noch kletterte, kann man davon ausgehen, dass seine Ausrüstung in Ordnung war, als er am Mittwochmorgen zum Sender kam. Für unseren Mörder, der dank des Einsatzplans wusste, was für den Tag geplant war, hieß es rechtzeitig und unauffällig den intakten Haken mit dem behandelten Haken auszutauschen. Diese Austauschaktion war nur am Morgen möglich, da David laut seinem Einsatzplan an diesem Tag erst nach der Sendung zurück zum Sender kommen würde.

Also hat Herr Holzbaum«, Tristan deutete auf den Kommissar, der plötzlich im Flur stand, »nachgeschaut, wer am Mittwochmorgen alles anwesend war. Und zwar zur gleichen Zeit, wie David.«

Tristan stand im Büro von Peter und blickte nachdenklich zu Holzbaum, der langsam nickte. Erleichtert sprach der Detektiv weiter: »Wieder taucht der Name Janette Schusse auf.«

Es war totenstill, und als hätte man einen Knopf gedrückt, starrten die Anwesenden zu Janette, die neben Cordelia stand.

»Was mir fehlte, war ein Motiv«, erklärte Tristan weiter. »Es wurde mir erst heute Abend beim Ansehen Ihres Beitrages über die Falkenzucht klar.«

»So?!« Janette sah ruhig und gefasst in die Runde.

»Ja, Sie haben in Ihrem Beitrag Kameraeinstellungen gewählt, die Sie von David Daub kopiert haben. Nun, habe ich mir gedacht, das ist noch kein Grund, jemanden umzubringen. Allerdings wird es einer, wenn man mit den geklauten Einstellungstechniken gute Aussichten hat, einen begehrten Wettbewerb zu gewinnen, um damit einen begehrten Fernsehpreis zu erhalten. Und wenn man mit diesem Preis einen großen Schritt in seiner Karriere nach vorne machen kann, dann hat man ein sehr gutes Motiv. «

»Das ist ja alles ganz schön«, antwortete Janette gelangweilt, »aber erstens müssten Sie beweisen, dass ich Kameraeinstellungen von David kopiert habe, und zweitens müssten Sie beweisen, dass ich den Haken ausgetauscht habe usw.«

»Es gibt ein Band, wo David diese Einstellung verwendet hat«, entgegnete Tristan.

»So?« Janette schien sich ihrer Sache ganz sicher.

»Ja«, nickte Tristan.

»Das denke ich nicht«, lächelte Janette.

»Ist das etwa das Band, das du heute Mittag haben wolltest?« fragte Yvonne entsetzt.

»Vielleicht?« zuckte Janette mit den Schultern.

»Egal, was Sie mit dem Band angestellt haben«, sagte Tristan, »ich habe eine Videokassette.«

Janette blickte zu Ruth, und Entsetzen machte sich in ihren Augen breit.

»Ja, Ruth hat das Band kopiert!« zischte Cordelia. »Du Biest, das hast du nicht gewusst?«

»Na und!« giftete sie zurück. »Das sind alles nur Indizien. Sie müssen schon beweisen, dass ich den Haken ausgetauscht habe.«

»Nun, das können wir«, grinste Hauptkommissar Pfeiffer selbstgefällig. »DNA-Test«

Janette runzelte die Stirn. Für einen Bruchteil schien sie ihre Fassung zu verlieren. Plötzlich zog sie ein Springmesser aus ihrer Hosentasche und griff Cordelia an. Zum Glück reagierte Erich blitzschnell. Ein gezielter Schlag mit dem Wanderstab auf Janettes Handgelenk und sie ließ das Messer zu Boden fallen. Pfeiffer war augenblicklich neben Janette und nahm sie in Gewahrsam.

»Woher wussten Sie, dass ich an dem Wettbewerb teilnehme?« fragte sie schwer atmend, als Pfeiffer ihr Handschellen anlegte.

»Die Plakate am Eingang und oben auf dem Flur«, antwortete Tristan. »Und dann noch die Aussage von Maurizius.«

»Das mit dem DNA-Test«, flüsterte Pfeiffer ihr ins Ohr, »das war übrigens nicht ganz wörtlich zu nehmen.«

Janette blinzelte Pfeiffer wütend an und fluchte laut los. Man hörte sie noch schreien, als Pfeiffer sie aus dem Sender führte.

Drinnen sahen die Fernsehleute Tristan verwundert an.

»Sie haben gar keinen richtigen Beweis gehabt«, stellte Yvonne nüchtern fest.

»Nicht direkt«, antwortete Tristan. »Wie sie schon sagte, einen Haufen Indizien, aber keinen richtigen Beweis.«

»Dann haben Sie sie reingelegt«, brummte Peter.

»Ich würde sagen, mit einem Trick etwas nachgeholfen«, lächelte Tristan. »Der Haken gab leider nicht viel her. Und irgendwie mussten wir sie ja aus der Reserve locken.«

Tristan erklärte den Fernsehleuten weiter, dass Thomas und Frieder Zeugen waren, die an dem besagten Beitrag mitarbeiteten. Zudem kannten die beiden Davids Arbeiten so gut, dass sie sofort die Ähnlichkeiten bei Janettes Beitrag festgestellt hätten. Sie waren eine ständige Bedrohung und mussten beseitigt werden. Thomas wollte darüber hinaus noch mehr. Sie hatte ihn durch einen einfachen Trick erledigt. Die Scheinwerfer waren mit Stahlseilen montiert, die über eine Winde auf- und abgelassen werden konnten. Sie hatte den Sicherheitsmechanismus ausgetrickst und Thomas in ein dunkles Studio gelockt. Aufgrund des Lichtschalters wusste sie genau, wie weit Thomas in den Raum vordringen würde, und sie brauchte nur noch zu warten. Dann ließ sie den Scheinwerfer gezielt herunter, was nicht sonderlich schwer war. Frieder mit einem Brenner in Flammen aufgehen zu lassen, dazu gehörte allerdings eine Kaltblütigkeit, die sie hochgefährlich machte.

Die Fernsehleute verstanden nun, warum der Zwei-Meter-Mann mit dem Knüppel anwesend war.

»Wo haben Sie mit dem Stock kämpfen gelernt?« fragte Yvonne, nachdem die Aufregung sich gelegt hatte.

»In Schwarzafrika«, erklärte Erich und begann zu erzählen.

»Wir sollten etwas über diesen Mann machen«, rief Peter. »Hätten Sie Lust dazu?«

7. Die Kamera stand ...

Sonntag

Die Kamera stand auf einem Stativ vor Tristans Haus. Der Kameramann folgte den Bewegungen von Erich, der gerade aus dem Nebeneingang der Marienkirche trat. Er hatte eine schwarze Soutane angezogen und wirkt in dem kirchlichen Gewand noch imposanter.

»Er sieht gut aus«, lächelte Cordelia, die neben Helga auf Tristans Bank saß.

»Ja, finde ich auch«, nickte Helga.

Pfeiffer, Holzbaum und Tristan standen etwas abseits und verfolgten, wie Erich nun langsam an der Kamera vorbei schritt.

»Will er Papst werden?« fragte Pfeiffer, »oder warum stolziert er wie ein Pfau und geht nicht wie immer?«

»Keine Ahnung«, antwortete Tristan, »aber ich freue mich für meinen Freund. Er hat jede Menge guter Geschichten zu erzählen.«

»Das kann ich mir denken«, erwiderte Pfeiffer und fügte anerkennend hinzu: »Mann, war der mit dem Stock schnell gestern Abend. Das hätte leicht zu einer kniffligen Entführung kommen können.«

»Ja, das traut man der Person gar nicht zu«, ergänzte Holzbaum. »Was mich in meiner These bekräftig: Schau nie auf die Körpermasse.«

»Hat er Ihnen eigentlich mal die Geschichte aus Afrika erzählt, wo er von einem Haufen

Banditen angegriffen wurde?« Tristan sah die Kommissare über den Rand seiner Halbbrille hinweg an.

»Nein, hat er nicht«, antwortete Pfeiffer enttäuscht.

»Die sollten Sie sich einmal erzählen lassen«, meinte Tristan. »Dann werden Sie ein ganz anderes Wesen in ihm erkennen. Ich glaube, Erich wäre ein ausgezeichneter Tempelritter gewesen.«

»Aber mit Gewalt hat er es doch nicht so«, warf Holzbaum ein.

»Wenn es keinen anderen Ausweg mehr gibt«, erklärte Tristan, »dann möchte ich hinter Erich stehen.«

Mittlerweile war der Gang aus der Kirche im Kasten, und der Kameramann dirigierte den Diakon vor sein Haus. Erich sollte mit dem Wanderstab aus der Haustür treten.

»Wieder so eine Geh-Aufnahme«, wunderte sich Pfeiffer.

»Soll seine Wanderjahre bildlich wiedergeben«, erklärte Tristan, der bei der Aufnahmebesprechung gelauscht hatte.

»Verstehe«, nickte Pfeiffer und putzte sich seine Brille. »Übrigens zeigt sich der Bürgermeister zufrieden mit dem, was wir herausbekommen haben.«

»So?« Tristan blickte den Hauptkommissar neugierig an.

»Ja, ich habe gestern Abend mit Katrin über alles gesprochen und die – immer im Dienst – rief gleich danach den Bürgermeister an.«

»Das dürfte sehr spät gewesen sein«, grinste Tristan.

»Wie Katrin sagt, als Bürgermeister bist du immer im Dienst. Da gibt es keinen Feierabend. Jedenfalls hat das Oberhaupt der Stadt Siegen jetzt ein gewichtiges Argument in der Hand.«

»Wie hat Dachdecker die schlechte Nachricht aufgenommen?«

»Gefasst«, meinte Pfeiffer. »Er ist Geschäftsmann. Ich glaube, er würde sich nie vor Fremden gehen lassen. Aber er wurde kreidebleich und musste sich setzen. Es hat ihn schwer getroffen.«

»Seht mal da«, rief Holzbaum, der mit dem Zeigefinger nach oben zeigte.

Marlowe flog einen seiner berüchtigten Anflüge. Der begann in der Höhe des Kirchturms. Von dort nahm Marlowe sein Ziel ins Visier und ließ sich fallen. In einer eleganten Spirale vernichtete er die Höhe und holte Fahrt auf. Etwa drei Meter über dem Brunnen leitete er den Geradeausflug ein und schoss wie ein weißer Blitz über den Hof, direkt auf den Kameramann zu.

»Oh, oh«, stieß Tristan aus und warnte den Kameramann: »Gehen Sie in Deckung!«

Doch da war es schon zu spät.

Mit einem lauten Krachen fiel der Mann samt Kamera um. Marlowe flatterte bereits wieder in der Luft.

»Hast du das gefilmt?« rief Cordelia aufgeregt. »Das sah klasse aus.«

»Habe ich«, stöhnte der Kameramann und überprüfte die Kamera.

»Fernsehleute«, schüttelte Tristan den Kopf, »die muss man erst verstehen lernen.

Ein Dankeschön ...

... an alle die mir bei diesem Buch geholfen haben. Mein besonderer Dank gilt Beate Schmies, Studioleiterin WDR Siegen, und Anke Godbersen, Fernsehleiterin, ohne deren Unterstützung eine Recherche unmöglich gewesen wäre, sowie Moderatorin Michaela Padberg, die mir trotz Sendevorbereitung bereitwillig Auskunft über ihre Arbeit gab, der Redakteurin Beate Wagner, und den Redakteuren Eckhard Pletz und Thomas Klein, den Assistentinnen Ulrike Reinschmidt und Mechthild Utsch sowie stellvertretend Herbert Immel für alle anderen Mitarbeiterinnen und Mitarbeiter des Senders, die in der Verwaltung, in der Technik und im Schnitt arbeiten. Marlis Klein, Dr. Jürgen Kühnel und Ralph Rottler sowie meine Schwester Anja Georg, die ihre eigene künstlerische Arbeit unterbrach, haben sich um das Manuskript gekümmert. Ihre Hilfe ist gar nicht hoch genug zu schätzen, danke schön – und da gibt es noch jene, die im Stillen arbeiten, um dem Buch den letzten Schliff zu geben, sei es in der Druckvorbereitung oder wo auch immer, auch ihnen sei herzlich gedankt.

In dieser Reihe bereits erschienen:

Tristan Irle und der Rubensmord (1991)

Eigentlich sollen die Feierlichkeiten zum 350. Todestag von Peter Paul Rubens friedlich und ohne größeres Aufsehen in der Stadt Siegen gefeiert werden. Doch das ändert sich schlagartig, als man eine Leiche im Vorhof des Oberen Schlosses findet. Privatdetektiv Irle übernimmt den Fall und muss bald feststellen, dass mehr hinter dem Fall zu stecken scheint, als es vordergründig aussieht.

Tristan Irle – Eine Leiche auf der HTS (1992)

Friedlich bereiten sich die Bewohner des Siegerlandes auf das Weihnachtsfest vor. Doch plötzlich wird die festliche Ruhe gestört, als man eine Leiche im Schnee begraben findet. Tristan Irle übernimmt die Aufklärung des mysteriösen Mordes. Dabei verfängt er sich in einem Netz von Intrigen, Bestechungen und Lügen.

Tristan Irle – Mord Pur (1993)

KulturPur – seit Jahren ein Begriff für ein Fest der besonderen Art. Tristan Irle gönnt sich ein paar Tage Urlaub auf dem Giller und trifft dort Pensionsbesitzerin Helga Bottenberg. – Eine Frau, in die er sich verlieben könnte? Beschaulichkeit bestimmt den Tag, bis ein hinterhältiger Anschlag die Idylle zerstört.

Tristan Irle – Die Abseitsfalle (1994)

Die Damenmannschaft des SC Siegen hat es wieder geschafft. Sie steht im Endspiel um die deutsche Meisterschaft. Doch dann verunglückt auf mysteriöse Weise ein Mitglied des Vereins. War es Mord? Diese Frage soll Tristan Irle klären. Voller Tatendrang stürzt er sich ins Spiel. Doch das Spiel ist nicht fair, und er durchschaut die heimtückische Abseitsfalle.

Tristan Irle – Das sexte Gebot (1995)

Seit Tagen ziehen Regenschauer über das Siegerland. In dicke Regenjacken gehüllt, gehen die Menschen ihren Geschäften nach. Plötzlich erschüttert des Nachts eine fürchterliche Autoexplosion die Stadt. Es gibt einen Toten. Zur gleichen Zeit findet Tristan Irle ein Findelkind in der Marienkirche. Die Polizei steht vor einem Rätsel. Haben beide Ereignisse etwas miteinander zu tun?

Tristan Irle und das Rathauskomplott (1996)

Weihnachtsmarkt in Siegen. Es ist der Beginn der Adventszeit. Plötzlich erschüttert ein fürchterlicher Fund auf dem Weihnachtsmarkt die Gemüter. Schockiert schalten sich Staatsanwaltschaft und Polizei ein. Ihnen eine Nasenlänge voraus ist eine junge Journalistin. Sie vermutet Verbindungen zum Rathaus und bittet Detektiv Tristan Irle um Hilfe. Machenschaften allerorts und der kommunale Filz drohen schließlich die Ermittlungen fast zu ersticken.

Tristan Irle – Der Braumeister (1997)

Der junge Braumeister Roland Eichbaum hat die Idee seines Lebens. Er möchte Bier in Asien brauen. Die Verhandlungen sind in vollem Gange, als plötzlich ein Mord die Bierbrauer der Region erschüttert. Bis Tristan Irle durch die trübe Suppe von Verdächtigungen eine klare Spur findet, muss er so manches Glas Bier leeren, und nicht selten beginnt die Recherche mit einem lauten: Prost! Und da ist dann auch noch ein geheimnisvoller Chiffrierschlüssel, der Tristans Ermittlungen behindert.

Tristan Irle – Gegen den Strich (1998)

Die kleine Großstadt Siegen steht im Fokus der Weltöffentlichkeit. Im Medien- und Kulturzentrum laufen die letzten Vorbereitungen auf Hochtouren für eine ganz besondere Ausstellung, als ein Siegener Künstler zu Tode kommt. Tristan Irle beginnt seine Ermittlungen, was Künstlern und anderen Kreativen gegen den Strich geht. Dann muss Irle feststellen, dass die Kunstszene genauso schillernd ist wie eine Malpalette.

Tristan Irle – Tödliche Doktorspiele (1999)

Im Arzt-Gelöbnis steht: »Ich werde meinen Beruf mit Gewissenhaftigkeit und Würde ausüben. Die Erhaltung und Wiederherstellung der Gesundheit meiner Patienten soll oberstes Gebot meines Handelns sein.« Diesen Satz haben auch die Ärzte in einem Krankenhaus in Siegen gelobt. Doch eines Morgens findet man eine tote Patientin. Und wie sich herausstellt, wurde sie falsch behandelt. Chefarzt Dr. med. Killian steht plötzlich unter Mordverdacht, doch er behauptet, unschuldig zu sein. Privatdetektiv Tristan Irle wird eingeschaltet, um den mysteriösen Todesfall zu untersuchen. Ihm gegenüber eine Schar weißer Kittel, die alle etwas zu verbergen scheinen.

Tristan Irle – Siegener Maskerade (2000) gebunden

Schriftsteller Raffael Leich trifft sich im Geheimen mit dem persönlichen Referenten des Bürgermeisters. Ein mysteriöses Bild wechselt den Besitzer, dann fallen plötzlich Schüsse. Raffael kann fliehen. Tags darauf wird Privatdetektiv Tristan Irle eingeschaltet, um zu ermitteln. Zur gleichen Zeit bereitet der Anwalt Hallenberger eine Millionen-Spende für die Stadt Siegen vor, um mit dem Geld das Projekt Apollo-Theater zu finanzieren. Steht der Mord etwa mit dem Theaterprojekt in Verbindung? Welche Rolle spielen Schriftsteller Raffael Leich und der Bürgermeister? Und da ist da noch das geheimnisvolle Bild. Im Buch enthalten, ein ausklappbarer Abzug des mysteriösen Bildes.

Tristan Irle – Eisenhart (2001)

Die Stadtkasse – so ausgetrocknet wie ein afrikanisches Wadi – treibt Stadtkämmerer Goldmann den

Schweiß auf die Stirn. Sein Chef, der Bürgermeister, eröffnet unterdessen ein neues Museum und weiß selbst nicht so recht, wie er die anstehenden finanziellen Probleme lösen soll. Tristan Irle, Privatdetektiv, ist an diesem Tag einer Einladung auf das Segelfluggelände nahe der Stadt gefolgt. Dort muss er einen schrecklichen Unfall mit ansehen. Der Detektiv beginnt zu ermitteln und dabei entpuppt sich die scheinbar eingeschworene Fliegergemeinschaft als lebensgefährliche Bedrohung für Tristan und seine Freunde.

Tristan Irle – Die Fürstenjagd (2002)

Es ist Jagdsaison im Wald des Fürsten zu Widerstein. Allerlei Prominenz aus dem Ausland trifft sich nahe Bad Berleburg in einem Forsthaus, um zusammen mit Fürst Siegfried dem Wild auf die Pelle zu rücken. Vom Jagdfieber gepackt verteilen sich die Herrschaften im Wald. Schüsse fallen und plötzlich ertönen Jagdhörner. Wenig später wird die Jagd abgebrochen, denn im Wald liegt ein Toter. Tristan Irle, Privatdetektiv, als Treiber bei der Jagd dabei, übernimmt die Ermittlungen. Die stellen sich als äußerst schwierig heraus. Die Jagdgäste aus höchsten adeligen Kreisen schweigen, bis die Beweislast immer erdrückender wird.

Nicht jeder der genannten Titel ist immer lieferbar. Vergriffene Titel werden in einem bestimmten Rhythmus wieder aufgelegt. Fragen Sie bitte im Einzelfall bei Ihrem Buchhändler nach, welche Titel lieferbar sind.

Der Autor:

Ralf Strackbein lebt in Siegen. Absolvierte ein Magister-Studium an der Universität Siegen. Schrieb als freier Mitarbeiter während des Studiums Filmkritiken und Reportagen für eine Tageszeitung. Nach Abschluss des Studiums war er als Pressereferent in Frankfurt a.M. beschäftigt. Seit Sommer '96 als freiberuflicher Presse- und PR-Berater für Siegerländer Unternehmen tätig.